罪なくして 上

シャルロッテ・リンク

ロンドン警視庁を辞め、ケイレブ警部のいるヨークシャーのスカボロー署に移籍しようと向かう列車のなかで、ケイトは見知らぬ男に銃で狙われた女性を助けることになった。犯人は乗客に紛れ逃走したが、ケイトは足を負傷する。その頃高校の女性教師が自転車で走向中に、転倒させられ、さらに銃撃される事件が起きた。銃弾はそれたが、転倒で脊髄を損傷した彼女は四肢麻痺となり、話すこともできなくなってしまう。そして、驚くべきことに、列車内で使われた銃と、彼女を狙った銃が同一ということが判明。ふたりには何の接点もないというのに……。ケイト・リンヴィル・シリーズ第三弾！

罪なくして 上

シャルロッテ・リンク
浅 井 晶 子 訳

創元推理文庫

OHNE SCHULD

by

Charlotte Link

罪なくして　上

ウェスト・ブロムウィッチ
二〇〇六年十一月三日金曜日

十七時二分に緊急通報を受けた警察官は、内容を理解するのに苦労した。女性の声だったが、喘《あえ》ぐばかりで言葉がほとんど出てこないのだ。全速力で走ったか、極度の興奮状態にあるか、またはその両方かだ。おそらくは最後だろう。

「落ち着いて」警官はなだめるように言った。「まずは深呼吸してください。落ち着いてください。お願いします」

電話の向こうの女性はなんとか息をしようとするものの、うまく行かない。力尽きる寸前といった様子だ。

「あいつ……が子供を……あいつが子供を連れ込んで」なんとかそれだけ、言葉を絞り出した。

「誰がですか？　それに、どこからかけていますか？」

「ウェスト・ブロムウィッチ。シャウ・ストリート。でもハーヴィルズ・ホーソーンに行って。工業地帯の……一番奥……」通報者はここで空気を求めて喘いだ。

「どうか落ち着いて」警察官は再びそう言ったが、頭のなかでは警報が鳴り響いていた。子供が関わっている。しかもその子は危険な状況にあるようだ。だがいま強い調子で矢継《やつ》ぎ早《ばや》に質問を投げかけても意味はない。通報者の神経が参ってしまっては、このまま電話を切ってしまうかもしれない。おおよその場所しかわからないいまこのときに。

「そこにガレージがいっぱいあるの。ほとんどは空っぽなんだけど、そのなかのひとつに、あいつがいる。子供を連れ込んでる」

「子供の年齢は？」

「わからない……三歳か、四歳……」

「で、その男は子供の父親ではないんですね？」

「ううん、あいつに子供はいない、ていうか、まだ未成年なんです。でも病気。なんか変なの。危ないやつです。きっとあの子をどこかからさらってきて、あそこに連れ込んだんです。お願い、急いで！」

「わかりました、すぐに人を送ります」警察官はそう言った。目を上げると、通話を聞いていた同僚がささやきかけてきた。「一時間半前に失踪届が出てる。三歳の女児、自宅の庭から姿を消した。ウェスト・ブロムウィッチで」

通報を受けた警察官は手で合図をし、同僚がうなずいた。早急に近くにいるパトロールカーをいま知らされた場所に送る手配をしてくれるだろう。

「誘拐犯の名前を知っていますか？」

「イアン・スレイド」

「では、あなたの名前は？」

名乗る代わりに、女性は絶望的な短い笑い声をあげた。「言えません。知られるわけにはいかない。あいつに殺される」

「警察が全力でお守りしますよ」

「それは無理」

「声からすると、とても若い方のようですね。おいくつですか？」

「どうでもいいでしょ」

「公衆電話からかけているんですか？」前時代の遺物とはいえ、公衆電話はまだそこここにあった。それにちょうど硬貨が落ちる音がはっきりと聞こえてきたところだった。

「はい」

「いいですか、よく聞いてください。これからそちらに警察官を送ります。まずはその警察官と話して……」

「だめ」

「怖いのはわかります。でも我々が……」

「怖い？」女性が泣き声になるのがわかった。「怖い？　こっちは死ぬほど怖いの。だって、見られたかもしれない。私が誰だか、わかっちゃったかも」

「我々があなたを守ります。でもそれにはあなたのほうからも協力が……」

受話器を戻すガチャンという音がした。

通話は切れた。

第一部

十三年後
二〇一九年七月十九日金曜日

警察に通報したのは、休暇用貸しアパートを借りていたひとりの女性だった。

「この建物で銃撃が。たぶんうちの隣の部屋だと思います。大急ぎで来てください！」

通報の直後に二発目の銃が発射されたと、到着したパトロール警官に別の入居者が知らせた。銃撃があったのはスカボローのノースベイに面したアパートで、ジェイデン・ホワイトという男性に二週間の予定で貸出中だった。

すべての部屋のバカンス客たちは、警察官の誘導で建物から避難した。一階の店やカフェも同様に無人になり、海岸の上にある遊歩道と、問題の建物の目の前のビーチは立ち入り禁止とされた。暑い日で、ちょうどバカンスシーズンが始まったところだったため、まだ午前十一時だというのに、一帯は海水浴客でにぎわっていた。市民の安全を確保するための処置はすべて迅速《じんそく》に取られたとはいえ、行楽地と海水浴場のど真ん中に銃を持った男が立てこもっており、もしかしたら決死の覚悟を固めているかもしれないという事実は、どんな警察官にとっても悪夢以外のなにものでもない。念のために犯罪捜査課に連絡が行った。この一件がどんな経過をたどることになるのか、まだわからない。誰もが後からなんらかのミスの責任を取らされることを恐れていた。

ケイレブ・ヘイル警部は、腹心の部下であるロバート・スチュワートとともに現場に到着した。スチュワートはちょうど二週間前に警部補に昇進したばかりで、それ以来得意げな様子を隠さない。ケイレブは、ロバートは昇進後に傲慢《ごうまん》になったと思っていた。だがほかの人ならば「自信がついた」と言うのかもしれない。いずれにせよ、部下と自分とのあいだでなにかが変わったと感じていた。ほんの小さな、言葉では言い表わせないなにか。数日のうちにロバートとこの点について話し合おうと思っていた。

だがいまはそんなことをしている場合ではない。

ケイレブは建物の正面を見上げた。二棟の巨大な建物があり、そのうち一棟は半円形の造りになっている。なかにはさまざまな広さと内装の休暇用貸しアパートが入っている。一部屋、二部屋、三部屋のアパート、海に面した部屋も、裏側のより安価な部屋もある。正面にはバルコニーが延々と連なっている。表側のバルコニーからは、海と、町をサウスベイとノースベイとに隔てる岬の突端《とったん》に誇り高くそびえるスカボロー城が見える。バルコニーはまた、数多くの店やカフェ、それにレストランとアイスクリーム店の真上にある。つまり大勢の海水浴客の真上だ。だがそれも夏だけのことで、冬にはこのあたりは悲しいほど空っぽになる。

事件の現場に最初に駆けつけたパトロール警官のひとりがケイレブとロバートのもとに来て、報告をした。

「複数の目撃者の一致した証言によれば、銃撃は四階にあるアパートで起きた模様です。この場所から直接見えるアパートです。フィッシュ・アンド・チップスの店の上にあたります」警察官はそう言って、上を指さした。

ケイレブは警察官のぴんと伸びた指の先を目で追った。そこにあったのは、ほかとなんの違いもないアパートの、ほかとなんの違いもないバルコニーだった。とはいえ、窓のブラインドは下ろされている。なにかが動く気配はない。バルコニーは無人だ。ケイレブは目を細めてよく見てみた。テーブルがひとつと椅子が三脚。

「あの休暇用アパートを借りているのはジェイデン・ホワイトという男です」警察官が報告を続ける。「妻のヤスミンと、ふたりの幼い娘とともに、二週間あそこで過ごすことになっています。子供たちの正確な年齢は、アパートの持ち主にはよくわからないとのことです。だいたい六歳か七歳だろうと」

「一家がここを訪れるのは初めてか?」ケイレブは尋ねた。

「いいえ、五年連続でここに来ています。いつも夏に。大家によれば、支払いの際ホワイト氏のクレジットカードに問題があったそうですが、よく知る相手だったため、部屋代はカードの保証なしで滞在の終わりに支払うということで、貸すのを承知したそうです」

「ホワイト一家はどこに住んでいる?」

「シェフィールドの近くです。ホワイト氏はそこでカフェを経営しています」

「アパートのほかの滞在客は、ホワイト一家のことをどう言ってる? もし互いに交流があればの話だが」一家のイメージをつかんでおくことは重要だった。とはいえ、迅速になんらかの行動を起こす必要があることもわかっていた。なにしろアパートのなかで誰かが発砲しているのだ。そしてそこにはふたりの幼い子供がいる。

「それほど交流があったわけではなさそうですが、これまでの目撃者の証言では、一家に悪い印象は誰も持っていないようです。おとなしい家族だと。礼儀正しく、目立たなかったそうです。大家も同じことを言っています」

「ホワイト氏のクレジットカードになにか問題があったって？」ロバート・スチュワートが割って入った。

警察官はためらいを見せた。「問題というほどのものでも。大家が言うには、これまでは毎年、クレジットカード番号を保証として提出してもらっていたそうなんですが、今年はホワイト氏が、問題があると言ったんだそうです。それがどんな問題なのかは詳しく説明せず、ただ休暇が終わったら現金で支払うと。これまでホワイト氏とのあいだでゴタゴタが起きたことはなかったので、大家も承知したそうです」

「その大家から直接話を聞きたい」ケイレブは言った。

「まだこのあたりにいるはずです」警察官が曖昧《あいまい》なことを言うのを聞いて、ケイレブは、大家を引き留めておくべきだっただろう、と言いそうになるのをこらえた。

「ホワイト氏と連絡を取る方法はあるのか？」ロバートが訊いた。「またはホワイト氏の妻と」

警察官は申し訳なさそうに肩をすくめた。「アパートには固定電話があります。何度もかけていますが、誰も出ません」

「そもそも誰かがあのアパート内にいるのは確かなのか?」ケイレブは尋ねた。なにしろ、ここから見上げる住居は静まり返っている。警察隊を大量に動員しておいて、住人がどこかに泳ぎに行った空っぽのアパートをじっと見張り続けたというだけの結果になりはしないだろうか。

「銃声が二発聞こえたんです」警察官が言った。「互いに無関係の複数の住人が実際にそう証言しています。全員が、絶対に四階だったと言っています。こちらが訪ねていってドアが開かなかったのは、ホワイト氏の部屋だけでした。ほかの部屋の住人は全員避難済みで、部屋も我が保全しました。銃撃があったのなら、あの部屋でしかあり得ません」

「なるほど」ケイレブはうなった。人がときに音の出どころや原因を勘違いすることはよく知っている。まるでのっぺりした正面壁ともの言わぬバルコニーがなんらかのヒントをくれるとでもいうように、ケイレブは再び首を懸命にそらして建物を見上げた。あのぴったり閉じられたブラインドの奥でなにが起こっているのだろう?

「サー」ロバート・スチュワートが言った。「これからどうしますか?」

ケイレブは額の汗をぬぐった。恐ろしいほど暑い。それに遊歩道のこのあたりには日陰がまったくない。ケイレブは遊歩道の一番端にあるバーの前のパラソルを憧憬の目で眺めた。この件が起きたのがあそこだったら、全員が日陰に入れたのに。とはいえ、自分以外にこれほど汗をかいている人間は、周りにはいないように見えた。ロバート・スチュワートは濃いグレーのスーツを着て、きちんとネクタイまで締めているにもかかわらず、羨《うらや》ましくなるほど涼しげで、暑さなどまったく気にならないようだ。ケイレブはといえば、とうに上着を脱いでいるというのに、暑さで溶けそうになっている。ウィスキーを飲むんじゃなかった。今朝の九時にデスクの前に座り、やがて右下のしっかり鍵をかけた引き出しに入れてあるウィスキーの瓶のことしか考えられなくなった。この暑さだ……とはいえ、一般的にはその日最初のウィスキーは朝の九時に飲むものではない。ロバートが臭いに気づかなければいいが、とケイレブは思った。なにしろすぐ隣に立っているのだ。

別の警察官が近づいてきて、ケイレブに一枚のメモ用紙を差し出した。「サー、アイスクリーム店の経営者の娘がホワイト夫人の携帯番号を知っていました。十代の少女なんですが、先週ホワイト夫妻が夜に一杯飲みに出かけるあいだ、子供たちの面倒を見ていたそうです。それなのに約束の報酬を受け取っていないと言っています。ホワイト夫人は、ちょうどいま現金が手元にないから明日必ず払うと言いながら、今日まで払っていないと」

「クレジットカードに問題あり、ベビーシッター代を払わない」ロバートが言った。「妙に重なりますね。ホワイト家は金銭問題を抱えていたんでしょうか?」

「かもな」ケイレブは言った。どうもよくない予感がする。金銭問題は、男が——特に一家の父親が——自暴自棄の行動に出る原因になることが多い。ケイレブはメモをつかんだ。「かけてみよう」

携帯を取り出し、番号を打ち込んだ。スピーカーをオンにして、ロバートにも会話が聞こえるようにする。ロバートがこちらの様子をじっとうかがっているように見えるのは、自分の勘違いだろうか?

いまはそんなことを考えるのはやめよう、とケイレブは決めた。

呼び出し音が延々と鳴り響き、諦めかけた頃、突然のように震える声が応答した。「もしもし?」

「ミセス・ホワイトですか?」

「はい」と答えた声は、吐息のようだった。

「ミセス・ホワイト、スカボロー警察署犯罪捜査課のケイレブ・ヘイル警部です。現在、ピースホルム・ギャップにある休暇用アパート〈スカボロー・ビーチ・シャレー〉にいらっしゃいますか?」

「はい」

「ふたりのお子さんも?」

「はい」

「ご主人も?」

ヤスミン・ホワイトは押し殺した泣き声をあげた。「はい……ここにいます……」

「ミセス・ホワイト、あなたとお子さんは危険な状況にありますか?」

「はい」

「ご主人が銃を持っているんですか?」

「はい」

ケイレブは再び額の汗をぬぐった。心理カウンセラーの資格を持つヘレン・ベネット巡査部長が一刻も早く到着してくれることを祈った。これからケイレブが自分で試みねばならない種類の会話には、ヘレンのほうが適任だ。ヘレンは今日、有給休暇を取っており、ソルトバーン・バイ・ザ・シーに暮らす母親と週明けまで一緒に過ごすことになっていた。先ほど電話がつながり、ヘレンはできるだけ早く向かうと約束してくれたものの、その時点では母親とともにカフェにおり、まずは老母を自宅に送り届ける必要があった。その後、道がすいていたとしても、スカボローまでは車で約一時間かかる。たいていの場合、海岸沿いの道を景色を楽しみながらのんびり走る車の後ろにつくことになるので、それ以上かかる。

この事態にはケイレブひとりで対処するしかなさそうだ。

「ミセス・ホワイト、アパートの住人たちが銃声を聞いています。ご主人は発砲しましたか？」

「はい」

「怪我人《けがにん》はいますか？」

「いいえ。でも……」ホワイト夫人はさらに声を潜めた。必死に耳を澄まさねば聞き取れない。「助けてください。お願い。彼は……夫はおかしくなっています。私たち全員を殺そうとしているんです」

「ミセス・ホワイト、とにかく落ち着いて、冷静さを失わないでください。いま警察がここに来ています。あなた方を助けるために。いまアパートのどこにいらっしゃるか、教えてくれますか？　バルコニーのある正面側の部屋ですか？」

「いいえ、寝室にいます。裏庭に面した奥の部屋」

「わかりました。お子さんたちも一緒ですか?」

「はい」

「で、ご主人はどこに?」

「わかりません。たぶん居間だと思いますけど」

「なんらかの方法で、お子さんたちを連れてそのアパートを脱出することはできそうですか?」

「無理です。窓は高すぎて、飛び降りるわけにはいきません」

「わかりました」ケイレブはロバート・スチュワートに、建物の裏側に回るよう手で合図を送った。裏側にもすでに警察官たちが配備されているが、ロバートにも自分の目で状況を確かめておいてもらいたい。すぐ横に立っていたロバートが立ち去ると、ケイレブの呼吸はたちまち軽くなった。

「寝室に鍵はかけましたか?」

「夫が鍵を抜き取ってしまったので」

「ドアの前になにかを置くことはできますか? 整理ダンスとか、椅子とか」

ホワイト夫人の押し殺した泣き声が聞こえた。「だめです。そんなことをしたら、夫に聞こえてしまう」

「お子さんたちと一緒にバスルームへ行くことはできますか? バスルームに鍵をかけて立てこもることは?」

「無理。無理です、危険すぎる。廊下を端まで歩いていかないといけないんだから」ホワイト夫人は明らかに恐怖でがんじがらめになっている。寝室のどこかにしゃがみ込み、ふたりの少女をぎゅっと抱き寄せたまま、ぴくりとも動かず息を殺している女性の姿が、ケイレブの脳裏《のうり》に浮かんだ。

「我々が救出します。どうか落ち着いて」

プツリと音がして、通話は終わった。ヤスミン・ホワイトが電話を切ったのだ。夫が近づいてくる足音を聞いたのかもしれない。それとも単に神経がもたなくなったか。

ロバート・スチュワートが再び現われた。「サー、裏側には地下駐車場を回り込んで、裏庭の門から入る造りです。どこにもきれいに植物が植えられています。それに裏側にもバルコニーがあります。ただ、ホワイト家のアパートにはありません。バルコニーが表側にあるタイプの住居なので」

「隣のアパートはどうだ？　そこのバルコニーからホワイト家の寝室にたどり着けないか？」

ロバートは首を振った。「だめです、離れすぎています。アパート内に人を送るなら、上からしかありません。屋根からロープを使って。僕が思うに、そのほうが危険がやや少ないし、ずっと現実的です」

「その方法で、せめて子供たちだけでも救い出せれば……」

携帯電話が鳴った。ディスプレイにはヤスミン・ホワイトの番号が表示されている。ケイレブは即座に応答した。「ミセス・ホワイト？」

「ジェイデン・ホワイトです。妻と話をしたとか」

「ああ、ミスター・ホワイト。ケイレブ・ヘイル警部です。お電話をくださってよかった。本当によかった」いまほどヘレンを恋しく思ったことはなかった。彼女なら自分よりずっとうまくやれるはずなのに。

「妻になんの用だったんですか？」

「ご無事かどうか確かめたかっただけです。それにお子さんたちのことも。幼い娘さんがふたりいますね」

「みんな元気ですよ」ジェイデン・ホワイトの口調は抑揚がなく平板《へいばん》だった。少なくとも、いまこの時点では。きっと普段はまったく違う話し方をするのだろうと、ケイレブは思った。だがいまは自我をすっかりなくしているようだ。またはショック状態にあるのか。ケイレブは携帯の送話口を手で塞《ふさ》いで、ロバートにささやきかけた。「心理カウンセラーが必要だ。こいつはまるでトランス状態だ」

「ヘレンが向かっています」

「それでは間に合わない。別の誰かを見つけてくれ」

ロバートはかすかに天を仰いだ。その仕草《しぐさ》の意味するところを、ケイレブは知っていた。あなたひとりでもやれるでしょう、ボス！

「ミスター・ホワイト、なにがあったのか我々に話してくださいませんか？」

「なにもありません」

「ご近所の人たちが聞いているんですが……」

「なにも聞いてなんかいない！」この言葉もまた、ジェイデン・ホワイトはなんの抑揚もなく口にした。「なにも。人のことは放っておいてもらいたい」

「ミスター・ホワイト、個人的なことをご近所の皆さんに知られたくないのはよくわかります。ですから、私とふたりで話をしませんか。ふたりだけで。差し向かいで」

「そんなことをしてどうなるんです？」

「話せば常に道が見えてくるものですよ。ものごとが明瞭になって」

「でも私を助けられる人間はいない」

「我々が必ずあなたの助けになります」

答えはない。ケイレブは尋ねた。「ミスター・ホワイト、まだそこにいらっしゃいますか？」

「います」

「どうでしょう、まず奥様とお子さんたちを外に出しては。今日は素晴らしい天気ですから、海岸に行ってもらってはどうでしょう。その後、私がそちらにうかがいます。私ひとりです。ほかには誰も。ふたりで落ち着いてじっくり話をしませんか」

「家族はこのアパートを出ません！」

「わかりました。でも私はうかがっても？」

再び長い沈黙があった。

「無意味だ」やがてジェイデン・ホワイトはそう言った。彼の息づかいが重くなるのがわかった。

「あなたがどんな問題を抱えているにせよ、我々で解決策を見つけましょう」ケイレブは言った。自分の声がどれほど切迫して響くかは、よくわかっていた。気をつけなくては。ジェイデン・ホワイトが圧力をかけられていると感じたら、事態は悪化しかねない。いまあのアパートで起きているような状況に自分の家族を追い込むような人間は、すでに尋常でないストレス下にある。逃げ場のないところまで追い詰められているのだ。

だからケイレブは、「もしよければ」と付け加えた。人質を取った立てこもり犯についてかつてヘレンが話したことが、耳によみがえってきた――ある意味、ホワイトもまた人質を取った立てこもり犯だ。犯人には選択肢があると思わせることです。犯人が自由に行動できる余地を与えるんです。絶対に追い詰めてはいけません。

「解決策なんてない」ジェイデン・ホワイトが言った。

解決策がない、出口はない、なにもかも無意味だ、すべては終わった――それがホワイトの頭と意識にこびりついた考えのようだった。ケイレブがなにを提案し、なにを言ったり尋ねたりしようと、ホワイトはこれからずっとそう答え続けるだろう。

「私がなにを言っても心から納得していただけないのはわかっています」ケイレブは言った。「でもどうか信じてください、人生というのは、どれほど困難な状況であろうと、そこで終わりじゃないんです。ご自身と奥様に、なによりお子さんたちに、生き続けるチャンスを与えてあげてください。あなたは本来こんなことをする人じゃない。女性とふたりの幼い少女を簡単に撃ち殺すような人じゃない」

「あなたにはわからないんだ」ジェイデンが言った。

ケイレブは自分の決断が間違いではないことを祈った。これまで得た情報から想像し得る唯一の問題を口にしてみるのだ。「ミスター・ホワイト、もしもお悩みが経済的なことなら、私が思うに……」

「経済的な悩みじゃない」ジェイデンが答えた。

「そうですか、それならよかった、では……」

「俺は経済的な地獄にはまり込んでるんだ」ジェイデンが言った。

そして電話を切った。

三十秒後、何発もの銃声が響いた。

七月二十日土曜日

I

ロンドン・ノース・イースタン・レイルウェイの列車は、ロンドンのキングス・クロス駅を時刻表どおり九時に出発して、北に向かっていた。車窓には、町、村、放牧地、森と野原が交互に現われる。真夏の太陽が照りつけている。紺碧の空には雲ひとつない。バルコニーに座って過ごすか、自転車で湖まで行くか、タオルとピクニック用バスケット装備で海に行くのにふさわしい日だ。

クセニア・パジェットはため息をついた。リーズに着いてもそんなことができる可能性はないのを知っているからだ。確かに暮らしているブラムホープの近くには海も湖もないが、それだけが理由ではない。自宅には少なくとも庭とテラスがあるのだから。だがそこには、残念なことに夫もいる。妻が三日近く家を空けたあとにテラスの長椅子で数時間寛《くつろ》いだりすることを、許し難い怠惰《たいだ》の極みだと考えるだろう男が。クセニアの留守中、夫は間違いなく、掃除機をかけることも、洗濯機を回すことも、花に水をやることもなかったはずだ。そういう仕事はすべて後からクセニアにやらせるつもりで、彼女が帰宅したら即座に取り組むことを期待しているだろう。

クセニアは座席の背にもたれかかった。いまはこの旅を楽しもう。なんといっても旅行は自由への短い逃避行だった。再びこんな機会を持てる日が来るのは、今後ずっと先になるだろう。

ただ、この車両の通路を挟んで斜め向かいに座る男が、じっとこちらを見つめてくるのが気になっていた。男はずっとクセニアから目を離さない。ロンドンからだ。窓から外を眺めたり、天井を見上げたり、持っている本に目を落としたり、今回泊まらせてもらった友人のマヤに携帯でメッセージを送ったり……なにをしていても、ふと前を向くと、男と目が合う。黒い目。非常に暗く、空っぽの目だ。不気味でしかたがない。まだかなり若く、せいぜい二十代の半ばだろう。女性としてのクセニアに興味を持っているとは思えない。三十七歳の、ダボダボしたヒッピーのような服を着て、そのゆったりした布で体形を隠そうとしている肥満体の女性に。そもそも男がこちらに向けてくるのは欲望の視線ではない。欲望にしてはあまりに硬く、鋭い視線だ。

脅《おど》すような視線。

あれは誰だろう？　それに、なにを望んでいるのだろう？

車両を隅々まで見渡してみても、替わることのできる空席はなかった。先ほどトイレに行って、ついでにほかの車両も見てきたが、同じことだった。この列車は満席だ。スーツケースからあまり離れるのは嫌だったので、先頭まですべての車両を見たわけではないが、荷物を持って移動する踏ん切りもつかなかった。そんなことをすれば目立ってしまう。心のなかのなにかが、自分が席を移るつもりだとわかればあの男はついてくるだろうとささやいていた。

しかたがない。ヨークまでもうそれほどかからない。ヨークでリーズ行きの列車に乗り換える予定だ。あのおかしな男がそこまでついてくるとは思えない。それに、万一ついてきたとしても、今度はもっと賢く席を選べばいい。こんな真っ昼間になにかが起こるとは考えづらい。リーズ駅に着けば、夫のジェイコブが迎えに来てくれる。普段ならそれを嬉しいとは思わないが、今回ばかりは都合がよかった。

クセニアは本を閉じると、バッグにしまった。どうせ集中できない。そっと目を上げてみた。男は相変わらずこちらをじっと見つめている。狡猾そうな男だ。獲物を狙う猛禽《もうきん》のように攻撃的。それにどこか妙な雰囲気がある。普通ではない。

クセニアは身震いした。もう少し自分に自信さえあれば、向こうがバカバカしいと思って目をそらすまで、こちらからもじっとにらみつけてやるのに。または、こちらから声をかけるか。だがクセニアにはそんな勇気はなかった。いつものことだ。

天井を仰いだとき、隣に座っている女性が驚きで息を呑む音が聞こえた。直観的に、クセニアは即座にあの男のほうを見た。

男は手にピストルを持っていた。突然のことだった。

男がそれを使うであろうことを、クセニアは一瞬も疑わなかった。そして、狙われているのが自分であることも。

クセニアはかろうじてバッグをつかむと、席から跳び上がり、走りだした。

夏らしい素晴らしい日なのに、とケイトは考えた。それなのに、何時間もこの冷房を効かせた列車のなかで過ごすなんて！

ケイトは疲れていた。それに機嫌が悪かった。だが、そんな自分がちょっぴり不公正なのも自覚していた。ヨークでの乗り換えも含めて、リーズまでは二時間半の道のりだ。つまり決して一日じゅう列車のなかで過ごすわけではない。それにスコットランド・ヤードの同僚たちがお別れプレゼントとしてヨークシャー・デイルズのウェルネス・ホテルの週末宿泊券を贈ってくれたことは、基本的には大事件などではない。少なくとも普通の人間にとっては。だが自身を批判的な目で見るのが習い性となっているケイトはときどき、自分は普通の人間ではないのでは、という疑いを抱く。普通なら素敵なホテルで過ごす週末を楽しみにするものではないだろうか？　おいしい食事、マッサージ、顔に泥やキュウリの輪切りを乗せて——そもそも土曜の午後から日曜の昼までの短い時間だ。裸で藁《わら》に埋もれる藁浴といった、心と体にいいとされる妙なことをいろいろやるのを楽しみにするものでは？　ケイトはそういったものを一度も体験したことがない。自分は三十分と耐えられないのではないかと恐れていた。

木曜日の晩、ケイトは同僚たちを招いて、職場でささやかなお別れ会を開いた。シャンパン二箱と、ケータリングでビュッフェを用意した。これまでずっと自分が職場で変わり者と見なされてきたことは知っていた。内向的、自分の殻《から》に閉じこもっている、なにを考えているかわからない、などというのは、彼らがケイトのことを話すときの形容詞としてまだ親切なほうだった。事実、スコットランド・ヤードでの二十年間、ケイトは最後までアウトサイダーであり続け、華々しい捜査成果にもかかわらず、巡査部長にしかなれなかった。通常は上司が部下を昇進試験に推薦し、本人にも受けてみろと勧めるものだ。だがケイトの上司は決して勧めてくれなかった。ケイトはいつも自分で昇進試験を受けると決めたものの、誰の推薦もないため自信が持てず、おまけにほかの皆が自分のことを笑っているような気がしていた。「思い上がっちゃって」だの「上司の後ろ盾もないのに」だの。ところが、実際のケイトは思い上がってなどいなかった。かけらも。逆に、その自信のなさを非難されることも多かった。

永遠の悪循環だった。理屈では説明できないし、逃げ道もなかった。

ケイトは深呼吸をすると、窓から外を眺めた。スコットランド・ヤードという人生の一章は過去のものだ。これから新たな一章が始まる。問題は、それですべてが好転するのかどうかだ。

「スカボローで昨日ひどい事件があったんだよ。とんでもない話だ」

ケイトは驚いて我に返り、隣の席の男に顔を向けた。コリン・ブレア。もしかしたらケイトの唯一の友達かもしれない。とはいえ、「友情」という言葉は少し大げさかもしれなかった。現実のふたりの関係は、必要に迫られた同盟、といったところだ。人との社会的なつながりをうまく持てないふたりの人間が、完全な孤独に陥らないために、週末にときどき会っている。ふたりは二年前にマッチングサイトで出会った。恋は生まれず、カップルにはならなかったが、どういうわけかふたりの孤独な魂は別の関係を結ぶに至った。ケイトは自分がコリンに本当に好感を持っているかどうかさえ、よくわからずにいた。だが少なくとも彼のことを理解はできる。コリンのほうでもケイトに対して同じような感情を抱いているようだった。

同僚たちの贈り物はふたり分だった。ケイトは今日までずっと、それが同僚たちの単なる無神経さによるものなのか、それともケイトにおまえは孤独だと改めて実感させる陰険な手口なのかと、考え続けてきた。ケイトに私生活で親密にしている人間がいないことは、誰もが知っている。パートナーや夫は言うまでもなく、友人さえいないと。週末にウェルネス・ホテルに一緒に行く相手を、どこで見つけろというのだろう？　実際、ケイトの頭に浮かんだのはコリンただひとりだった。そして結局、同僚たちを驚かせるためだけに、コリンを誘ったのだった。本当は相手がいたんだ！　実際のところ、コリンと別々の部屋を取るために別途料金を支払うつもりだったが、それは誰にも話す必要のないことだ。果たして、二日間の留守中に預かってもらうために飼い猫のメッシーを連れていった昨晩、同僚のクリスティ・マクマロウは非常に驚いていた。

「えっ、本当に誰かと一緒に行くの？」わけがわからないという顔で、クリスティはそう訊いた。

「そう、男友達と」とケイトは答え、口をあんぐり開けたクリスティをその場に残して立ち去ったのだった。

その代償として、いまコリンが隣にいる。とはいえ、もしかしたら薫浴も、ふたりでやればまだ耐えられるかもしれない。

コリンは列車のなかでずっとスマートフォンを見て過ごしており、どうやらいま、なにか興味深いニュースを見つけたようだった。

「事件？」と、ケイトは訊いた。「スカボローで？」

「男が自分の家族全員を撃ち殺したんだ。妻と、まだ小さいふたりの子供。近所の人が銃声を聞いて、警察を呼んだ。でもその時点ではまだ全員生きてた。犯人は天井に向かって発砲しただけで。で、君の新しい上司が携帯で男と交渉したらしいよ」

「ケイレブ・ヘイル？」ケイトはケイレブの部署に応募して、採用されたのだった。もちろん周りの人間は誰も理解してくれなかった。世界で最も高名な捜査機関のひとつであるスコットランド・ヤードの刑事が、ノース・ヨークシャー警察スカボロー署の犯罪捜査課に異動するとは。イングランド東北部の弱小警察署の、誰も知らない部署に。だがそんなことはどうでもよかった。ケイトは自分の行動の理由を自分でよくわかっていた。ケイトとケイレブは、ふたつの事件を一緒に解決したことがある。ケイレブはおそらく英国じゅうの警察署でただひとり、ケイトのことを天才的な捜査官だと見なしてくれる人間だ。

「そうそう、ケイレブ・ヘイル警部。でも犯人を思いとどまらせることができなかったんだ。犯人は電話を途中で切って、その直後にふたりの子供と妻を撃ち殺した。デイリーメイル紙によれば『まさに処刑』だったそうだよ」コリンは首を振った。「ひどい話だな」

「で、犯人も同じ銃で自殺したの？」ケイトは訊いた。こういった事件は確かに恐ろしいものではあるが、決して稀《まれ》というわけではない。人生にもはや意味を見出せなくなり、悩みという重荷に押しつぶされそうになって、すべてを終わらせようとする男たちは、自殺に家族を巻き添えにする傾向がある。自殺するために高速道路をわざと逆走して、無関係な人間を巻き添えにするのも、圧倒的に男性だ——そういったことをする女性は滅多《めった》にいない。一般的に、女性は自殺する場合、自分ひとりで死ぬことが多い。

「いや」コリンは言った。「死ななかったみたいだよ。逮捕されたって書いてある。自殺しようと思ったけど死にきれなかったって言ってるらしい。なんてこった。とんでもない卑怯者だよね！」

「恐ろしい話ね」ケイトは言った。「ひたすらおぞましい」

「マスコミにとっては格好の餌《えさ》だね」コリンは言った。「死んだ妻に、死んだふたりの子供。警察は目の前でずっと手をこまねいていただけ。『突入が遅すぎたのでは？』ってここに書いてあるよ。君の上司のケイレブ・ヘイルは、いま頃大変なことになってるだろうね」

ケイトはうなずいた。彼女もそれを恐れていた。こういった事件の場合、世間は「罪のある人間」を必要とする。もちろん、それは家族を殺した父親だ。だが間違いなく、彼にはなんらかの同情の余地が見つかるだろう。それよりずっと簡単で劇的な効果が得られるのは、警察を叩くことだ。どんな推測や仮説も立て放題。そしてもちろん後からなら適切な状況判断もずっと簡単にできる。もし警察がアパートに突入して、母子が死ぬことになっていれば、批判の嵐が巻き起こっただろう。今回の事件では、ケイレブ・ヘイルは捜査の指揮官として、どうやら犯人との交渉のほうに賭け、結局それでも母子は死んだ。そしていま、やはり批判の嵐にさらされているのだろう。こういった種類の事件では、ひとつの事実が見逃されがちだ。ケイトにとっては悲しいと同時に的を射てもおり、どうやっても変えられない事実——つまり、なにをどうしようとよい結果など得られない場合もあるという事実が。

「ケイレブはこれからしばらく我慢が続くでしょうね」ケイトは言った。「でも彼なら大丈夫。批判や敵意にさらされるのも仕事のうちだから」

きっとケイレブにとってさらにつらいのは、自責の念のほうだろう。無力な家族が、夏休みを過ごしていた部屋で残酷に殺害された。そしてケイレブは、ほんの数メートル離れたところに部下たちとともにいながら、彼らを救うことができなかった。ケイトはケイレブという人を知っている。彼の頭のなかでさまざまな光景が渦巻いているだろうことも、自分はどこで失敗したのか、という問いに彼がどれほど苦しんでいるかも、よくわかる。残念ながら、彼がストレスや危機や自己不信の際に取る行動もよく知っていた。ケイレブはアルコール依存症だ。もう何年も前から。一度クリニックで脱依存症治療を受けたことがあり、それ以来自分のことを「酒を飲まないアルコール依存症」と称している。だがそれは事実でないと、ケイトは知っていた。ケイレブはもうとうにアルコールに戻っているのだ。問題は、いまの状態であとどれほど持ちこたえられるか、だった。

「これからは君がそばについてるわけだしね」コリンが言った。「そうなったらもう無敵だよね」

ケイトはコリンに微笑みかけた。コリンもときには魅力を発揮する。

時計を見ると、あと数分で乗り換え予定のヨーク駅に着くことがわかり、ケイトは立ち上がった。

「急いでトイレに行ってくる。バッグ、見ててくれる?」

「もちろん」コリンがうなずいた。

ケイトは赤い布張りの座席のあいだの通路を歩き、ドア付きの車室が並ぶ隣の車両を通り過ぎた。トイレのドアの手前まで来たところで、背後に足音が聞こえた。急ぎ足だ。誰かが通路を走ってくる。ケイトは振り向いた。

ひとりの女性がケイトに向かって突進してきた。喘いでいる。顔は汗まみれでてらてら光っている。目は大きく見開かれている。ケイトにぶつかる直前で、女性は足をもつれさせた。ケイトが素早く腕をつかんで支えなかったら、転んでいただろう。

「どうか助けて。お願いだから助けて!」

「どうしたんですか?」

「あいつが……あいつが後ろに!」女性は、いま走ってきた通路を指さした。ケイトはそのぴんと伸びた人差し指を視線で追った。通路は空っぽだ。

「誰のことですか? どうか落ち着いて」

「わからない」女性はささやき声で言った。「知らない人。でもピストルを持ってる」

女性の妄想だと思ったケイトは、なだめる言葉をかけて、同乗している家族か友人はいるのかと尋ねようとした。そのとき、隣の車両に続くガラスの自動ドアが開いて、ひとりの男が現われた。次の瞬間、ケイトと女性の体すれすれのところを、一発の銃弾が矢のようにかすめた。

女性が悲鳴をあげた。「いや! いや!」

ケイトは女性の腕をつかんだまま、肩でトイレのドアを押し開けると、女性をなかに押し込み、続いて自身もなかに入って、ドアを閉め、鍵をかけた。外で二発目の銃声がした。女性は泣きわめき始めた。

ケイトは女性をドアの後ろの死角に押し込み、自分はその前にしゃがんだ。予想どおり、次の瞬間、一発の銃弾がドアを貫通した。

「落ち着いて、どうか落ち着いて」ケイトは女性の手を握った。「お名前は？」

女性は恐慌をきたした目でケイトを見つめた。「クセニア」

「オーケイ、クセニア。私はケイト。いい、ここにいれば安全だから。落ち着いてね」

次の銃弾がドアを貫いた。銃撃犯はケイトと女性がしゃがみ込んでいるトイレの片隅を直接撃つことはできない。だが、向かい側の壁に当たった銃弾が跳ね返れば、ふたりを救うものはなにもない。

再び続けざまに二発。

ケイトは時計を見た。ヨーク駅まであと二分。列車はすでに速度を落としている。すぐにドアに向かう乗客が通路に溢れ出すだろう。誰かがすでに銃声を聞きつけたこと、トイレ前の通路には誰も来ないことを祈るしかなかった。男は動くものならなんでも撃つ無差別殺人犯かもしれない。ケイトはジーンズのポケットをさぐったが、携帯電話がバッグのなかにあることを思い出して、うめいた。そのバッグはコリンの隣の席に置きっぱなしだ。誰にも連絡が取れない。

再び銃声。クセニアは木《こ》の葉のように震えている。

「クセニア、携帯はある？」

「列車のなかを逃げているうちに、バッグをなくしちゃって。私の席、一番後ろの車両だったの……バッグ、どこにあるのか……」クセニアは泣きだした。

「大丈夫だから。落ち着いて」もちろん大丈夫などではなかった。ふたりは列車のトイレに閉じ込められており、ドアの前にはピストルを持った男がいるのだ。それなのに電話で助けを呼ぶこともできない。とはいえ、列車はいつ停車してもおかしくない。それに、ほかの乗客がすでに銃声を聞いているはずだ。もうとうに警察に連絡が行っているかもしれない。

ケイトの視線は、列車の外に通じる引き戸式の窓に向いた。あの窓が開くのかどうかわからないが、やってみる価値はある。とはいえ、窓を揺さぶっているあいだは、犯人の格好の的になってしまう。銃弾が放たれれば、まっすぐ背中に当たってもおかしくない。それでも、やるしかない。

「いい、静かにしていて」ケイトはクセニアにささやきかけた。「私がこの場所から動くことを、犯人に悟らせてはだめだから。あの窓を開けてみる」

クセニアは即座にケイトの手をつかんだ。「やめて。ここにいて、お願い」

「窓を開けるだけ。開いたら、ふたりとも外に出られるから」

クセニアはさらに体を震わせたが、それでもうなずいた。ケイトはできる限り身をかがめて、窓へと移動した。小さな個室のなかだけに、ほんの二歩の距離だ。左手にスチール製の洗面台、その上に鏡がある場所まで来た。目の前には便器。窓はその上だ。後ろ正面にはドアがあり、その向こうに銃撃犯がいる。汗が噴き出るのを感じた。幸いなことに列車の走行音が大きいため、窓を開ける際に音がしてもかき消されるだろう。ケイトは窓の取っ手をつかんで、引いた。すると、特に困難もなく、窓は音もたてずにするりと開いた。とはいえ、ほんの少しだけだ。それ以上は開かない。

暖かな夏の空気が入ってくる。柔らかな風だ。

ここで死にたくない、とケイトは思った。絶対に死にたくない。

わずかに開いた窓を見つめる。ケイト自身は頑張ればなんとかここを潜《くぐ》れるかもしれない。比較的小柄で、とても痩せているから。けれどクセニアはどう考えても無理だ。彼女の体形は、親切に形容しても、相当ふっくらしている。あの体を外に押し出すのは無理だ。

クセニアも即座に問題を悟ったようだった。「お願い、ひとりにしないで。お願い！」

「もちろんよ、大丈夫」当然だ。勤務中ではなくても、ケイトは警察官だ——たとえスコットランド・ヤードを二日前に退職しており、スカボロー署で勤務を始めるのは八月に入ってからだとはいえ。現在のケイトは職業的には一種の空白地帯にいる。それでもクセニアのような状況に陥った女性を見捨てて自分だけ安全な場所に逃げるなど、思いもつかないことだった。絶対にあり得ない。

その瞬間、次の銃弾が放たれた。ほぼ同時に列車は大音量でブレーキをかけ、車輪をきしませながらヨーク駅に到着した。

右ふくらはぎに痛みを感じた。鋭く激しい痛みだが、ほんの一瞬のことで、次の瞬間にはもう気のせいだろうと考えていた。そこで隅にうずくまるクセニアのところまで這い戻った。男はまだドアの前にいる。いまだに。

開いた窓から駅構内のアナウンスの声が聞こえてきた。別の列車が轟音《ごうおん》を立てて駅に入ってくる。スーツケースの車輪がプラットフォームを転がる音が聞こえる。人のざわめき。駅の雑踏。

「あいつ、まだドアの前にいる」クセニアがささやいた。

「ええ、そうみたいね。でもいま頃はもうほかの人たちが気づいているはず。きっと警察に通報が行ってる。警察がここから助け出してくれるから。心配しないで」

コリンはいまどうしているのだろうと、ケイトは考えた。彼女がいつまでトイレにいるのだろうと、いぶかしく思っているだろうか？　銃声が聞こえただろうか？　きっと不安になっているに違いない。なにしろふたりはここで乗り換えることになっていて、リーズ行きの列車はあと二十分弱で出発するのだ。様子を見にコリンがここまで来たりしませんようにと、ケイトは祈った。そんなことをすれば銃撃犯と鉢合わせだ。

クセニアが突然、恐怖の悲鳴をあげて、ケイトの脚を指さした。「血が出てる！」

ジーンズの右ふくらはぎの部分が赤茶色に染まっていた。血の染みはどんどん大きくなっているようだ。先ほどの鋭い痛みを思い出した。銃弾が当たったのだ。不思議なことに、いまは痛みを感じなかった。ショックのためにアドレナリンが過剰に放出されているのだろう。

「かすっただけ」確信はなかったが、ケイトはそうささやき返した。「ひどくはないから」

「私たち、殺される。いや、どうしよう、私たち殺される！」

「あの男が誰か、心当たりは？　どうして追われているのか、わかる？」

「わからない。私、一番後ろの車両にいたの。あいつは斜め向かいに座ってた。通路を挟んで。ずっと私のことをにらんでた。不気味で、気持ち悪かった」

「でもあの男に会ったことはないのね？」

「ない」

「そうか。おかしいわね」無差別殺人はある。だがその場合、犯人はたいてい誰に当たるかなどおかまいなしに撃ちまくる。とにかく多くの犠牲者を出すことが目的だからだ。ところが、ドアの前にいるあの男はクセニアひとりを狙っている。ということは、クセニアと犯人とのあいだになんらかのつながりがあるはずだ。

「なにも聞こえなくなった」クセニアがささやいた。「この列車のなか」

確かに、駅からの雑音は聞こえてくるが、列車は死に絶えたように沈黙している。

「あいつ、まだいると思う？」

「わからない。頭を出して確かめてみる気にはならないし。本当なら新しい乗客が乗ってくる音が聞こえるはずよね。それが聞こえないってことは、もう警察が現場を掌握してるんだと思う」

クセニアの緊張がわずかにほぐれた。体の震えも少しおさまり、呼吸も穏やかになってきた。

そのとき、突然ドアを激しく叩く音がして、ふたりは縮み上がった。

「警察です！　なかにいるのは誰ですか？」

ケイトは即座にドアに飛びつこうとしたクセニアを引き留めた。「ケイト・リンヴィル巡査部長です。女性乗客ひとりと一緒にいます」

クセニアが呆然とケイトを見つめた。「巡査部長……？」

「こちらはノース・ヨークシャー警察ヨーク署のジェンキンス巡査部長です。ドアを開けられますか？　現場は掌握しています」

「でも、もしあれが犯人だったら？」クセニアが小声で訊いた。

「それならもうとっくに同じ方法を試していたはず」ケイトは言った。そして足を引きずりながらドアまで行った。ふくらはぎが急に痛み出し、片足に体重をかけられなくなったのだ。ドアの鍵を開ける。目の前に黒いスーツを着た男がいた。

「リンヴィル巡査部長？」

「はい」

「怪我《けが》人はいますか？」

「私の脚を銃弾がかすめました」ケイトは言った。「それを除けば、ふたりとも無事です」

「あなたは同業者ということですね？」ジェンキンスが訊いた。

「はい。でも勤務中ではありません。たまたま巻き込まれただけで」ケイトは通路の左右を見渡した。いたるところに警察官がいる。外のプラットフォームも同様だ。

「複数の乗客から緊急通報があったんですよ。列車のなかで銃撃が起きてるって。列車が駅に入って数秒後には、我々も駅駐在の警察の応援に到着しました」ここでジェンキンスは口ごもった。次になにが来るのか、ケイトにはぴんと来た。

「犯人は逮捕できていないんですね？」

「そうなんです。列車からは大勢の乗客が走り出てきて逃げていったので、駅駐在の警官ふたりではとても引き留められなかったんです。我々もすぐに現場を封鎖しようとしたんですが、乗客はもう散り散りになった後でした。駅舎でケアを受けている人もいますけど、ほとんどはもうとっくにいなくなってます。まずはプラットフォームを封鎖して、駅の安全を確保し、列車内を点検しなくてはならなかったので」ジェンキンスは額の汗をぬぐった。事態の経過は理想的とは言えなかった。ピストルを持った男が外をうろついていることになる。犯人は逃げた。目的を遂げることなく。

クセニアの顔がさらに蒼白になった。「また狙われたら？」とささやく。「また狙われたら、どうしたらいいの？」

2

ポール・ジェンキンス巡査部長は、心の余裕を失ってはいるようだったが、とりあえずなんとか事態を収拾しようと、できる限りの努力をしていた。いま、ジェンキンスは駅の警備員が貸してくれた小さな部屋で、ケイト・リンヴィルとクセニアに向き合っていた。同僚たちは外で、ロンドン発ヨーク行きの列車に乗っていたほかの乗客たちに話を聞いている。少なくとも、乗客たちのなかでまだ駅にいた人たちに。かなりの乗客が駅の混乱に乗じてすでに姿を消していた。接続列車に乗るなり、それぞれのその日の予定をなんとか消化するために。ケイトはといえば、駆けつけた救急隊員に支えられて、足を引きずりながら列車を降り、プラットフォームでコリンにばったり出くわしたのだった。生きたケイトと再会できたことで見るからにほっとした顔になったコリンに、ケイトは心を打たれた。コリンはケイトのバッグをしっかり握りしめており、しかも機転を利かせてキャスター付きの小さなスーツケースをふたつとも列車外に運び出していた。

「ああよかった、無事で！」コリンは叫んだ。「心配してたんだよ。君がトイレのほうに向かった直後に、女の人が車両を走ってきてさ。そのすぐ後に男も来た。そしたら銃声だろ。もうさ……いやもうさ……」そのときの自身の心境を表わす言葉を、コリンは見つけられないようだった。ひとりの警察官がコリンの肩に触れ、彼を脇へと押していった。そして「あなたからも少しお話をうかがいたいのですが」と言った。

「もちろん、もちろんです！」コリンにとっては願ってもない状況だ。きっと自身の体験をとんでもなく大げさに脚色して話すだろうと、ケイトは予測した。

ケイトはコリンに、駅から絶対に出ないように、ふたりのスーツケースから目を離さないようにと頼んだ。バッグは自分で持った。救急隊員が脚の手当てをしてくれた。思ったとおり、銃弾は脚をかすっただけだった。

「幸運でしたね」と救急隊員が言った。「出血量が多いから実際よりひどく見えるだけです。これから消毒をして、包帯を巻きます。それから、痛み止めを渡しておきますから。でも一応、後で医者に行ってくださいね」

「そうします」ケイトは言った。

ジェンキンス巡査部長は、ケイトが手当てを受けているあいだにクセニアの事情聴取を始めようとしたが、クセニアはひどいパニック状態だった。「ケイトさんが一緒じゃなきゃ嫌！ケイトさんが一緒じゃなきゃ、私、どこにも行かない！」ケイトはクセニアの命の恩人だ。おまけに警察官だ。クセニアにとってケイトは、この悪夢のような一日に、しがみつくことのできる岩のような存在なのだろう。

そういうわけで、ふたりはいまこの狭くて暑い部屋に座っている。

南向きの窓から七月の太陽が差し込み、窓ガラスの埃を際立たせ、金属製の書類棚と恐ろしいほど片付いた机のあるこの部屋を、オーブン同様の状態に変えていた。ブラインドもカーテンもない。部屋に入ってほんの一、二分だが、ケイトはまるで熱いコンロの上で焼かれる目玉焼きになった気分だった。

目も当てられない一日だ。リーズ行きの列車は出てしまった。ウェルネス三昧《ざんまい》の週末の始まりは、少々遅れることになりそうだ。いや、そもそも始まるのだろうか。ケイトはできればこのまま家に帰って、冷たい飲み物を持ってバルコニーに座り、痛む足をテーブルに載せたまま過ごしたかった。血でごわごわになったジーンズを一刻も早く脱いでしまいたかった。

だが、ジェンキンス巡査部長も仕事なのだ。ケイト以上にそれを理解できる人間がいるだろうか。

ジェンキンスはまず、クセニアの情報を記録していった。ヨークシャーのリーズ近郊ブラムホープ在住。既婚。子供なし。一九八二年五月十日生まれ。

「出生地は?」ジェンキンスが訊いた。

クセニアはためらいを見せた。「キーロフです。ロシアの。当時はソビエト連邦でした」

ジェンキンスが姿勢を正した。「ロシア人なんですか?」

「イギリスの市民権を持っています」クセニアは隣に手を伸ばした。おそらく普段はそこにバッグを置くであろう場所に。そして、列車のなかで追っ手から逃げる途中でバッグをなくしたことに気づいた。「バッグ! まだ列車のなかに。身分証明書なんかは、そこに入ってるんです。パスポートも。私、イギリスのパスポートを持ってます!」

「ご心配なく。列車内は立ち入り禁止になっていて、同僚たちがいま捜査をしています。バッグもきっと見つかりますよ。全部取り戻せますから」なだめるような口調で、ジェンキンスは言った。そしてハンカチを取り出して額の汗を拭き、ネクタイを緩めた。「いやあ、この部屋、本当に暑いですね」

「私、イギリス人と結婚したんです」クセニアが説明を始めた。「ジェイコブ・パジェット。

だから英国籍を取れたんです」

この人にとっては大切なことなんだ――すごく大切な。ケイトはそう思った。イギリスに不法滞在しているなどと決して疑われたくないのだと。ケイトが聞く限り、クセニアの英語は完璧だった。ロシア出身だと知っていれば、ほとんど聞き取れないほどかすかなアクセントがあるのがわかるが、知らなくて、気をつけて聞いていなければ、クセニアがイギリス人でないと思う人などいないだろう。

「イギリスにはいつから住んでいるんですか?」ジェンキンスが訊いた。

「二〇〇六年からです。二〇〇六年の六月に結婚しました」

「ご主人とはどこで……」

「結婚仲介所で知り合いました」クセニアが言った。「夫はロシア人女性と知り合いたかったんです。イギリス人女性とはうまく行かなかったとかで、別の国の人を試してみようと思ったそうです」

「あなたの結婚前の名前は……?」

「クセニア・ペトロワ・シドロワです」

ジェンキンスは聞き慣れない綴《つづ》りをぶつぶつつぶやきながら、その名前を書きつけた。

「わかりました、ではミセス・パジェット」書き終わって、そう呼びかける。「私にとって一番の関心事は、今日のあの列車内での出来事です。男があなたに向かって発砲した。なにがあったのかを、順を追って正確に話していただけますか?」

クセニアはすでにケイトに伝えた経緯を繰り返した。ロンドンのキングス・クロス駅からずっと見知らぬ男に見つめられていたことを。

「時間がたつほど不気味に感じられたんですけど、どこを見ても空いている座席がなくて、場所を移ることはできませんでした。そうしたら、ヨーク駅に着く少し前に、急にあの男の手にピストルが。それで私、席から跳び上がって、走って逃げたんです。スーツケースは荷物置き場に置いてきてしまいました」そこでクセニアは言葉を切った。「私のスーツケースは……」

「それも取り戻せますよ」ジェンキンスが彼女をなだめた。

「私、必死で走りながら、次の車両で、思い切って振り向いてみたんです。犯人は後をつけてきていました。それで私、もっと速く走りました。そうしたら、相手も」

「あなた方は、列車のほぼ全車両を突っ切ったわけですね？」

「はい、乗車したのはずっと後ろのほうの車両でしたから。ケイトさんにぶつかりそうになった車両の直前で、私、もう一度振り返ってみたんです。犯人はだいたい車両の半分くらい後ろにいました。まだ手にピストルを持ったままで。私、もう怖くて怖くて。だってもうすぐ列車の先頭に着いてしまうってわかってましたから。そこまで行ったらもう逃げ場がないでしょう。とにかく走りました。そうしたら、ケイトさんに会ったんです。そして気づいたら、犯人はもう発砲してました」

「ミセス・パジェット、私の理解が確かなら、犯人はずっとあなたの斜め向かいに座っていたんですよね。そしてあなたをじっと見つめていた。つまり、あなたが目を上げるたびに犯人に見られているのがわかった。ということは、犯人の特徴をよく憶えていらっしゃるのでは？」

クセニアはため息をついた。「怖くて、混乱していたけど、でも……かなり若い男だというのは憶えています。私より少なくとも十歳は若いと思います。つまり、女性としての私に興味を持って見つめていたわけじゃないってことです」

「必ずしもそうは言い切れませんが」ジェンキンスは言った。「まあ今回の場合は、確かに犯人はあなたと知り合いになりたかったわけではなさそうですね」

「ええ、殺そうとしてたんですから」

「つまり、男は二十代半ばのようだった、と。体形はどうでしたか？　目の色とか、髪の色は？」

「とても大柄でした。たくましい体つきでした。髪は濃くて、色は黒。巻き毛です。髪型にはこれといった特徴はありません。なんとなく、みすぼらしい感じでした」

「髪が、ということですか？　それともほかにもそんな印象の点が？」

「ジーンズがくたびれていて、膝が抜けていました。それと、上に着ていたのはスウェットシャツだったと思います。灰色で、染みだらけでした」

「目の色は？」

「わかりません。こげ茶色だったと思うけど。ただ瞳孔が開いていて、暗い色に見えただけかも。ものすごい目つきでにらまれていたんです。普通じゃありませんでした」

「モンタージュ写真を作らなくてはならないので、なんとかご協力いただきたいんですが」

「ええ、もちろん。できる限り協力します」

「よかった」とジェンキンスは言って、少し考えた。「リーズ近郊にお住まいだとおっしゃいましたね。お仕事はなにを?」

「なにも。いまのところは。一週間に一度、ボランティアで難民たちに英語を教えていますけど、それ以外に仕事はしていません。夫が、私が働く必要はないと言うので」

「ご主人の職業は?」

「建物の管理人です。リーズ市内と近郊にある複数のマンションを担当しています」

「なるほど。でも、奥さんも以前はなにかお仕事をしていらした?」

「私、ロシアの大学で外国語を専攻していたんです。中退しましたけど。アジアの国の言葉です。中国語と韓国語がかなり話せます」

「きっとすごい才能がおありなんですね」ジェンキンスは言った。「英語も本当にお上手ですから」

クセニアの頬が喜びで赤く染まった。「ありがとうございます」

「でも、大学をご卒業はされなかった?」

「そうなんです。家族がお金に困って。父は軍需《ぐんじゅ》産業で働いていて、冷戦が終わった後はアルバイトで食いつなぐしかありませんでした。母も同じです。そのアルバイトもそのうちなくなりました。私には四人の弟と妹がいるんです。それで大学を中退して家族を支えました。ウェイトレスと清掃員の仕事を掛け持ちして。でもあるとき、もう……」

「もう?」

「もうとにかく国を出たくてたまらなくなったんです。あの国では自分の将来が見えませんでした。あの頃はまだ若くてきれいだったんですよ、私。それで、東欧の女性を仲介するイギリスの結婚仲介所に登録しました。それが国を出る唯一の可能性だと思ったんです」

「弁明なさる必要なんて少しもありませんよ」ジェンキンスがクセニアを落ち着かせるように言った。

ケイトは横からクセニアを見つめていた。なんという悲しい話だろう。いくつもの言語をおそらくは流暢《りゅうちょう》に操る知的な女性が、ウェイトレスや清掃員として働き、現在は妻が働くことをよしとしない男と結婚しているとは。この人はそのせいでこんな体形になったのだろうか? 不満や空虚を食べることで紛らせているのだろうか?

だがそこまで考えたところで、ケイトは自分を戒《いまし》めた。すべて推測だ。クセニアの人生についてなんらかの判断を下せるほど、彼女のことを知ってはいない。

「ロンドンへはなにをしに?」ジェンキンスが訊いた。

クセニアは一瞬、混乱したようだった。「ロンドン?」

「いや、まあ、今朝早くにロンドンのキングス・クロス駅で列車に乗られたわけですから」

「ああ、そうか。ええと、友達を訪ねたんです。木曜日に行って、今日帰るところでした。夫がリーズ駅に迎えに来ることになっています」そこで突然、クセニアはびくりと身を震わせた。

「大変。到着はずっと遅くなりますよね。夫に知らせなくちゃ」

「私の携帯を使いますか?」ケイトは申し出た。

「お願いします」クセニアは跳ねるように立ち上がった。「ちょっと外に出ていいですか?」

「もちろんです」ジェンキンスが言った。

ケイトが携帯電話のロックを解除すると、クセニアはそれを持って部屋を出ていった。

クセニアがいなくなると、ジェンキンスがケイトに尋ねた。「この事件をどう見ますか? 同業者のよしみで」

ケイトは考えた。「いまの時点では解決の糸口が見えませんね。列車にいたあの男は単なる無差別殺人犯じゃない。無差別殺人犯なら、手当たり次第に乗客を撃っていたはずです。でもあの男は明らかにクセニアだけを狙っていました。私は彼女と一緒にトイレに立てこもったせいで、たまたま標的になっただけです。ということは、これは人間関係のもつれによる犯行ということになります――つまり犯人とクセニアのあいだにはなんらかの関係があるはずです」

「ロシアとなにか関係があるんでしょうかね? 彼女の話の裏を取ることに意味があると思いますか?」

「残念ながら、それをするにはとんでもない予算と時間がかかるでしょうね。少なくとも、彼女の話のなかの、ロシアに関する部分の裏取りをするには。それよりも、彼女がいまの夫に出会った結婚仲介所に話を聞いてみるほうが有益かもしれません」

「たとえば仲介所に借金が残っている可能性もありますね。ロシア人ってのは過激な借金の取り立てで有名ですからね」

「でも仲介所はイギリスの会社ですよね」

「ロシアにパートナー会社があるかもしれませんよ。仲介に関わっていて、手数料も取っているというような」

「でも十三年も前ですよ。二〇〇六年に結婚したと言っていましたから。少なくとも本人の話では。仮に仲介手数料が未払いか、一部が支払われず、ロシアにいる誰かが騙《だま》されたと考えたとして――その誰かは、もっとずっと前に行動を起こしたはずだとは思いませんか？」

「起こしたのかもしれませんよ。でもうまく行かなかった。だから今回はもっと過激な手段に出たとか」

「なんだか完全にロシアのマフィア映画みたいな話になってきますね」

ジェンキンスは肩をすくめた。「でもクセニア・パジェットは実際にロシア生まれなわけですし」

「でも、そういう結婚仲介所って、そこまで大金がかかるものでもありませんよね。もしクセニアの夫のジェイコブ・パジェットが十三年前から借金を返せと迫られていて、いまになって圧力が強まったとして……危険な人間と延々と関わり合いになるよりは、なんとかして借金を支払っただろうとは思いませんか？」

「夫がどういうタイプの人間かわかりませんからね」ジェンキンスは言った。「もしかしたら、ぼったくられたと考えているかもしれません。で、屈服するくらいなら殺されたほうがましだと思っているとか」

ケイトは考えてみた。「いずれにせよミスター・パジェットから話を聞いてみる価値はあるでしょうね。あの夫婦にはなんだか問題がありそうな気がしますから。ただ、それが今日の列車での事件に関係があるかどうかはわかりませんけど」

「問題がありそうというのは？」

「クセニア・パジェットは夫を恐れている――とまで言ったら言いすぎかもしれませんけど、少なくとも夫に対して萎縮《いしゅく》はしているようなので」

ジェンキンスが驚きの表情を見せた。「どうしてそう思うんです？　彼女が働くのを夫が嫌がるから？」

「それもひとつのしるしかもしれません。もし本人の話のとおりなら、あの人は語学の才能のある若い女性です。翻訳家や通訳として成功していたかもしれない。それなのに、どうしてそういう仕事をしようとしないんでしょう？」

「いろいろな理由が考えられるでしょう。子供を作りたくて、そのためにストレスを避けているとか。知りませんけど」

「確かに。でも時間どおりにリーズに到着できないせいで、夫に駅で待ちぼうけをさせると突然気づいたとき、彼女、ほとんどパニックだったとは思いませんか？」

「私はむしろ、夫に心配をかけたくないんだなと思いましたけど」

「それもあり得ますね」ケイトは言った。

クセニアが戻ってきて、ケイトに携帯電話を返した。「ありがとうございました」と言って、椅子にかける。ほっとしたようには見えず、むしろ先ほどよりさらに心労が増したようだ。

「夫は私がいつ帰るのか知りたがっています。まだ長くかかるんでしょうか？」

「いえいえ」ジェンキンスが言った。「お帰りになりたい気持ちはよくわかりますよ。もうひとつだけ、ロンドンのお友達の名前を教えていただけませんか？　それに、その方とどこで知り合ったのかも」

「名前はマヤ・プライスです。以前、リーズでうちの隣に住んでいた人です。それで友達になりました。二年前に彼女はロンドンに引っ越しました。正確に言うと、ロンドンの近くのサウスエンド・オン・シーです。マヤがいなくなって、とても寂しい。だからときどき訪ねていくんです」

「どうして木曜日と金曜日だけで、土曜日に帰ってしまうんですか？　週末ずっと滞在しないのはなぜですか？」

クセニアはためらった。「夫が週末には私に家にいてもらいたがるんです。ふたりで過ごす時間を持てるように」

ケイトとジェンキンスは視線を交わした。ほらね、とケイトの視線は語っていた。

だから？　というのがジェンキンスの視線の意味だった。

「わかりました。ミセス・パジェット、ロンドンでなにかおかしなことはありませんでしたか？　または、行きの列車のなかでとか？」

「おかしなこと？」

「たとえば、そのときからもう誰かに見られているような気がしたとか。さっきの列車のなかほどあからさまではなくても、人から見られていると視線を感じることってありますよね。それに、ほかのことでもかまいません。これまで特に注意を払わなかったような小さなことで、今日の事件との関連で見ると、やっぱりおかしかったというようなことはありませんか？」

クセニアは真剣に記憶を掘り起こしているようだったが、結局「ありません」と言った。

「なにもありません。全然」

「それから、犯人の男ですが、これまで会ったことがないというのは確かですか？」

「確かです」

「では、過去になにかありませんでしたか？　イギリスでも、ロシアでも、今日、列車じゅうを追いかけ回されて、銃撃されるような理由になりそうな出来事に心当たりは？」

「ありません」クセニアは言ったが、その瞬間、彼女の目のなかでなにかがまたたいた。ほんの一瞬。ケイトがそれに気づいたのは、クセニアをじっと見つめていたからだった。ジェンキンスは気づいていないようだ。

やっぱりなにか思いついたんだ、とケイトは思った。でもそれを話す気はないんだ、と。

3

血液検査の結果は明確だった――血中アルコール濃度〇・〇七パーセント。

ケイレブは自主的に血液採取に応じてくれないかと尋ねられたのだった。ノースベイでの事件の後に。恐ろしい結末を迎えた事件だった。女性ひとりと子供ふたりが死んだ。犯人は休暇用貸しアパートの寝室の床に座り込んで、とめどなく泣きじゃくっていた。まだ銃を手に持ったまま。

「できなかった」泣きながら男は言ったのだった。「俺にはできなかった」男が言うのは、最後には自分も銃で自殺するというもともとの計画のことだった。

ケイレブは一時間後に、上司である警視正の前に立つことになった。

「なんてことをしてくれたんだ?」と、警視正は吠えた。「死者が三人だぞ。子供たちは六歳と七歳だったんだ。ちくしょう！　君と部下たちはずっとマンションの周りに突っ立っていたっていうじゃないか。すでに発砲があった後だったんだから、なかで正気を失った男が家族を危険にさらしているのは明らかだっただろう。それなのに君たちは……なにもしなかった。女性と子供ふたりが文字どおり処刑されるのを、のんびり待っていたんだ。そしてことが終わってからアパートに突入した！」

言いがかりだった。ケイレブにはそれがわかっていたし、上司にもわかっていた。だが上司は世間からの圧力を受けていた。憤慨するマスコミからの攻撃に耐えねばならないし、その攻撃が激しいものになるのは火を見るより明らかだった。なにしろ子供が死んだのだ。最悪なのはそこだった。おまけに劇的な報道をすればするほど新聞の売り上げは伸びる。

「サー、私は状況を鑑《かんが》みて、アパートに突入するほうがよほど危険が大きいと判断しました」

ケイレブは釈明した。「突入していれば、確実に血の海ができていたでしょう」

「ほう、突入しなかったから、血の海はできなかったと？」

「いえ、残念ながら。ですが、あの男と話をして良心に訴えかけるのが唯一の道でした。彼は最初は天井と壁に発砲したんです。即座に家族を撃ったわけではありません」

「だから犯人を褒《ほ》めろと？」

「犯人のその行動には意味があったんです。少なくとも彼は、一〇〇パーセント心を決めてはいませんでした。逆に集合住宅のなかでむやみに発砲することで、誰かに通報される危険を冒したんです」

「だから？」

「私は、犯人は話がしたかったのだと思います。本当は助けを求めていたんだと」

「だが結局、最悪の結末を迎えたじゃないか。明らかに君は、犯人と携帯で話しているあいだに、そいつの自制が一瞬で吹き飛ぶようななにかを言ったんだ」

「私は……」

警視正は目の前の机に置かれたメモに視線を落とした。「報告によれば、君は犯人の経済的問題のことを自分から話題にしたとか。その瞬間に犯人は自制を失ったということだが」

「私は犯人に、逃げ道はあると伝えたかったんです。経済的な問題にも解決策はあると」

「だが、それを説得力のある形で伝えられなかったのは明らかだろう。それどころか、その話を持ち出した瞬間に、君はその後の惨事の引き金を引いたんだぞ。やってくれたものだな、ヘイル！」

容赦ない怒りの言葉だった。

俺とジェイデン・ホワイトとの通話の内容を誰が話したんだろう？　と、ケイレブは考えた。すぐ隣にいて会話を聞いていた唯一の人間はロバート・スチュワート警部補だ。最も親しく、最も信頼を置く部下。とはいえ、警視正に質問されたら、ロバートには事実をありのままに報告する以外の選択肢はなかっただろう。それでも、なにかがケイレブの心を凍《こご》えさせた。

「サー、よくわからないのですが……」ケイレブは話を始めたが、すぐに遮《さえぎ》られた。

「ヘレン・ベネット巡査部長はどこにいたんだ？」

「あの日は休暇を取っていて、ソルトバーンの母親を訪ねていました。連絡を受けてスカボローに戻る途中でした」

「なのに君は、有能な部下に仕事を引き継ぐまでジェイデン・ホワイトを引き留めておくことさえできなかったのか」

「はい」ケイレブは答えた。

警視正は眉間《みけん》にしわを寄せてケイレブを見つめた。「ほかにも耳に入った話があるんだ、ヘイル。あの事件の指揮を執《と》っていたとき、君はかなり酔っていたとか」

ケイレブは耳を疑った。「いまなんと?」

上司は戸惑いを隠すかのように咳払いをした。「警部、言わせてもらえば、そういうのは臭いでわかるんだ。君がこの部屋に入ってきた瞬間に、あの話は正しかったんだと悟ったよ」

「サー、私は……」

「いい加減にしろ!」警視正が拳を机に叩きつけた。「私はもう終わったことだと思っていたんだぞ。君は乗り越えたと思っていたんだ。一度、治療を受けただろう。あのとき君はもう大丈夫だと請《う》け合ったし、私にもそれが信じられた。なあ、君はもうすぐ五十にもなろうっていうのに、その程度のことがやり遂げられないのか? 君のいまいましい依存症を克服するくらい、できないのか?」

五十歳まではあと何年かあるとはいえ、もう若くないのは確かだった。だが実際のところ年齢など関係ない。何歳であろうと依存症は依存症だ。

「当時、君をもとのポジションに戻すかどうかという話になったとき、私は君の肩をもったんだぞ」警視正が続けた。「君を信じていたんだ。ところがいまになって、君はとうにアルコールに戻っていたと聞かされた。治療の半年後にはもうへべれけになっていた、それ以来、絶え間なく大量に飲んでいるとな。しかも勤務中にだ!」

「誰がそんな話を?」

「そんなことはどうでもいい。肝心なのは、君が血液検査に同意するかどうかだ。もちろん検査をする義務はないよ、それはわかっている」

「サー、私は……」

「もし検査をしないのなら、私はなんとしてでも君を勤務から外す手段を見つけるぞ、ヘイル。君はもう勤務に耐えられる状態じゃない。誰彼かまわず君の依存症の話をするつもりだし、君が飲んでいるとわかったら報告するように皆に申し渡すつもりだ。だが、もし協力的な態度に出るなら……」

「出るなら？」

「アルコールテストが陽性であれば――私は間違いなく陽性だと思うがね――停職処分だ。だが処分の理由は、母子三人が死んだ今回の事件の結果だと報告する。君が酔っていたことはここだけの話になる。そうすれば酒の問題を克服するチャンスもできるだろう。今度こそな。もちろん希望的観測だが」

「そうすると、どうなるんですか？」

「なにも約束はできない。だがチャンスはある」

「ここだけの話とおっしゃいますが」苦々しい思いでケイレブは言った。「この部屋の外には、どうやらこの話を喜んで広めている人間がいるようですが」

「それは私にはどうすることもできない」

「なるほど」

「で、血液検査には同意するのか？」

「はい」ケイレブは言った。疲れ切り、みじめな気分だった。

「よし」警視正はほっとしたようだった。「ちなみに、ジェイデン・ホワイトの事件はスチュワート警部補が引き継ぐ。明日の朝十時に予定されている記者会見にも、彼が捜査責任者として出る。君は姿を現わさないでもらいたい」

ロバートか、とケイレブは思った。それほどの驚きはなかった。けれど心の底から傷ついた。ロバート・スチュワート。彼はついに、たどり着きたいと望んでいた場所にたどり着いたのだ。


土曜日の今日、事態は雪崩《なだれ》を打って動き始めた。マスコミ各社が書き立てた。母親が死んだ、ふたりの子供が死んだ。早い段階で通報を受けていた警察はなにもせずにマンションの前に突っ立っていた。「警察よ、なぜ動かなかった？」と、ヨークシャー・ポスト紙は一面の見出しに掲げた。

その下には被害者たちの写真。ヤスミン・ホワイトは大きな黒い目と非常に真面目な表情の、若くて繊細な印象の女性だった。アヴァ・ホワイトは七歳。シナ・ホワイトは六歳。ふたりとも茶色い巻き毛と黒い目を持つ、朗《ほが》らかな笑顔の女の子だった。

「彼女らの死は警察のためらいのせいか？」写真の下には、さらにそう書かれていた。警察所属の心理カウンセラーが現場にいなかったことも書かれており（「カウンセラーがいれば、自暴自棄になった父親が惨劇に及ぶのを防ぐことができただろうか？」）、そこから話は捜査指揮官であるケイレブ・ヘイル警部に及んでいた。「警部の手は幼い少女たちの血に塗《まみ》れている」と書かれており、そのすぐあとには、ヘイル警部の犯人との通話は攻撃的かつ無神経で、そもそもこの惨劇を招き寄せる原因だったとあった。アルコールのことは書かれていなかった。いまはまだ。だがいつそれが公になってもおかしくないことを、ケイレブは知っていた。

ケイレブ・ヘイルとロバート・スチュワートは、事件後の金曜日の午後には顔を合わせていなかった。どちらもそれぞれ自分のことで手一杯だったからだ。ケイレブは非難の声をひたすら黙って受け入れ、自身のキャリアが粉々に砕け散るのを目《ま》の当たりにして、これまでほかのことには気が回らなかった。ところが、土曜日の晩のいま、空っぽでしんと静まり返った家にいると、ロバート・スチュワートと話さずにはもう一時間も我慢できないような気がしてきた。自分を背後から突き刺すような真似をしたのがロバートなのかどうか、どうしても知りたかった。

家を出る前に、留守番電話をチェックした。午後に電話が何度か鳴ったのだが、誰かとこの最悪の事態について話す気にはなれなかったので、出なかったのだ。留守番電話からはケイト・リンヴィルの声が聞こえてきた。「もしもし、ケイレブ。昨日のスカボローでの無理心中事件のこと、聞きました。記事も読みました。まあ、無理心中とはいえないですね、犯人は自殺しなかったんだから。ケイレブがあんまりまずいことになってなければいいんだけど、と思って」ここでためらいの間があいた。「ヨークシャー・ポスト紙の論調はあんまり好意的じゃなかったから。もし話がしたければ、いつでも電話ください。携帯で連絡がつきます。私のほうはこの週末、デイルズのおぞましいウェルネス・ホテルに滞在しなきゃならなくて。ヤードの同僚たちからのお別れプレゼントなんです。でも私、泥パックとかそういうのには向いてないんで。ま、その代わりと言ってはなんだけど、行きの列車ですごい事件に遭遇しました。明日きっと報道されると思います」ここで再び間があき、その後「それじゃ、また」という言葉でメッセージは終わっていた。

その後に元妻からのメッセージが二件入っていたが、こちらは聞かずに消去した。彼女ももちろんヨークシャー・ポスト紙を読んだだろうから、職務中に酔ってはいなかったかと訊きたいだけだろう。何年も前に妻に捨てられた原因は、ケイレブのアルコール依存症だった。

一瞬、ケイトにかけなおそうかと考えたが、やはりロバート・スチュワートと話すほうを優先しようと思いなおした。事態にけりをつけたかった。

ロバートは中心部の小さなアパートに住んでいる。交通量の多いヴィクトリア・ロードから一本入った静かな通りにある建物の四階だ。偶然にも、ロバートはケイレブが到着するのと同時に自宅に帰ってきた。それどころか、通りの端に前後して駐車することになり、ふたり同時に車を降りた。ロバートはどうやら署から帰ってきたところのようで、この暑さにもかかわらずスーツにネクタイ姿だった。事件のせいでのんびり週末を過ごすことなど不可能なのだろう。午前中は記者会見に出ていた。おそらく午後はジェイデン・ホワイトを尋問していたに違いない。疲れ切った様子だった。

一瞬、ロバートは逃げ場を探すかのように見えたが、すぐに背筋を伸ばして、頭をまっすぐケイレブを避け続けることなどどうせできないのだと悟り、正面対決しようと腹を決めた。くくったようだった。

「スチュワート警部補」ケイレブは階級名をつけて形式的に呼びかけた。

「サー」ロバートが答えた。

沈みゆく太陽の光のなか、ふたりは向き合って立った。熱いアスファルトと、どこかの庭で咲いているバラの匂いがした。それにかすかに海と塩の匂いも。夏の夜の匂いだ。町全体が昨日の悲劇に衝撃を受け、誰もがその話をしている。だがこの穏やかな晩の空気からは、そんなことはみじんも感じられなかった。

「どうして？」数秒間の沈黙を破って、ケイレブは訊いた。

ロバートも質問の意味をすぐに理解した。

「もう無理なんです」そう答えた。そして一瞬ためらった後に、こう付け加えた。「警部はもう無理なんです」

「昨日の私は酔っていたというのが君の意見か？　だからあの状況に対処できなかったと？」

「飲んでいたのは臭いでわかりましたよ。体の調子があまりよくなさそうだったのにも気がつきました。汗びっしょりで、ずっと必死で日陰を探していたでしょう。立っているのもやっとって感じでしたから」

反論するのは難しかった。刺すような日差しに自分がどれほど参っていたかを、ケイレブはよく憶えていた。それに、舌が上あごに貼りつくあの感覚も。確かに体はつらかった――だが、たとえ飲んでいなかったとしても、あの事件の結末が変わることはなかっただろうと、ケイレブには絶対の確信があった。たとえ素面《しらふ》でも自分はまったく同じ決断を下しただろうと。

「確かに体調は悪かったよ、うん。だがな、そのせいで私がどんな大きな間違いを犯したというのか、教えてくれないか？　いや、私はそもそも間違いを犯したのか？」

「間違いなど犯しませんでしたよ、サー」

「だが……」

「だがじゃありません。警部は間違いなど犯しませんでした。長くためらったわけでもないし、あの曖昧な状況で即座に住居内に突入を命じるのではなく、まずは電話での説得に懸けてみるという判断は、完全に正当なものです。犯人が突然電話を切って凶行に及んだのは確かに最悪の結果ですが、予測は不可能でした」

「それなのに、君は私が酔っていたと警視正に報告する必要を感じたというのか。理解できないよ」

　ロバートは染みひとつなく磨き上げられた自分の黒い靴の爪先《つまさき》に視線を落としたが、やがて顔を上げると、上司の顔をまっすぐ見て、もう我慢できないというように語り始めた。「もう無理なんです。僕のほうが。僕はいつも見てたんですよ。いつも、いつも。警部の机の引き出しにある酒の瓶。急いで一杯ひっかけて。そうすると警部の部屋全体が臭った。息も臭った。なのに僕はいつも平気な顔をしてなきゃならなかった。まるでなにも問題なんてないみたいに。本来ならすぐに上に報告しなきゃならないことを、知っていて黙っていたんです。でも警部はちっとも気にしなかった。僕が警部と一緒になって事実を隠さなきゃならないことを。僕にとっては容認し難い事実を、です。僕がどんな気持ちでいるか、警部は訊いてくれたこともなかったじゃないですか」

ロバートの激しい言葉に、ケイレブは思わず身を震わせた。最悪なのは、反論できないことだった。ロバート・スチュワートの話には嘘も誇張もなければ、こじつけめいたところもない。それどころか、ロバートの気持ちはよく理解できた。

「できなかったんだ……」ケイレブはそう言いかけたが、ロバートに遮られた。

「そりゃそうでしょうね。だってそんな事実はないことになってたんだから。公式には問題なんてないことになってたんですから。どう話し合えたっていうんです？　僕はなにも見ず、なにも聞かず、臭いにも気づかない――それが暗黙の了解だったんですよ。警部はそれに悠々《ゆうゆう》と乗っかっていた」

「悠々と乗っかっていた」という表現は、ケイレブ本人なら使わないところだった。なにしろ彼は常に圧力を感じていたのだから。罪の意識を。依存症に翻弄《ほんろう》されて、周囲に自分の状態を悟られないための努力でしばしば強いストレスにさらされていた。いま、恐れていたことが現実になったせいで、もう努力をする必要もなくなって初めて――上司に知られ、停職処分を受け、もはやなにを美化する必要もない――ケイレブは、これまでの自分がどれほど必死だったかに気づいた。どれほどの重圧のもとにあったのかを。

「昨日の事件は、僕たち全員にとって悪夢でした」ロバートが続ける。「武器を持った男がやけを起こして休暇用のアパートのなかで発砲するなんて。自殺するつもりで、抵抗できない家族を道連れにしようとして、結果的には妻と子供たちの頭を撃ち抜いて殺してしまった。これまでこの仕事をしてきて、ここまでショックを受けた事件はちょっと思い出せません。あのふたりの女の子の遺体を見たら……」

「わかるよ」ケイレブは言った。

ロバートがケイレブに人差し指を向けた。「なのに僕たちは外にぼんやり突っ立ってた。酒を飲んでる指揮官のもとで。そんなことでどうやって捜査を最後まで続けたり、難しい決断を下したり、昨日みたいに事態が最悪の結末を迎えたときにマスコミの非難に耐えたりする力を出せるんですか？　そのためには、少なくとも勤務中の自分たちの行動にも態度にも問題はなかったって、自分に胸を張れないとだめなんです。僕たち自身が自分を責める必要がないと思えないと」

ケイレブはゆっくりとうなずいた。反論などできようはずもない。

それでもケイレブは、結局こう言った。「私と話をしてくれたほうがフェアだったんじゃないかな。警視正よりも、まず私と。私に警告を与えてくれて、なんらかの解決を図《はか》る余地を与えてくれていれば。いま私に言ったことを、昨日言ってくれていれば。これが最後の警告だ、と言ってくれてもかまわなかった。とにかく私になんらかのチャンスをくれていれば」

ロバートの視線がケイレブを素通りした。「もうずっと、何年も前から、話したいと思っていたんです。でも勇気がなかった。警部は僕の上司ですから。僕にはたてつくような勇気はなかった」

「まあ、でも」ケイレブは言った。「その点はもう問題ないな。私はもう君の上司じゃない。これから犯罪捜査課を誰が率《ひき》いていくことになるのか、楽しみだな。もしかしたら君かもしれないぞ！」

ロバート・スチュワートは、無関心な表情を装うのが少しばかり拙速《せっそく》だった。それでケイレブは理解した。

「なるほど。君はもうポストを手に入れたんだな。それなら警視正に話した甲斐があったというもんだ。なあ、チームのモラルを前面に出して、邪魔者を――つまり私を排除しようと決めたとき、君の頭に昇進のことがまったくなかったと言い切れるか？」

ロバートがなにか言いかけたが、ケイレブはそのすきを与えなかった。車に乗り込み、キーを回してエンジンをかけた。いまの言葉はあまりフェアではなかったかもしれない。

だがケイレブのほうでも、胸のうちを吐き出したかったのだ。

私はだんだんおかしな男になりつつあるのかもしれない。ずっと前からそれを恐れていた。一月に六十五歳になった。十二年前からひとりで暮らしている。税理士の仕事は半年前にやめた。もうやる気がなかったし、たいていの人が仕事をやめる年齢に達したから。経済的にはなんとかなる。大きな冒険はもうできないものの、もともとそういうタイプでもない。

だが、仕事がなくなると以前よりずっと孤独になることには思い至らなかった。

私には友人もいないし、趣味もない。誰かと親しくなることも、いま支えになったであろう趣味を見つけることもできなかったのは、おかしなことだ。昔からずっとそういう人間だったのだろうか？　こんなに孤独な、覇気のない人間だったのだろうか？

若い頃は違った。それははっきりしている。やはりあのせいだ。あの恐ろしい出来事の。あのせいで、私は軌道から外れてしまった。そして私自身も、私の人生も、二度ともとの軌道には戻れなかった。

私は六十五歳の非常に孤独な男だ。自分の人生について長く思いを巡らせていると、憂鬱《ゆううつ》になってくる。できれば気を紛らせたい。ただ、どうやって？　朝起きて、朝食をとり、皿を洗って台所をきれいにし終わるとすでに、いったい自分はどうしてベッドから出たのだろうと考えている。

そして、一日が目の前に広がっている。まるで永遠のように。

もう決まった時間の過ごし方もない。定期的に顔を合わせる唯一の人間は、掃除に来てくれる女性だ。名前はイスラ。毎週火曜日に来て、このアパートをぴかぴかに磨き上げてくれる。すこぶる単純な人だが、心根はいい。実のところ、私には掃除をしてもらう必要などない。時間はあり余るほどあるのだから、ひとりでも家をきれいに保つことはできる。でもイスラを解雇したら、ここへ来る人はもう誰ひとりいなくなり、いま以上にひどい生活になるだろう。

自分はここまで落ちてしまったのだ――掃除の女性を心待ちにするほどに。

離婚して十二年になる。アリスとの結婚生活は、私たちを襲ったあの悲劇を乗り越えられなかった。つらい運命は夫婦の絆《きずな》を深めると、よく言われる。私たちは、それが必ずしも真実でないことを示す例だ。あの苦しみ、罪の意識、相手への非難……すべてが私たちを、私たちふたりそれぞれを、少しずつむしばんでいった。そして私たちの愛を殺した。離婚してから、アリスは一度として顔を見せたことも、連絡をよこしたこともない。何人かの遠い知人から聞いた話では、アリスはいま女性と一緒にコーンウォールで暮らしているという。その女性とアリスがカップルなのか、ただの友人なのかは、誰も知らなかった。アリスにとって私との結婚生活は、男というものをまとめて否定してしまうほどつらいものだったのだろうか？　私にはわからない。

私はとてつもなく恨みがましく泣き言の多い人間になったと思う。人生に微笑んでもらえなかったと考えている。四十代まではそうでもなかったような気がする。だがその後はすべてが私の手をすり抜けていき、二度と元どおりにはならなかった。

けれどそれだけではない。私を激しい不安に陥れるものが、もうひとつある。ここ三週間ほどだろうか、なんとなく見られているような気がするのだ。通りに面したキッチンの窓から外を見ると、通りの向かい側に男が立っていたことが何度かある。あんなにもない場所に。バス停も、タクシー乗り場もなにもない。あんなところに立つ理由などないのだ。最初は誰かを待っているのだと思った。だがそれから、この建物を見つめているのだと気づいた。男は誰かを待っている人間がするように、通りの左右をきょろきょろ見回すでもない。この建物をじっと見つめているのだ。

翌日、男はまたそこにいた。だがそれから二日間は姿を見せなかったので、私はあんなふうに気をもんだ自分を笑った。ところがその翌日、男はまたしてもそこに立っていた。それにその翌日も、さらにその翌日も。それからまた姿が消えたが、私はもう安堵のため息をついたりはできなかった。もちろん男はまた姿を現わした。あそこに立ち、こちらをじっと見つめていた。

外に出ていって声をかけてみようかとも考えたが、結局やめた。なにを言えばいいのだろう？「どうしてそこに立っているんですか？　私の暮らすこの建物を見ているとか？」とでも？　笑いものになるのではと怖かった。男はなにも禁じられたことをしているわけではないのだ。そこに突っ立っているのも、建物を見つめるのも、彼の自由だ。禁じる法律はない。

だから私は出ていかなかった。そしてキッチンの窓にかかったカーテンの奥から男を見つめた。これまで一度も会ったことのない男だ。とはいえ、遠目ではよくわからないだけかもしれない。いずれにせよ、男の顔や、黒髪、身長、広い肩幅などを見ても、なんの記憶も呼び覚まされなかった。

あの男はいったいなにをしているのだろう？

おそらく納得のいく無害な理由があるに違いない。

イスラが火曜日に来たら、話してみよう。彼女ならなにか思いつくかもしれない。さっきも言ったようにイスラは少しばかり単純ではあるものの、地にしっかり足のついた人だ。決してものごとに動じない。

とはいえ、イスラは私の人生のすべてを知っているわけではない。幸いなことに。すべてを知れば、イスラはもう私のところに働きに来てはくれないだろうから。だが、すべてを知らないということは、外にいるあの男があの……当時のあの出来事と関係があるのかどうかの判断もできないということだ。まあ、だからこそイスラは私の心を落ち着かせてくれるだろう。なんとも矛盾しているものだ。自己欺瞞《ぎまん》もはなはだしい。事情を知らない人に落ち着かせてもらおうと考えているのだから。事情を知れば落ち着かせるようなことなど言ってくれないであろう人に。

これが私だ。ものごとを自分に都合よく歪曲《わいきょく》する。少なくとも、都合よく見えるように。それが私の人生が大惨事に見舞われた深い理由なのだ。

七月二十二日月曜日

夏の一番の長所は、明るい朝だ。そして二番目は、長い夏休み。

ソフィア・ルイスは幼い頃から早起きで、朝のやる気をそぐばかりの冬の暗さが苦手だった。今日もソフィアは、暖かい季節にはいつもそうするように、きっかり六時に自転車にまたがった。これはすっかり習慣になっている。これ以上いい一日のスタートはない。長い距離を自転車で走り、新鮮な空気を吸い、体をしっかり酷使する――そして家に帰ったら、熱いシャワーを浴びて、大きなカップでコーヒーを飲む。ソフィアにとってそれは、よい人生の象徴のようなものだ。

ソフィアは三十一歳で、スリムで健康的、運動が大好きな女性だ。スポーツはソフィアの生きがいだった。職業は教師で、スカボローにあるグラハム・スクールで数学と物理を教えている。生徒たちに好かれ、その若さにもかかわらず、同僚たちからは一目置かれていた。

またしても暑い一日になりそうな素晴らしい天気のこの朝、自転車に乗った瞬間、ソフィアは突然、心の底から熱烈に思った――素晴らしい。私の人生は素晴らしい。

ステイントン・デイルは、海を見下ろす丘の上にまばらに散らばるいくつかの農場から成る村だ。農場と農場のあいだには、垣根や生垣や石垣に縁どられた牧草地が続く。小さな森、細い田舎道、渦を巻いて流れる小川。狐と兎が挨拶を交わすようなのどかな場所。ソフィアにとっては天国だ。

村に中心部なる場所があるとすれば、それはプライア・ワス・ロードの、教会の角にある小さな郵便局だ。切手や、バスの乗車券や、わずかながら食料品も置いている。そこからさほど離れていないところに赤い電話ボックスがあり、そこは表示こそないものの、バス停の役割を果たしている。ソフィアはこのプライア・ワス・ロードを少し行ったところに住んでいる。つまりいわば村の中心部に住んでいるということだ。リンゴの木々があり、花が咲き乱れる庭は、牧草地と畑に続いている。

ソフィアは自転車で通りを進み、郵便局を通り過ぎて街道に曲がった。ここを車が通ることは滅多にない。この時間、しかも夏休みとあれば、車など皆無《かいむ》だ。ソフィアは力強くペダルを踏んだ。外はまだ清々《すがすが》しく、海からの冷たい空気が地上を覆っている。ソフィアは体にぴったり張りつく黒いサイクリングパンツの上にTシャツ一枚という格好で、最初は少し寒いと感じたが、それでよかった。すぐに体が温まるのはわかっていた。

数分で街道から右に曲がって、広めの田舎道に出た。石ころだらけで、自転車はガタガタ揺れた。谷間にうずくまったような農場の前を通り過ぎる。農場主は戸外にいて、足元の草地をくちばしでつつく鶏たちをぼんやりと眺めていた。

「やあ、ルイスさん!」農場主はそう呼びかけて、手を振った。「今日もきっかり時間どおりだな!」

「そりゃ教師だもの！」ソフィアはそう言って、手を振り返した。このあたりの住人のほとんどとは顔見知りだ。バーミンガム郊外で育ち、マンチェスターの大学で学び、最初はやはりマンチェスターの学校で教えていたソフィアだが、一年前にこの人里離れた田舎に越してくると、地元の人たちに温かく迎え入れられた。ソフィアは皆に好かれていた。それにソフィアの運動好きに、皆が感心していた。

「あの人、いつも動いてるもんね！」と、皆が言った。

実際、そのとおりだった。

いまソフィアは森に入っていく。森のなかの道はとても狭く、しばらくのあいだ急な上り坂が続く。だが苦労する甲斐はある。坂を上りきると、そこからは同じように急な下り坂になり、最後には森を抜けて、牧草地に出る。牧草地からは海が見渡せる。ソフィアはこの場所が一番好きだった。

懸命にペダルを踏んで坂を上る。すっかり体が熱くなり、酷使したせいで足の筋肉が心地よく引きつる。ちょうどソフィアの好みの引きつり方だ。最後の数メートルは立ち上がってこぐ。ここは全力でペダルを踏まねばならないところだ。それは地面が平らでないせいでもあった。アスファルト道路ならもっと楽に進めるだろう。だがやがてソフィアは丘の頂上にたどり着いた。目の前には下り坂がのびている。一息に降りていくつもりだ。あたりには森の木々、そして夏の朝のまだとても早い時間の静けさ。鳥がさえずり、遠くでキツツキが木をつつく音がする。それを除けば、すべてが静寂に包まれている。まるで動物たちのほかはこの世界でひとりきりになったような感覚だった。

ソフィアはもう一度力を込めてペダルを踏み、少し前かがみになって下り坂へと飛び出した。

地面には木の根や石があるものの、ソフィアはこの道に慣れており、地面の盛り上がりから障害物、すべてを知り尽くしていた。だからこれほどの速度でかなり急な傾斜を下っていくこともできる。あまりよく知らない場所ならそんな危険は冒さなかっただろうが、ここでは自転車の猛スピードにすっかり身を委《ゆだ》ねた。

素晴らしい。あまりにも素晴らしい。

転ぶ前のほんの一瞬、ソフィアは道に張り渡された針金を見た。細い針金だったが、それでも見えた。ぎっしり茂った木々のこずえの隙間から差し込む早朝の陽光を受けて、針金は銀色にきらめいていた。

けれど、遅かった。反応する時間はもうなかった。ブレーキを踏む時間は。あまりに速度が出ていたから、なおさらだった。

ソフィアは宙を舞った。めまぐるしく回転する視界に、木々、青空、太陽、森の道、シダが次々と映った。空中で一回転しながら、ソフィアはまだ、ヘルメットをかぶっていればよかった、などと考えていた。次の瞬間、道に叩きつけられた。一瞬感じた痛みは、恐れていたよりずっと軽かった。なんだ、どうってことない、それほどひどいことにはならない……と思う間もなく、暗闇が下りてきて、ソフィアは意識を失った。

続く銃声は、もう聞こえなかった。

七月二十三日火曜日

I

引っ越しまであと三日。金曜日には家具運搬トラックが来る。ケイトは自宅アパートのなかを見回した。同僚たちはよかれと思ってプレゼントしてくれたのだとしても、あのウェルネス・ホテルでの週末のせいで、ケイトの計画はめちゃくちゃになってしまった。確かに一年前から片付けを始めてはいた。たくさんの物を捨てたし、荷造りもかなり進んでいた。とはいえ、引っ越し準備の決戦は先週の土曜日と日曜日に計画していたのだ。ところがその二日間、ケイトはまずリーズに向かう列車のなかでどこかの異常者の銃弾にさらされ、ヨーク署に延々と事情聴取をされる羽目になった。しかもその後、ホテルで泥を体に塗りたくられ、なんだかよくわからないマスクを顔に載せられて、理性を失う寸前まで行った。同僚たちからのお別れプレゼントに含まれていたその他のウェルネス・プログラムは、結局キャンセルした――ものごとには限度というものがある。そしてコリンとともにホテルの広い庭のベンチで、怪我をした脚を高く上げて過ごしたのだった。コリンはずっと列車のなかの出来事の話しかせず、あれこれと大胆な推理を披露したが、それを聞くのはそれほど苦痛ではなかった。ケイトもまたそのことばかり考えていたからだ。

「僕たちふたりで事件を解明するべきだよ」自身を才能豊かな捜査員と見なすのが好きなコリンは最後にそう言ったが、ケイトは首を振った。

「それはヨーク警察署の仕事でしょ。彼らは私たちの助けなしでも大丈夫」

家に帰ると、ケイトは月曜日まる一日を費やして段ボール箱に荷物を詰めた。そして火曜日の今日も朝早くに起きて、荷造りを続けた。金曜日までにまだやるべきことはたくさんあるとはいえ、だいぶ見通しが立ってきた。飼い猫のメッシーは空っぽになった本棚に座って、怒ったような顔をしている。メッシーの我が家でもあるこのアパートでケイトがしていることが気に入らないのだ。

「スカボローの家は、あなたも知ってるじゃない」ケイトはメッシーに言った。「あの家、好きだったでしょ。いまよりずっと広いのよ。私たち、一からスタートするの」

メッシーは小声で鳴くと、肢《あし》をなめ始めた。

両親の家に——子供時代を過ごした家に戻る。スカボロー郊外のスカルビーにあるあの小さな家を五年前に相続して以来、ケイトは何度も売ることを考えてきた。だがどうしてもできなかった。結局とある夫婦に貸し出したのだが、借主は家をめちゃくちゃな状態にして夜逃げしてしまった。混沌の真っただ中に小さな黒い猫がいて、ケイトを絶望の目で見つめてきた。ケイトはその猫を引き取り、それ以来ふたりは離れ難いパートナーとなったのだった。

携帯電話が鳴った。段ボール箱の前で膝をついていたケイトは立ち上がり、痛みに声をあげそうになるのをこらえた。脚の傷はまだ癒《い》えていない。

一瞬ケイトは、新しい上司となるケイレブ・ヘイルがようやくかけてきたのではないかと期待した。これまで何度も留守番電話にメッセージを残していたが、一度も連絡がなかったのだ。だが今回も、画面に表示されているのは見知らぬ番号だった。

「ケイト・リンヴィルです」ケイトは名乗った。

「ああ、リンヴィル巡査部長ですか。ノース・ヨークシャー警察ヨーク署のジェンキンス巡査部長です。憶えていらっしゃると思いますけど……」

「もちろんです、巡査部長。どうしましたか？」事態が妙な方向に進んで自分がまた巻き込まれることにならなければいいが、とケイトは思った。いまは時間がない。

電話の向こうのジェンキンスがため息をついた。「事件はわけがわからなくなる一方なんですよ。昨日、スカボロー近郊のステイントン・デイルで若い女性が襲われた事件のことはご存じですか？」

「いえ」荷造りに忙しくて、たとえ戦争が勃発していても気づかなかっただろう。「ステイントン・デイルとおっしゃいましたか？」あのあたりならよく知っている。のどかな田園地帯だ。あんな場所で事件？

「被害者はステイントン・デイル在住の教師で、毎朝自転車で決まったルートを走っていました。森のなかの下り坂を、おそらくは凄まじいスピードで走っていたんですが、その道に細い針金が張り渡してあったんです」

「なんてこと！」

「ひどい転倒のし方で、いま病院にいます。生きてはいますが、会話のできる状態ではありません。脊髄損傷です。四肢麻痺の可能性があるんですが、医師はまだ断言はしていません」

「恐ろしい。教え子が犯人の可能性は？　いま教師だっておっしゃいましたよね？　子供ってときどき信じられないほど馬鹿なことをやらかすでしょう」

「普通なら私もそっちの方向で捜査するところなんですけどね。この話はもっと複雑なんです。実は、とある農場主が外で仕事をしていて、被害者が自転車で通ったのを事件の数分前に見かけているんです。その男が銃声を聞いているんですよ。心配になって、被害者がいつも自転車で走るルートをたどってみたそうです。だから被害者は転倒からすぐに発見されたわけです。そのおかげで命が助かったのかもしれません。もしその農場主がいなければ、誰かが通りかかるまでずっと現場に倒れたままだったでしょうから」

「それで、銃声というのはその被害者に向けられたものなんですか？　針金で転倒させて、それに加えて銃撃もしたと？」

「被害者に銃創はありません。ですがスカボロー署が銃弾を見つけました。倒れていた被害者の頭の近くの切株にめり込んでいたんです。撃ったのが誰にせよ、射撃の腕はよくなかったみたいですね。ただ、変なんですよね。被害者はそこに倒れていて、抵抗することもできなかったわけですから、ピストルを直接こめかみに当てて撃てばよかったのに、そうはしなかった。でも、なんといっても奇妙なのは……まあそのせいでこちらに連絡が来たわけなんですが……」ここでジェンキンスは一拍置いた。

「はい？」

「ここ最近の銃撃事件を当たっていてすぐに判明したんですが、今回の事件で使われたピストルは、先日の列車でクセニア・パジェットとリンヴィル巡査部長に対して使われたピストルと同じ口径、同じモデルだったんです。それで光学顕微鏡で調べたところ、結果には疑問の余地がありませんでした――ステイントン・デイルの被害者女性に向かって発砲された銃は、土曜日にヨーク駅に向かう列車内で発砲された銃と同じものだったんです」

「なんですって！」

「間違いありません」

「それなら、クセニア・パジェットとなんらかのつながりがあるってことですね、その被害者の……」

「ソフィア・ルイスです」

「ええ。つながりがあるんですか？」

ジェンキンスは再びため息をついた。「スカボロー署の犯罪捜査課からの依頼で、私はクセニア・パジェットからもう一度話を聞いたんですよ。でも、ソフィア・ルイスなんて名前は一度も聞いたことがないと言っていました。スカボローに知り合いはいないし、そもそも教師なんてひとりも知らないと。クセニアの夫も同じことを言っています」

「ソフィア・ルイスの友人や同僚はどうなんですか？　そのなかにクセニアを知っている人は？」

「その点はいまスカボロー署の捜査員が当たっています。こちらにはまだ連絡が来ていません。いずれにせよ、ふたつの事件にはつながりがあるとわかったわけです。同一犯の犯行だと思われます」

ケイトが考えを巡らせているあいだに、ジェンキンスはさらに続けた。「巡査部長、たしか八月初めからスカボロー署の犯罪捜査課に移るとおっしゃっていましたよね。今回の捜査を指揮するスチュワート警部補もそうおっしゃっていました。それで私のほうから警部補にご提案したんですが……」

「ちょっと待ってください」ケイトはジェンキンスを遮った。「捜査の責任者はスチュワート警部補なんですか？　ケイレブ・ヘイル警部ではなくて？」

ジェンキンスがためらいがちに訊いた。「まだ聞いていないんですか？」

「なにを？」

「ヘイル警部は停職処分を受けたんです」

「どうして？　あの一家無理心中未遂事件のせいで？」

「公式にはそういうことになっています。ただ、あの事件があんな結末になったからというだけではなくて、ほかにも……その、噂があるんですが……」

「なんですか？　噂ってどんな？」

ジェンキンスは三度目のため息をついた。「事件のあった建物の前で犯人と交渉していたとき、ヘイル警部は酔っていたという噂です。だからですよ。だから、どうやらキャリアに終止符を打つことになったみたいです」

ジェンキンスとの通話を終えて一時間たっても、ケイトは衝撃から立ち直れなかった。無数の段ボール箱に囲まれて座り込んだまま、じっと壁を見つめ続けた。絵がかかっていた場所にできた灰色の四角形を。

ケイレブ・ヘイル。

ケイトのことを天才的な捜査員だと見なす、おそらく世界で唯一の警察官。自分の仕事の成果を外にアピールする才能、自信をもって自分を有能な刑事だと主張する才能がまったくないケイトの能力を見出してくれた。ケイトは生まれてからこれまで、何度も自分で自分の足を引っ張ってきた。頑《かたく》なで、内気で、人を信頼することができないせいで。これまでケイトは、スコットランド・ヤードでいくつもの難しい事件の解決に決定的な貢献をしてきた。ところが最後にはいつも手柄は同僚たちのものになった。ケイトがあまりにも引っ込み思案で自己主張をしないため、捜査の成功に彼女がどれほど貢献したか、誰にも判然としなかったからだ。たまに上司から褒められることがあっても、ケイトはぶっきらぼうに否定してしまい、最後には上司も褒めたのは自分の間違いだったのだと信じてしまう始末だった。もちろん、ケイトは無能な刑事だと見なされているわけではなかった。ただ、ケイトがどんな人間で、どんな長所を持っているのか、誰も考えたりしなかったというだけのことだ。ケイトは誰の視界にも入らない人間だった。

だがケイレブだけは違った。彼が指揮したふたつの事件にケイトは偶然関わることになり、どちらも自力で解決に導いた。ケイレブを出し抜くような形で。ケイレブが間違った推理にがんじがらめになって道に迷う一方、ケイトの直観は常に正しかった。ほとんどの上司なら、そんなことがあった後では一生のあいだケイトを避けるようになるだろう。だがケイレブ・ヘイルは違った。むしろ逆だ。ケイトを延々と説得して、ついに自分が率いるスカボロー署の犯罪捜査課に応募することを承諾させた。

「私には一流の部下が必要なんだ」と、何度も繰り返された会話のなかで、ケイレブは言った。「そして君は一流なんだよ、ケイト」

そしてついに、ケイトはケイレブにしろと言われたことをした——人生の舵《かじ》を切りなおして、ケイレブと一緒に働くのを楽しみにしていた。それなのに、これだ。停職。ケイレブの根深いアルコール依存症のせいで。いつか再び職務に復帰できる日が来るのかどうかもわからない。

ケイレブが五年前に依存症治療を受けた後、とうにまた酒に戻っていることを、ケイトは知っていた。なんとも理屈に合わないものの、ケイトは常に、自分以外にそれに気づく人はいないだろうと考えてきた。けれどいま、それが愚かな思い込みであったことに思い至った。ケイトはもちろんケイレブとしょっちゅう顔を合わせるわけではない。それなのに、知っていた。ケイレブの周りには、日々一緒に働く人間がいくらでもいるのだ。ロバート・スチュワートを筆頭として。

そのスチュワートが、これからケイトの新しい上司となるわけだ。ケイレブの代わりに。ケイトはスチュワートのことを記憶に呼び起こそうとしてみた。彼とはほとんど関わりを持ったことがなく、どんな評価も下せない。感じの悪い人ではなかった。だが、うまく一緒に働いていけるかどうか判断できるほどには、彼のことを知らない。

ジェンキンスは先ほど、スチュワート警部補はいますぐにケイトを事件捜査に加えたい意向だと言った。どうせ八月からこの事件の捜査に加わるのだから、と。

「でもリンヴィル巡査部長はまだロンドンにいらっしゃるわけですから」と、ジェンキンスは言ったのだった。「スチュワート警部補と私とで考えたんですが、巡査部長にはクセニア・パジェットのかつての隣人だった女性を訪ねてもらえないでしょうか。先週ミセス・パジェットが訪問した女性です。我々はミセス・パジェットについてもっとよく知る必要があります。彼女がロシアで暮らしていた時代になにかがあったのかもしれませんから。我々には黙っているけれど、その友人には話したことがあるかもしれない。またはその元隣人は、ミセス・パジェットの訪問中になにか変わったことに気づいたかもしれない。近くに誰かがいて、変だと思ったとか。今日こちらからひとり捜査員を差し向けるつもりだったんですけど、この事件はいまとなってはスカボロー署と共同で捜査することになったわけですし、リンヴィル巡査部長は再来週にはスカボロー署で勤務を始める予定で、いまはちょうどロンドンにいらして、おまけにあの列車での事件に直接関わられたわけで……だから理想的な捜査員なんですよ」

ジェンキンスの言うとおりだと認めないわけにはいかなかった。もちろん断わることはできた。いまは勤務期間ではないのだし、引っ越しは目前に迫っている。けれど断わったりしたら、まだどんな人かもよくわからないスチュワート警部補と働くにあたって、まずいスタートになるだろう。第一印象が人間関係のその後を決定づけることも多い。

ケイトは小さくため息をついた。「それで、その女性はどこに住んでいるんでしたっけ?」

「マヤ・プライスという名前で、サウスエンド・オン・シーに住んでいます」

「ああ、そうでしたね。そこはロンドンじゃなくて、テムズ川の河口に近い、かなり遠いところですけど」

「それでもヨークからよりは、そちらからのほうが近いでしょう」

「金曜日に引っ越しなんです。いま家じゅうがめちゃくちゃで、まだやらなきゃいけないことが山ほどあるんです」

「お引き受けくださるなら、とてもありがたいんですが」そう言うジェンキンスの声には、ケイトの事情に対する理解はみじんも感じられなかった。

結局ケイトは引き受けた。けれどその後もまだ延々とぼんやり座り込んで、壁を見つめていたのだった。ケイレブに二回電話してみたが、これまでと同じように留守番電話だった。

やがて、怒ったケイトはついに立ち上がり、寝室に行って、着ていた染みだらけのスウェットからジーンズとTシャツに着替え、スニーカーを履いた。普段なら捜査の際はもっときちんとした格好をするが、いまはほぼすべての服を段ボール箱に入れた後で、手元にあるのはジーンズとTシャツ二枚にセーター一枚きりだ。こんな事態になるとは予測できなかったのだから、しかたがない。

ケイトは足を引きずりながらアパートを出た。

2

マヤ・プライスはサウスエンド・オン・シーにある小ぢんまりした二軒続きの住宅の片方に住んでいた。テムズ川の河口からほど近い通りに、同じ外観の二棟続きの住宅がずらりと並んでいる。どの庭にも花が咲き乱れ、そよ風が木々の葉を揺らす。ロンドンから四十分でたどり着く、楽園のような場所だ。ここに住む人のほとんどは、おそらくロンドンで働きながら、街から離れたここで子供を育て、たくさんの自然と、都会よりも心地よい生活リズム、テムズ川沿いやエセックスの海岸近くにある絵から抜け出してきたようなパブを楽しんでいるのだろう。

ケイトは乗ってきた車をマヤの家の前に停めて、降りた。ロンドンの町は巨大な鐘で覆われたかのような暑さで、体を少し動かすのも一苦労だったが、ここでは暑さはまだしのぎやすかった。常に風が吹いているし、空気には潮の香りが混ざっている。

スコットランド・ヤードの警察証はすでに返却してしまったが、スカボロー署犯罪捜査課の新しい警察証をもう受け取っていたので、それで身分を証明することができる。呼び鈴を鳴らした。心のどこかで、マヤ・プライスが留守にしていればいいのにと期待していた。そうすれば家に帰って荷造りを続けることができるし、やるだけのことはやったと示したことになる。

だが一分とたたずにドアが開き、若い女性が現われた。腕には赤ん坊を抱いていて、疲れ切った様子だ。

「なんでしょう?」

ケイトは警察証を掲げた。「ノース・ヨークシャー警察スカボロー署犯罪捜査課のケイト・リンヴィル巡査部長です。少しお時間をいただけませんか?」

「ノース・ヨークシャー警察? ヨークでのあの事件のことでいらしたんですか? クセニアから聞いています。恐ろしい話ですよね!」

「少しお邪魔してもよろしいでしょうか?」

「ええ、どうぞ……」マヤは一歩後ろに下がった。「でも、ちょっと息子を寝かせてきますので。この奥にあるリビングにいらしてください。すぐに行きます」

リビングルームは家の裏側にあり、庭が見渡せた。左右の家の庭に比べて少し荒れているようだ。草は伸びすぎているし、花壇は雑草だらけ、芝生の真ん中に作られた砂場の砂がテラスのいたるところに散らばっていて、そこに置かれたガーデンテーブルには蠟燭《ろうそく》の蠟がこびりつき、砂遊び用の型枠が積み上げられていた。リビングルームもまた雑然としていた。子供の玩具が床に散らばり、ソファの上にはぐちゃぐちゃになったクッションや毛布、テーブルには哺乳瓶とニンジンのすりおろしが入った器。テレビがついている。ホームショッピングの番組で、いまはちょうど装身具の宣伝をしている。

マヤがリビングに入ってきた。本当に疲れているようだと、ケイトは改めて思った。髪はぼさぼさで、額には汗が浮かんでいる。「子供が三人いるんです」と、マヤは言った。「ふたりはいま幼稚園ですけど、一番下の子はまだうちにいます。八か月なので」マヤはテレビを消し、少し赤くなった。「下の子、ほとんど食べなくて。ここに何時間も座って食べさせようとするんですけど、そのあいだテレビでなにか見ていないと、もうどうにかなりそうで」

「当然ですよ」ケイトは言った。マヤの負担が限度を超えているのは、手に取るようによくわかる。部屋や庭のどこを見ても、それは明らかだった。

マヤは椅子の上に載っていたロンパースと積み木を拾い上げた。「どうぞ、お座りください。クセニアのこと、本当に恐ろしい話でした。きっとすごく怖かったでしょうね」マヤはケイトをじっと見つめた。「もしかして、クセニアと一緒に列車のトイレに立てこもったっていう刑事さんですか?」

「ええ、そうです」

「ああ、やっぱり。きっと刑事さんにとっても大変だったでしょうね? 銃で脚を撃たれたって、クセニアが言ってましたけど、本当ですか? 刑事さんだから、そういうことには慣れてるのかもしれないけど、でも……」

「いえ、刑事でも毎日銃撃されるわけではありませんから」ケイトは言った。「私にとってもやはり大変な事件でした」

ふたりはいまテーブルに向かい合って座っていた。マヤは目の前にベビーモニターを置いている。「あの子、しばらくおとなしくしててくれるといいんだけど。なんていうか……赤ちゃんがいると、どうしても縛り付けられちゃうんですよ」マヤの目の下には黒い隈《くま》があった。ほとんど寝ていないのだろうと、ケイトは思った。

「ミセス・プライス、クセニア・パジェットはあの事件の直前にお宅に泊まっていたんですよね。なにか気づいたことがないか、思い出してみてくださいませんか？　そのときにはほとんど注意を払わなかったようなことでも。たとえば、誰かと妙によく顔を合わせるなと思ったとか。もしかして、誰かに見られているような感覚はありませんでしたか？　なんでもいいんです」

　マヤは懸命に考えているようだったが、やがて「すみません」と言った。「なにも思いつきません。といっても、そもそもあまり出かけたりしなかったんです。私に赤ん坊がいるので、なかなか難しくて。何度か息子を連れて川沿いを散歩しましたけど、それ以外のほとんどの時間は家にいました。すごくいいお天気だったから、テラスにいることが多かったですね。あとは一緒に料理をして、ずっとおしゃべりしてました」

「ご主人はお留守だったんですか？」

「夫はここサウスエンドでオステオパシー（アメリカの医師が創始した代替療法）の診療所を開いているんですけど、先週は週末にかけてブライトンで数日の研修があって、留守でした。私がクセニアに電話して、うちに来ないかって誘ったのも、それが理由です。あ、夫はクセニアのことが好きですから、それは問題じゃないんですけど、ただ夫抜きのほうがいろいろ自由にできるので」

「なぜリーズからこちらに移られたのか、お訊きしてもいいでしょうか？」

「夫がここに診療所を開かないかと持ちかけられたからです。リーズでは雇われ診療士でした。こっちに来て独立しました」

「なるほど。以前クセニアとジェイコブのパジェット夫妻の隣家にお住まいだったのは、どれくらいの期間ですか？」

マヤは少し考えて答えた。「クセニアとは十一年間、隣同士でした。ジェイコブとはもっと長くなります。クセニアは後から引っ越してきたので」

「パジェット夫妻は結婚仲介所で知り合ったんですね？」

「そうです。ジェイコブが女性となかなかうまく行かないのは、秘密でもなんでもありませんでした。それで東欧の女性を探そうって思いついたみたいです。『あっちの女たちのほうが、感謝の心ってものを知ってる』なんて言ってました」そう言ったマヤの声には、あからさまな嫌悪感がにじみ出ていた。

ケイトはそこを突いてみた。「ジェイコブ・パジェットにあまり好感を抱いてはいらっしゃらないようですが」

「クセニアに毎日会うことができなくなったのは悲しいんですけど、ジェイコブと離れたからって悲しくもなんともありません。全然！」マヤは吐き捨てるように言った。

「どうしてパジェット氏のことを好きじゃないんですか？　それから、パジェット氏が女性とうまく行かないというのはどういう意味ですか？」

「口うるさくて、ケチで、ぐちぐち文句ばかり垂れる男なんです。周りにいる人間に誰彼かまわず喧嘩をふっかけて。騒音を立てるとか、規則を守らないとかいって、しょっちゅう人を訴えるんですよ。誰にも挨拶はしないし。支配欲がすごく強くて、気難しくて、いじわるで。人を馬鹿にするようなことを言って傷つけるのが好きで」マヤはここで言葉を切った。「それがジェイコブ・パジェットっていう男です。短くまとめると」

「それはひどいですね」ケイトは言った。「それは、彼がなぜ女性とうまく行かないのかの答えでもあるんでしょうね」

「女性と知り合ったことは何度かあったみたいですよ。でも数日以上あの男に耐えられた人はいませんでした。みんなとっとと逃げ出しちゃいました」

「でもクセニアは十三年も連れ添っていますね」

「ほかにどうすればいいっていうんですか？　クセニアはロシアですごく貧乏で、たぶん将来の見通しも立たないような生活をしてきたんですよ。そこから抜け出す唯一のチャンスがあの男だったんです。あいつと結婚したから、やっとイギリス国籍を申請できたんです。でもその代わりに、長いあいだあいつの妻としてこの国で生活しなきゃならなかった」

「事情はわかります」ケイトは言った。「でもクセニアはいまではイギリス国籍を持っています。いまならもう離婚できますよね」

マヤは肩をすくめた。「私だって何度クセニアにそう言ったか。でも、なんていうか……」

「なんですか？」

「私、なんだかずっと、クセニアはなにかを恐れているっていう気がするんです」

「夫をでしょうか？」

「というより、もし別れたりしたら夫になにかされると怖がっているみたいな。あの男は、いまも言いましたけど、ものすごく支配欲が強いんです。クセニアはあいつの所有物なんです。あいつの許可なしにはなにひとつできないんですよ。だからクセニアが突然離婚を切り出したりしたら、あいつは絶対に怒り狂うだろうとは思います」

「なるほど」ケイトは言った。ヨーク駅でクセニアと話したときに抱いた感覚は、間違っていなかった。クセニアは夫に怯《おび》えている。

捜査チームは夫からもう一度話を聞くこと、と、ケイトは心のなかでメモを取った。もしかしたらクセニアは本当に離婚するつもりで、夫はそれが気に入らないのかもしれない。夫がプロの殺し屋を雇ったという推理はかなり突拍子《とっぴょうし》もないものではあるが、ケイトは殺人事件の捜査員としてのキャリアのなかで、ありとあらゆる突拍子もない事件を経験してきた。

「とはいえ、クセニアは数日にわたってお宅に泊まることは許してもらったんですね」ケイトは言った。

マヤが笑った。「でもあの男は大騒ぎしたんですよ。その前の何週間かのあいだに、少なくとも五回はクセニアがここに来るのをやめさせてるんです。クセニアは延々と懇願して、あいつに一生懸命尽くして、それでやっとあいつもしぶしぶ許したんです。実際、私、前日まで彼女が本当に来られるのか疑ってましたもん」

「土曜日の朝、クセニアを駅まで送りましたか？」

「いえ。息子がまた大泣きしてたんで。クセニアが私に、家にいたほうがいいって言ってくれたんです。彼女はここから列車でロンドンまで行って、キングス・クロス駅でヨーク行きに乗り換えました」

　ということは、マヤが駅でなにか変わったことを目撃することもなかったわけだ。

「ところで、ソフィア・ルイスという名前に聞き覚えはありませんか？」ケイトは訊いた。

「ソフィア・ルイス？　いえ。聞いたことありません。誰ですか？」

「スカボローの学校で教師をしている女性で、スカボロー近郊に住んでいます。昨日、襲われたんです」

「まあ。亡くなったんですか？」

「いえ、でも重傷を負いました。本当にこの名前にまったく聞き覚えはありませんか？」

「まったく。申し訳ないですけど」

「ジェイコブ・パジェットの知り合いにこういう名前の人がいたかどうかもわかりませんか？」あらゆる女性から拒絶されたジェイコブ・パジェットが、これまで彼を失望させ、おそらくはひどい屈辱を与えてきたであろう女性たち全員に血みどろの復讐をする……ケイト自身、本気でそんなことを考えているわけではなかった。だがこれまでのところ、もつれた毛糸玉からわずかに先端が飛び出ている箇所があるとすれば、そこだけなのだ。

　マヤは眉間にしわを寄せて、懸命に考えていた。「すみません、でも本当になにも思い出せません。まあ、ジェイコブと私はほとんどなんのつながりもなかったので。少なくともクセニアが来る前は。だから、たまに週末にジェイコブのところに来た女性がいても、名前なんて知らないんです」

「ではミセス・プライス、クセニアからなにか話を聞いていませんか？　誰かにピストルで狙われる理由になりそうな話を。クセニアのロシア時代の過去の話だとか」

「いえ、なにも。クセニアのロシアでの生活はすごく貧乏で、あまり楽しい記憶じゃないみたいですけど、でも気になるような話はなにも」

「クセニアが西欧に行って結婚したことを恨んでいるような人は？　昔の恋人だとか？」

「聞いたことがありません」

「わかりました」ケイトは立ち上がった。マヤ・プライスとの会話からは真の成果は得られず、少し失望していた。とはいえ、パジェット夫妻の結婚生活が妻のクセニアにとって天国とは言い難いこと、ジェイコブが非常に不愉快な人間であることはわかった。たいした成果ではないが、なにもないよりはましだ。

ケイトはマヤに名刺を手渡した。「なにか思いつかれたら、いつでも電話してください」

「そうします」マヤもまた立ち上がった。ベビーモニターからかすかな泣き声が聞こえてきたと思うと、みるみるうちに耳をつんざくようなわめき声になった。

「行ってください」ケイトは言った。「私は勝手に出ていきますから」

「すごくよく泣く子なんです」マヤは言った。「上のふたりはこれほどひどくなかったんですけど。ほんと……」ここで一瞬口をつぐんだマヤは、突然、ケイトが驚くほどの、怒りさえにじんだ苦々しい声で言った。「ほんとはこんなこと言っちゃいけないんですよね？　母親なのに、幸せいっぱいじゃないなんて。愛と熱意と感謝に溢れてないなんて。そりゃ私だって、三人の健康な子供がいることに感謝はしてます。でももうくたくたで、自分が自分じゃないみたいで。一日一日を生き抜くのに必死で、くだらないテレビを見ながら、私は幸せなはずって延延と自分に言い聞かせてるんです。でも実際にはむなしいだけ……」マヤはここで言葉を切って、目をこすった。「すみません、こんな話、うざったいだけですよね」

「うざったくなんてありませんよ」ケイトは言った。とはいえ、少しばかり途方に暮れてはいた。ケイトには子供がいない。けれどずっと家庭を持つことを夢見てきた。夫と子供たち、二棟続きの住宅の片方。ところがいま、ケイトが手に入れることのできないすべてを持った女性が目の前にいるというのに、少しも幸せそうではない。ベビーモニターから聞こえてくる赤ん坊の泣き声はいまや耐え難い大音量に達している。これを一日じゅうずっと聞かされていたら……昼も夜も……。

「すみません」すっかり気を取り直したマヤが言った。「もう行かないと。なにか思いついたらご連絡します」そう言うやいなや、マヤは瞬《またた》く間に姿を消した。ケイトは玄関から出て、ドアを閉めた。そもそもマヤ・プライスには、クセニアのこと、クセニアの生活上のなにか変わったことについて、考えを巡らせてみる時間などあるのだろうか？　毎日しなければならないことの波に襲われ続けていて、沈まないようにするのが精一杯といった様子だ。

いずれにせよ私は義務を果たした、とケイトは思った。

3

ロバート・スチュワート警部補はその日の午前中、ジェイデン・ホワイトに最後の事情聴取をした。妻とふたりの幼い娘の頭を撃って殺した男だ。事情聴取後、ロバートは外に出て、深深とゆっくり煙草を吸わずにはいられなかった。もうずいぶん前からきっぱり禁煙しようと思ってはいるが、緊張と苛立ちと疲れと怒りをすべて同時に感じていて、どうしようもなかった。ジェイデン・ホワイトはひたすら嘆き続けた。事情聴取のあいだずっと。三人の人間の命を奪ったことをではなく、自分が悪運に見舞われ続けたことばかりを。つらかった子供時代、失敗を恐れ続けた学校時代、父親の早世、大学中退。そして、カフェの店舗を買ったこと、そのために巨額のローンを組まねばならなかったこと。ところがあまり客が来なかったこと。

「どんどん悪くなる一方でしたよ。去年とその前の夏にも、うまくは行ってなかったんです。でも今年は特に……みんなそう言ってますよ。EU離脱《ブレグジット》のごたごたで……この先、世の中がどうなっていくか、誰にもわからない。ロンドンの馬鹿な政治家どもが……」

ロバートはここで身を乗り出した。「ロンドンの馬鹿な政治家どもは」と強調する。「無防備な三人の人間——そのうちふたりは十歳にも満たない子供だったんだぞ——を人質に取ってアパートに立てこもった挙句《あげく》、こめかみに狙いを定めて引き金を引いたりはしてない。どうしたらそんなことができるのか、知りたいんだ——なんとか理解しようとしてるんだよ。どうして君がそんなことをしたのか」

ジェイデンは半泣きになった。「妻と子供たちにみじめな暮らしをさせたくなかったんですよ。俺のところには銀行からの督促状が山積みだった。もう何か月も。俺はもうすっからかんです。カフェの従業員の給料さえ払えない。自宅マンションのローンを返すことなんてとてもとても。それにカフェのローンだってある」

「そもそもどうしてカフェと自宅マンションとを同時に買ったんだ？　一度にふたつなんて、ちょっと無理がないか？」

「最初は見通しがよかったんですよ。だから大丈夫だと思ったんです。家族のために、持ち家が欲しかったんです。追い出される心配のない我が家が。いつかは自分の城を持ちたいって……」ジェイデンの声は自己憐憫《れんびん》で震え始めた。

「なるほど、それで迫りくる破産宣告から家族を守るために、全員を射殺したと。で、君本人は男らしく破滅に耐えようと思ったのか？」

「俺だって自殺しようと思ったんですよ。お願いですから信じてくださいよ。俺は家族全員でこんなひどい場所に、このひどい世界に別れを告げるつもりだったんです。でも……」再び声が震え始める。「難しすぎた。俺にはできなかった。引き金を引けなかった。引きたかったんだ、本当に心の底から。でも……」

「ああ、気持ちはよくわかるよ、無抵抗の子供の頭に弾を撃ち込むほうが、自分の頭を撃つより楽だからな」ロバートは言った。

ジェイデンがしゃくり上げた。「俺は全部間違えた。全部。そもそも、あの子たちをこの世に生み出したりするべきじゃなかったんだ。世の中はこんなに残酷だって、よくわかっていたのに」

ロバートはそれ以上耐えられず、事情聴取を打ち切った。ジェイデンは拘置所へと戻された。ジェイデンからは泣き言のほかなにひとつ引き出せなかった。あの男は自分を犠牲者だと思っている――自分ひとりを。

ロバートは煙草を地面に放り投げて、踏み消した。ジェイデン・ホワイトの件はこれで終わりにしなければ。あの男にはあまりに消耗させられる。事件の全貌は明白だ。これ以上捜査する必要はない。すべては記録され、書類は検察に送ることのできる状態になっている。ロバート自身と、間違いなくケイレブもまた法廷で証言することになるだろうが、すべては決まった道筋をたどることになる。ジェイデン・ホワイトは終身刑を宣告されて刑務所に送られるだろう。だがそれでも彼の家族が生き返ることはない。ロバートは、あの休暇用アパートの寝室で同僚たちとともに目にした、互いにきつく抱き合った死体を思い浮かべた。子供たちの死体に覆いかぶさった母親のヤスミン・ホワイト。おそらく身をもって子供たちを守ろうとしたのだろう。母子三人には生き延びるチャンスはなかった。わずかなりとも。

ときどきロバート・スチュワートにも、なぜケイレブが酒を飲むのか理解できるときがある。部屋に戻ると、ヘレン・ベネットが待っていた。捜査チームは目下、絶望的な人手不足だ。

ケイレブは停職となったし、ケイト・リンヴィル巡査部長が働き始めるのは八月になってからだからだ。ところが、よりによってこんなときに、ステイントン・デイルの事件まで抱えることになった。先週土曜日、ヨーク駅に到着間際の列車のなかで起きたあの派手な銃撃事件とつながりがあることがわかったからだ。そのためヨーク署のチームと共同で捜査に当たらねばならない。だが実際、それも悪くないかもしれない。なにしろこちらはいま極度の人手不足なのだから。

ヘレン・ベネット巡査部長は、警察所属の心理カウンセラーとしての教育も受けていたが、目下のところチームの雑用係といった役どころを引き受けていた。「リンヴィル巡査部長から報告が入ってる」ヘレンが言った。「今日の午前中に、クセニア・パジェットの友人のマヤ・プライスをサウスエンド・オン・シーの自宅に訪ねたそうよ。ただ残念ながら新しい事実はなにも得られなかったって。ミセス・プライスは、クセニア・パジェットを銃撃する動機がありそうな人間のことも知らなければ、ソフィア・ルイスという名前をどこかで聞いたこともないって。ミセス・プライスからはこれ以上なんの手がかりも得られなさそう」

「そうか」とロバートは言った。実際それほど大きな期待をかけていたわけではなかった。刑事としてのキャリアを通じてロバートは、単純な事件と複雑な事件を嗅ぎ分ける嗅覚《きゅうかく》を発達させてきた。だから今回の事件は複雑でなかなか見通しが立たないだろうと、すでに感じ取っていた。

「ソフィア・ルイスのほうで、なにか新しいことは？」

ヘレンは首を振った。「病院に電話したんだけど。ソフィア・ルイスはもう意識を取り戻してる。でも話ができないの。脳梗塞の疑いがあるって。ああいうふうに転倒すると、脳梗塞を起こすことがあるらしいの。言語中枢がやられてしまったのね。そのうえ半身不随の可能性がどんどん高くなっているんですって」

「命は取り留めるのかな?」

「担当医は、差し迫った命の危険はもうないと言ってた。ただ彼女がいつ話せるようになるかはわからない。それに、この先一生、歩くことも腕を動かすこともできなくなるみたいなのよ」ヘレンは身を震わせた。「なんてことかしら。彼女、思ってるかもね、いっそ……」

「死んだほうがましだって?」ロバートは、自分なら絶対にそう思うだろうと確信した。「彼女をそんな目に遭わせたのが誰にせよ、その誰かにも、どっちのほうが残酷かはわからなかっただろうな」

「さっきもう一度ソフィア・ルイスを発見した農場主から話を聞いたんだけど」ヘレンは報告を始めた。「ソフィア・ルイスは毎朝同じ時間に自転車に乗っていた。学校があるあいだも、休みの時期も同じように、すごく朝早くに。少なくとも朝がある程度明るい春から秋までは。彼女が通る時間で時計を合わせることもできたくらいだって」

「で、それを知っていた人間は?」

「ステイントン・デイルではすごくたくさんの住民が知ってた。彼女が自転車で走る道沿いに住んでいる人だけじゃなくて。ソフィア・ルイスは一年前に引っ越してきたばかりだけど、ああいう小さい村では、目立つからすぐに顔を憶えられるのね。ソフィア・ルイスは皆に好かれてた。皆が彼女のことを知ってた。すれ違いざまに挨拶をするだけの関係の人もいたにせよ。病院には花やカードがひっきりなしに届けられてる」

「その農場主は、ソフィア・ルイスに敵がいたようなことは言ってなかったか?」

「ソフィアを好きじゃなかった人は知らないって言ってた」

「それじゃあどうしようもないな。彼女の職場周辺を調べてみないと」ロバートは言った。

「普通なら、道に針金を渡すような真似は、学校の生徒のいたずらだと考えるところなんだけどな。もちろんとんでもないことだよ。でもティーンエイジャーってのは、自分の行ないがどんな結果をもたらすか、ちゃんと理解できてないことも多いだろ。でもそれだと銃弾の説明がつかないんだよなあ。針金を張り渡して、教師がそれに引っかかって頭から藪《やぶ》に突っ込んでいくのを面白いと思うやつもいるかもしれない。でも発砲となると……話の次元が違ってくるよな」

「それにもうひとつ」ヘレンが言う。「数日前にロンドンからヨーク行きの列車のなかで、男が同じピストルを使って女性に発砲した。これはとても生徒の犯罪だとは思えない」

「まあ、あえて言うなら昔の生徒かな。ソフィア・ルイスのせいで卒業できなかった誰かとか?」

「だからって殺そうとする?」ヘレンは疑いの声で訊いた。「それに、クセニアはそこにどう関わってくるの? 彼女は教師じゃないのよ」

「でも、いかれた犯人にとってはパズルの一部なのかもしれない」ロバートは言った。「クセニア・パジェットとソフィア・ルイスの接点が見つかれば、大きく前進するのにな。ふたりは履歴からなにからまったく違うとはいっても、どこかに接点があるはずなんだ」

「残念ながら、いまのところソフィア・ルイスとは話ができないしね」

「でもソフィアの同僚たちからは話が聞ける。あと、家族や親戚はどうなってる？」

ヘレンは肩をすくめた。「いま調べてるところ。ソフィアの隣人のひとりが、ソフィアの父はまだ存命だけど、母親はもう亡くなっていると言ってた。ほかの親類については、いまのところまだわからない」

「捜査員はもうソフィアの家を調べてるのかな？」

「ええ、昨日から。手がかりや、家族の住所や連絡先を探して、家じゅうをひっくり返してる。ただ、ソフィア・ルイスはかなり孤独な生活を送っていたみたいなのよね。人づき合いのいい人ではあるけど、家族や親戚はあまりいないみたい」

「彼氏は？　パートナーとか、元夫とか？」

「いまのところ、そういう人間の存在は誰も知らない」ヘレンはロバートにリストを差し出した。「これ、ソフィアの勤め先の学校の同僚たちのリスト。いま旅行中じゃないと判明した人たち限定だけど」

「それほど多くないな」ロバートは言った。見通しは暗い。ちょうどいま夏休み中で、旅行に出ている人が多いという事実も、捜査の足かせになっている。「この同僚たちに話を聞いてみるよ。ソフィア・ルイスが敵を作るきっかけになった出来事を知っている人がいるかもしれない。それに、両親以外の家族や親戚や、友達がわかるかもしれない。とにかくいまは、ひとつひとつ石をひっくり返していって、どこかで役に立つなにかが見つかるのを期待するしかない」

今日は火曜日。イスラが来ている。彼女が住居に入ってくるやいなや、私は自分の心配と不安について話し始める。

「外にずっと男が立っていて、うちを見ているんだ！」

イスラはびっくりした顔で私を見る。「男？」

「そう。黒髪で、かなり大柄な男。通りの向かい側に突っ立って、こっちをじっと見てるんだよ」

「私は誰も見かけなかったけど」イスラは言う。そして台所に行って、窓から外を覗く。「誰もいないわ」

「ああ、ちょうどいまはいないんだ」

「でも、ずっと立ってるっていま言ったじゃない！」イスラは人の言葉をそのまま受け取る人だ。なにかが極端なこと、特別なことだとはっきり示すために、ときどき人が誇張した表現を使うことが理解できないのだ。私がなにかを「巨大な」と形容するとき、それはそのなにかが巨人と同じ大きさだという意味ではなく、並外れて大きいという意味だ。だからいま「ずっと」と言ったのも、誰かが通常より頻繁にうちの前にいると伝えたかったからだ。だがそれをイスラに説明しようとしても無駄だ。

「わかった。確かにずっとじゃない。でもしょっちゅうなんだ」

「でも、いまはいない」

私はため息をついた。「そうだね、でも私はもう何度も何度もその男を見てるんだ。本当だよ」

イスラの目にかすかな疑念がよぎるのが見える。わかっている。イスラは私がひとりで過ごす時間が長すぎると考えているのだ。おそらく、そのせいで私が少しおかしくなっていると思っているのだろう。

「あなたなら、あの男が誰だか思いつくんじゃないかと思ったんだけどな」私は言った。「それに、どうしてあんなところに立って、私を見張っているのかも」

「どうしてその男があなたを見張ってると思うの？　この建物を見てるだけかもしれないじゃない」

「確かに。でも……」

「この建物には、ほかに何世帯も住んでるでしょ」イスラは続ける。

私ははっとした――確かに彼女の言うとおりだ。どうしてそこに思い至らなかったのだろう？　この建物には六戸の住居が入っている。そのうち三戸は表通りに面していて、残りの三戸は裏庭に面している――そちらのほうがいい部屋で、私には少し高すぎる。あの男は本当にうちのキッチンの窓を見ていたのだろうか？　それとも建物全体を眺めていたのか？　遠目だったので正確なことはわからなかった。私は当然のように自分が見張られていると思い込んでいた。私は本当に少しノイローゼ気味なんだろうか？

「すぐ下の部屋に住んでる、あの若くてきれいな女の人を密《ひそ》かに好きなのかもよ」イスラが言う。

確かにそうだ。この建物には、とても魅力的な、まだ若いといえる年齢の女性が住んでいる。いつもどこか悲しそうなのは、離婚したばかりだからだろう。夫との別れをまだ乗り越えられないに違いない。それとも、外に立っているあの男こそあの女性の元夫なんだろうか？　別れに納得が行かないのだろうか？　私は単にストーカー行為を目撃しているだけなのか？　進行中の夫婦のドラマを目にしているだけ？

「確かに、そうかもしれない」私は認める。

「そうでしょう」イスラは満足そうに言う。

イスラに看護師か高齢者介護士のように話しかけられるのは、好きではない。感じよく、でもまるで私がどこかまともではないかのように話しかけられるのは。

私はイスラに掃除を始めてもらう。イスラは先ほど窓から外を覗こうとキッチンに行ったため、そこから掃除を始める。私は居間に行って、肘掛け椅子にどさりと座り込む。キッチンからは蛇口の水が流れる音と、テーブルの周りの椅子を動かす音が聞こえてくる。人がすぐ近くにいるのはいいものだ。誰かが仕事をする音、忙しそうに行ったり来たりする音が聞こえるのは……日常的で、平凡で、慣れ親しんだ家庭の音。昔はこうだった。アリスがまだいた頃は。かつて四人で暮らしていたことがあったなんて、いまとなってはとても信じられない。いや、クセニアを入れれば五人だ。私の周囲があんなににぎやかだったなんて。あんなに幸せだったなんて。私たちはあの幸せを軽率に壊してしまったのだろうか。私たち全員が？　いや、あれは不運だった。事故だったのだ。恐ろしい事故。

外に立っているあの男があの事故となにか関係があるのではと思うと、とても怖い。

七月二十四日水曜日

I

「いったい自分を、いや、俺たち夫婦をどうしてこんな厄介ごとに巻き込んでくれたのか、ぜひ知りたいもんだ！」ジェイコブ・パジェットが不機嫌に言った。ちょうど通話を終えて、携帯電話を怒りにまかせてテーブルに叩きつけたところだ。「ノース・ヨークシャー警察のジェンキンスとかいうあの男からだったよ。後からまたうちに来て、俺たちから話を聞きたいんだと」

キッチンでジャガイモの皮をむいていたクセニアは、夫をしょんぼりと振り返った。「わからないのよ。どうしてあんなことになったのか、本当にわからないの」

「銃で狙われたんだぞ、原因に心当たりくらいあるはずだろう」まるで銃撃など誰でも体験することだが、恐怖とわけがわからなさで呆然とするクセニアと違って、ほかの人間ならみんなその体験をきちんと説明できるものだとでも言わんばかりだ。

「本当にわからないのよ、ジェイコブ」

「犯人の男と浮気したことがないのは確かなんだな？」ジェイコブは眉間にしわを寄せてクセニアをにらんだ。「おまえが関係を終わらせたから、そいつは銃で襲ってきたんじゃないのか?」

　クセニアは危うく笑いだしそうになった。これほど厳しく監視されているというのに、いったいいつ、どうやって浮気などできたというのだろう? だが幸いなことに、手遅れになる前にこみ上げた笑いを咳払いでごまかすことができた。ジェイコブは、相手が自分のことを真面目にとらえていないと考えると不機嫌になる。

「ま、どっちにせよ、おまえがサウスエンドのマヤのところへ行くのは、あれで最後だ」ジェイコブは言った。「俺は最初から反対だったんだ。あいつらに関わるとろくなことがない!」

「ちょっと、マヤが犯人ってわけじゃないのよ。それにご主人だって違う。あの人たちには関係ないじゃない」

「それでもだ」犬がうなるような声でジェイコブが言った。そして間を置かずに続けた。「それに、あいつらがしつこく訊いてくる例のもうひとりの女——ソフィア・ルイスだったか。その女のことも本当に知らないのか?」

「知らないわよ。誓ってもいいわ、ジェイコブ。そんな名前、一度も聞いたことがない。わけがわからない」

「そうかい」ジェイコブは言った。まるでクセニアの言葉などひとことも信じていないといった口調だ。とはいえ、ジェイコブはたいていの場合そういう口調で話す。

「とにかく、例のジェンキンスが二時半頃に来て、俺たちをまた締め上げるんだと。いったいなにを聞き出そうっていうんだ。もう全部話したじゃないか。俺が思うに、こうしつこいってことは、警察はおまえがまだなにか隠してると思ってるんだ、そうに決まってる」

「なにを隠してるっていうのよ？」

「それはわかってるだろう」ジェイコブは言った。「ちゃんとわかってるくせに」

「まさか……？」

「おい、そういうのはやめろ。おまえ自身もちゃんとあのことを考えたはずだ。考えたこともないってふりはやめろ！」

「でも、これほど時間がたったいま頃になって……それに、誓って言うけど、犯人は知らない男だったのよ。見たこともない男だった」

「変わったのかもしれないじゃないか。これほど時間がたってるからこそ」

クセニアは首を振った。「目を見たの。あれは彼の目じゃなかった」

ジェイコブは肩をすくめた。「とにかく、俺たちがいまこんな面倒なことになってる責任は、おまえにあるんだからな」

夫から同情を引き出そうとしても無駄なことはわかっていた。夫には温かい心というものがない。それがなんなのかさえ、おそらく知らないだろう。それでもクセニアは、小声でこう言わずにはいられなかった。「少しは喜んでくれたっていいんじゃないの。私がまだ生きてること。死んでたかもしれないんだから！」

「喜ぶ？　このゴタゴタを喜べって？　警察だとか、そういう面倒ごとを？」

「私がまだここにいることを、よ」

ジェイコブは嘲笑するように鼻を鳴らした。「おまえなんて、代わりがきかないわけじゃないんだぞ、クセニア、真面目な話だ」

クセニアは涙がこみ上げてくるのを感じて、懸命に泣くまいとした。どうして私はこの人にいまだに傷つけられるんだろう？　何年ものあいだに、夫に対して分厚い心のバリアができていても不思議ではないのに。おそらくそれは、夫がただひとりの頼れる人間だからだ。クセニアにはジェイコブしかいない。彼にどれだけ足蹴《あしげ》にされようとも、クセニアは彼にしがみついて離れない。まるで犬が、飼い主であり、代わりのきかない人間にしがみつくように。

「おまえ、鏡をよく見てみろよ」ジェイコブが続けた。「知り合った頃はまだまともに見られる姿だったのに、いまではぶくぶくで、見るに堪《た》えない服を着て、一緒に外を歩くのが恥ずかしいよ」

クセニアはもう涙をこらえきれなかった。「ダイエットしてるところよ」

「何度目のダイエットだ？　千回目？　一度も成功したことがないじゃないか。逆にどんどん体重が増えている。おまえには意志ってものがないんだよ、まったく！」

「気晴らしが少なすぎるのよ。ジェイコブ、私、ひとりでいる時間が長すぎるの。この家のなかでぼんやり過ごす時間が。もし働きに出れば、きっと……」

「きっとそれでも同じくらい大量に食うだろうな。そんなのはしょうもない言い訳だ」

「でも、私……」

ジェイコブは脅すようにクセニアに向かって一歩踏み出し、それを見てクセニアは口を閉じた。「俺はおまえを泥沼から救い出してやったんだぞ、クセニア。それを忘れるな」小声でジェイコブは言った。「それに、俺に捨てられたら、おまえはまたあっという間に泥沼に沈むんだからな」

クセニアは息を呑んだ。

そんな彼女をジェイコブがにらみつけた。「俺は当時なにがあったかを知ってる。俺が話せば、おまえは刑務所に行くことになる。それはわかってるな？　たとえば、俺が今日の午後、あのジェンキンス巡査部長に話せば」

クセニアは小さな恐怖の叫びをあげた。ジェイコブがにやりと笑った。「刑務所はいやか、え？　それなら俺に逆らうな、わかったか？　列車のその犯人は、あのことと関係があるに決まってる。俺はほとんど確信してるよ。ここで全部バレちまわなければ、それだけで運がいいと思わないとな。なにしろ警察はしつこく嗅ぎ回るだろうから。いいか、俺を怒らせるな、クセニア。でないと、俺も警察と話すとき、うっかりしちまうかもしれないからな。言っちゃいけないことを言っちまったり。ちょっと気が緩むと、すぐそういうことになるんだ。一瞬気を抜いただけで」

「ジェイコブ……」

「気をつけろ」微笑みながら、ジェイコブは言った。「とにかく気をつけるんだ。俺を怒らせるようなことはするな。わかったか？」

「わかった」クセニアはささやき声で応えた。

「忘れないでいてくれることを祈るよ、おまえのためにな」ジェイコブは言った。

2

ソフィア・ルイスは誰からも非常に好かれていた。昨日と今日、ソフィアの同僚たちと話をして、ロバート・スチュワート警部補はそれを知った。ただ、人づき合いはとてもよかったものの、どうやら自分のことはあまり進んで話さなかったようだ。ロバートはヘレンから手渡されたリストに載った人物たちを、丁寧に当たっていったのだった。スカボローにあるグラハム・スクールの教師たちを。少なくとも、夏休みを家で過ごしており、連絡が取れる相手を。残念ながらその数はそれほど多くなかった。

ソフィアの同僚たちは誰もが例外なく途方に暮れ、驚愕していた。ひとりの若い女性教師は、話のあいだじゅう何度もわっと泣きだした。「すみません」泣きじゃくりながら、彼女は言った。「でも、話を聞いたときから、もうずっとソフィアのことしか考えられなくて。ひどすぎます。だって、ソフィアは人生をめいっぱい楽しんでいたんです。スポーツや体を動かすことがなにより好きでした。あのソフィアがこの先一生、車椅子で過ごすことになるかもしれないって想像したら……」

誰に想像できるだろう、とロバートは思った。それが否定できない厳しい現実になるまでは、人はそんな不運に自分が見舞われるなどと、本当には想像できないものだ。

ロバートはその若い教師が落ち着くのを待って、ほかの全員にもした質問をした。「ソフィア・ルイスに敵はいましたか？　たとえば、生徒たちのなかに。彼女は数学と物理の教師なんですよね。誰もが得意な科目ってわけじゃない。非常に難しい科目だ。きっと自分が落ちこぼれたのを教師のせいにする生徒もいたんじゃないですか？」

質問をした相手は皆、じっくりと考えてくれた。

「もちろん、いますよ」と、ソフィアと同じ教科を教えている男性教師は言った。「でも、だからといって教師を殺そうとするような生徒は思いつきませんね」

問題はそこだった。発砲という事実だ。針金については、質問された教師たちのほとんどが、そういったいたずらを面白いと思う生徒や、なかには自分に悪い成績をつけた教師がひどく転倒するのを見ていい気味だと思いそうな生徒さえいるかもしれない、と認めた。

「彼女は一年前にうちに来たばかりですけど、それでももちろん、彼女の担当科目が大の苦手という生徒はいますから。でも……」

誰かが彼女に発砲した理由には、誰も見当がつかなかった。道に針金を張り渡すのと、ピストルを使うのとは、まったく別の次元の話だ。

おまけにそれが事件の二日前にロンドンからヨークへ向かう列車のなかで使われたのと同じピストルなんだからな、と、ロバートは憂鬱な気持ちで考えた。ケイト・リンヴィル巡査部長とクセニア・パジェット、それにこれまでに話を聞いた多数の列車の乗客たちの証言によれば、犯人は若い男性ではあるものの、決して未成年ではなかった。もちろんこの学校の元生徒という可能性はある。だがそうだとしたら、いったいなぜロシア出身でリーズに住む主婦であるクセニアを狙ったのか？

この点も、ロバートは教師たち全員に質問してみた。「クセニア・パジェットという名前に心当たりはありませんか？　またはソフィア・ルイスがそういう名前の人物を知っていると話したことは？」

皆が懸命に考えてくれたが、結局皆が首を振った。「聞いたことがありません。誰ですか？」

ソフィアにつき合っている男性がいたかについても、ロバートは役に立ちそうな答えを得られなかった。

「いまのところ誰もいません」話をするあいだじゅう涙ぐんでいた若い女性教師が言った。「いたら私が知っていたはずです。ソフィアはシングルでした」

ロバートはソフィアの写真を見た。とても美しい女性だ。「でも以前つき合っていた男性ならいたんじゃないですか？」

「ここに引っ越してきてからは、ずっとひとりでした。もちろん、こちらに来たのはそんなに昔じゃないから、たぶん以前は彼氏のひとりやふたり、いたんだと思いますけど。ソフィアはときどき昔の〈友達〉の話をしてました。でもそれが彼氏だったのか、ただの友達だったのかははっきりしません。ソフィアは自分の足で立ってる人です」

絶望的な状況だった。誰もが知っていて、誰もに好かれていて、たくさんの友人がいる女性の生活が、どういうわけか不透明だとは。捜査員たちがソフィアの自宅で見つけた書類から、ソフィアがスカボローに来る前はマンチェスターのチョールトン・ハイスクールで教えていたことがわかっていた。マンチェスターまで捜査範囲を広げねば。武装したギャングが地域を支配し、学校でも大暴れしているあの町を調査せねば。それにクセニア・パジェットとマンチェスターの町になんらかのつながりがあるのかもしれない。

この日の昼、ロバートはソフィアがいまだに集中治療室にいる病院を訪れ、主治医と少し話がしたいと頼んだ。主治医のドクター・デインはまともに寝ていない様子で、仕事に追われへとへとのようだったが、それでもロバートを自室であるちっぽけな部屋に招き入れて、ライティングデスクの前の椅子に座るよう勧めてくれた。医師本人は窓際に立ったままだった。

「十分だけですよ」とドクター・デインは言った。「それ以上は無理です、刑事さん。申し訳ないのですが、ここでは常に時間が足りないので」

ロバートはうなずいた。「お邪魔なのは承知しています。ですが、非常に厄介でおぞましい事件の捜査をしていまして……」

ドクター・デインはうなずいた。「もちろんです。とても信じられませんよ。犯人はいったい彼女になんということをしたのか。彼女の生活は二度と元どおりにはならないでしょう。これまでとは似ても似つかない人生になります」

「問題は」とロバートは言った。「我々の捜査が少しも前進しないことなんです。ソフィア・ルイスの生活を徹底的に掘り起こしても、手がかりになりそうなことがまったく出てこない。ソフィア最大の問題は、そうしているうちに時間が無駄に過ぎ去っていくことです。犯罪が起きた後の数日は、捜査にとって最も重要な時間なんです。ところが捜査を本当の意味で助けてくれる唯一の人間から――ソフィア・ルイスから――話を聞けないせいで、その大切な時間が過ぎ去っていく」

「なるほど」ドクター・デインが言った。「ですがソフィア・ルイスからの事情聴取は不可能です。転倒した際に脳梗塞を起こして、失語症を発症したんです」

「はい、それは同僚から聞いています。でも転倒のせいで脳梗塞が起こるなんて、どういうことなんですか?」

「珍しい話ではないんですよ。強い衝撃によって頸動脈解離《けいどうみゃくかいり》が起こったんです。つまり、血管壁の内層が裂けたわけです。そういうことが起きると、血液が血管壁に入って、血栓ができる可能性があります。それがソフィア・ルイスに起こったことです。それで脳梗塞に至ったわけです。そして言語中枢が被害を受けた」

「恐ろしい話ですね」

「ですが、彼女はいつかまた話せるようになると、私は確信していますよ。より大きな問題は第七頸椎の骨折です」

「四肢麻痺ですか? よくなる望みは本当にないんですか?」

「ほぼ確実に、ありません。ソフィア・ルイスはこの先二度と、腕も足も動かすことができないでしょう。残念ながら、そうなる見込みが濃厚です」

「なんてことだ」ロバートはつぶやいた。いますぐネクタイを緩めたくなったが、我慢した。いま話してくれたようなつらい出来事に毎日のように直面しているこの医師に、軟弱者だと思われたくなかった。「ですが、この先はどうなるんでしょう？　ソフィア・ルイスと意思疎通を図ることができる可能性は、いまのところまったくないんですか？」

「大変残念ですが、そのとおりです。彼女は話すこともできなければ、書くことも、そのほかのどんな意思表示をすることもできません。彼女のヴァイタルのパラメーターは思わしくない。いまのところ、どんな形にせよ事情聴取を許可するわけにはいきません」

医師の話にロバートは納得するしかなく、立ち上がった。「ありがとうございました、先生。図々しくて申し訳ありません。彼女をあんな目に遭わせた人間をどうしても捕まえたいんです」

「よくわかりますよ」ドクター・デインは言った。「犯人を捕まえてくだされば、私も嬉しい。誰がやったにせよ、犯人はひとりの人間の人生をこれ以上なく徹底的に破壊したんです」

いや、ちゃんと銃弾を当てていれば、もっと徹底的に破壊することになったわけだけどな、と、病院を出ながらロバートは思った。なんの抵抗もできずに倒れていたソフィアの頭を狙うのは簡単だったはずなのに。そうしていれば、彼女はいま頃死んでいた。いったいなぜ、弾はそれたのだろう？

ロバートは暑い駐車場に立ったまま、考えた。

犯人は、単に殺されるより、一生車椅子で過ごすことになるほうがソフィアにとってつらいことだと、知っていたのか？

だがそれなら、そもそもなぜ発砲した？
誰かの頭に銃口を当てて撃つのに抵抗があった？
列車の銃撃事件と同一犯なら、男だ。列車の犯人はなんのためらいも見せなかった。とはいえ、少し離れたところから発砲するのは、こめかみに直接銃口を当てて引き金を引くのとは違う。

ロバートは、ノースベイのアパートで殺された母子のことを考えた。少なくともジェイデン・ホワイトは、家族のこめかみに銃口を当てて引き金を引くことをためらわなかった。

暑さにもかかわらず、ロバートは寒気を感じた。突然、ボスが恋しくなった。そう、いままでも彼のことは密かにボスと呼んでいる。ケイレブ・ヘイル警部。ロバートのボス。いまはロバート自身が捜査チームのボスだというのに。だが、そんな実感はなかった。どういうわけかロバートはこれまで、先頭に立って指示を与える立場にさえなれば、それだけで立場にふさわしい余裕と貫禄が身につくものだと信じていた。だが現実はそうはならず、いまのロバートは不安で途方に暮れている。もしケイレブが隣にいてくれて、以前のように事件について話し合えるならば、なにを差し出してもいい気分だった。考えてみれば、ふたりは息の合った素晴らしいチームだった。

ロバートは額の汗をぬぐった。突然、八月一日に捜査チームに加わることになっているケイト・リンヴィルが恋しくなった。彼女のことなどほとんど知らず、彼女のあまりの存在感のなさに、顔さえ思い出せないほどだというのに。ロバートに決定権があれば、彼女を採用することなどなかっただろう。だがボスは口をきわめて彼女を褒めた。確かに彼女はスカボローで起きた二件の事件を解決に導いた。とはいえ、捜査権限もなしに、自分勝手な方法で捜査した結果だ。まあいい、ケイト・リンヴィルは今後チームの一員になる。たとえロバートの目には能力に疑念のある仲間であろうと、いないよりはましだ。ヘレン・ベネットのことはあまりあてにできない。いまでは軸足をほとんどカウンセリングのほうに移していて、通常の事件捜査にはあまり関わっていないからだ。

ロバートは深く息を吸い込んだ。ぐだぐだ悩んでもしかたがない、とにかくいまはひとりでなんとかやらなくては。携帯電話を取り出した。ヨーク署のジェンキンス巡査部長に電話するつもりだった。ジェンキンスは今日、もう一度クセニア・パジェットの自宅を訪ねることになっている。クセニアとマンチェスターになんらかのつながりがあるかどうか、確かめてもらわなくては。

3

「どうしましたか?」ミア・キャヴェンディッシュ巡査は愛想よく声をかけた。カムボーンにあるこの交番に人が来てくれたことで、ほとんど幸せとさえいえる気分だった。今日はなにひとつ起こらない退屈な日だ。ロンドンでは首相が退陣を表明したが、それが世間にどんな影響を及ぼすにせよ、ミア・キャヴェンディッシュにはなんの関係もない。ここコーンウォール地方は国じゅうのほとんどの地方同様、暑気に覆われ、観光客で溢れかえっているものの、実際のところ、なんの動きもなく静止しているかのようだった。単に暑すぎるのかもしれない。

やって来たのは五十歳くらいの女性で、ためらいがちに近づいてきた。「はい……あの……」

「どのようなご用件で？」

「笑われちゃうかもしれないんですけど、あの、パートナー――女性なんですけど――が行方不明なんです。日曜日から」

「日曜日から？　行方不明というのは、具体的にはどういうことですか？」

「日曜日の昼に家を出ました。家はレッドルースにあります」

レッドルースはすぐ隣の小さな町だ。キャヴェンディッシュ巡査はうなずいた。「パートナーの方はどこへ行かれたんですか？」

「バーンステープルに行く予定でした。そこで開かれる三日間のセミナーに申し込んでいたんです。家族関係の構築だとか、自己発見だとか……よくわかりませんけど、そういうやつです」

そういうやつと言ったときの彼女の声から、キャヴェンディッシュ巡査は、彼女とその伴侶である女性は自己啓発グループの意義に関して異なった意見を持っているのだろうと推測した。ペンを手に取る。「まず、あなたのお名前をお聞かせください」

「マンローです。コンスタンス・マンロー」

「レッドルースにお住まいなんですね？」

コンスタンス・マンローは正確な住所を告げた。

「では、お連れ合いのお名前は?」

「アリス・コールマンです。五十七歳。住所は私と同じです」

ミア・キャヴェンディッシュ巡査はすべてを注意深く書き留めた。「さて、お連れ合いのコールマンさんは日曜日にバーンステープルに出発なさったんですね?」

「はい。その前に、私たち大喧嘩したんですけど」

「なるほど。マンローさんはそういったセミナーをあまりよく思っておられないからですか?」

コンスタンス・マンローは唇をかんだ。「ええ、正直に言えば……あんまり。だいたい、アリスはそういうセミナーを受けてばっかりなんです。セミナーからセミナーを渡り歩いてて、滅多に家にいないんですから。運がいいときは、ある程度近くで開かれるんですけど、今回のバーンステープルみたいに。でもアリスはこれまでスコットランドまで行ったこともあるんですよ。そうなると、往復の旅だけでも時間がかかるでしょう。ふたり一緒の生活なんて、実際もうないようなものなんです」

「コールマンさんのお仕事はなんですか? どうやらかなり時間に融通がきくみたいですけど」

「以前は医療関係の研究所で働いていました。でも二年前に早期退職して、いまは年金暮らしです。身体的に仕事ができる状態ではなくて。両手が震えるんですよ……」

「パーキンソン病ですか?」ミア・キャヴェンディッシュは同情を込めて尋ねた。

「違います。彼女の場合は、どちらかといえば心理的なものだそうです。アリスは鬱を患《わずら》っているんです。ずっと昔から。でもここ数年、どんどん悪化していました。薬も常用してるんですけど、あんまり効果はありません」

「自己啓発セミナーをたくさん受講しているのは、そのせいもあるかもしれませんね」ミア・キャヴェンディッシュは言った。アリス・コールマンという女性が単に喧嘩の後でどこかに姿を隠しているだけで、自傷行為には及んでいないことを祈った。鬱病患者の場合、残念ながらないとは言い切れない。

「で、マンローさん、あなたのほうのお仕事は？」ミラは訊いた。

「トゥルーロにある聴覚障害児学校の教師です。収入はまったくたいしたことないんですけど、それでもいまは私ひとりで家計をまかなってます。アリスの年金は本当にわずかで、全部セミナーとそこまでの旅費に消えちゃうので。私のほうは家賃を払って、生活費も全部持ってるから、自分のために使うお金なんて全然ないんですよ」コンスタンス・マンローはいまにも泣きだしそうだった。「でも、なによりつらいのは、アリスがいつも家にいなくて、私はずっとひとりだってことです。それで、今回……」

「なんでしょう？」

「ええと、私たちは喧嘩をして、その後、アリスはバーンステープルに出かけていきました。私の車で」

「寛大なんですね。おうかがいした家庭の事情を考えると」

「ええ、まあ、アリスは公共交通機関を使うと閉所恐怖症の発作が出るんです。それに、私だって心の狭い人間にはなりたくないし。とはいっても、車がないってことは、私は通勤にバスを使わなきゃいけないってことなんですけどね。まあとにかく、それ以来アリスから連絡がないんです。普通は目的地に着いたら連絡があるのに。でも最初は喧嘩したせいだと思ってたんです。それで月曜日にメッセージアプリで、元気かってメッセージを送ったんですけど、アリスは読みもしないんですよ。それで私も腹が立って、それ以上連絡しなかったんです。でも、本当なら今日戻ってくるはずだったのに。朝食の後に向こうを出発するって言ってたんです。バーンステープルからここまで車で二時間か、どんなに道が混んでても三時間ですよね。だから、私が一時に仕事から戻ったときにはもう家にいるだろうって思ってたのに。なのにいなかったんです。それに車もありません」

「心配なさるお気持ちはわかりますけど、まだ失踪届を出すには早すぎるのでは」ミアは言った。「コールマンさんは、バーンステープルでセミナーのほかの参加者とおしゃべりしすぎて遅くなっているのかもしれませんし。海に寄ったのかもしれませんよ。正直言って私なら、この暑さですから、もし時間さえあれば海に行きますね！」

コンスタンスは首を振った。「そうじゃないんです。実はさっき、セミナーの講師に電話したんですよ。電話番号がアリスの机の上の書類に載ってたので。その講師が言うには、アリスはそもそもバーンステープルに来なかったんですって。日曜日に。アリスは来なくて、セミナーに参加もしなかったんです」

「欠席の連絡もせずに？」

コンスタンスはうなずいた。「連絡もせずに。講師の女性は、アリスの携帯に何度もかけてみたそうなんですけど、留守番電話だったって。彼女はうちの固定電話の番号は知りませんでした」

「なるほど」思ったより複雑な事態だ。アリス・コールマンにとって、そのセミナーはとても大切なものだったはずだ。パートナーと大喧嘩してさえ出席する覚悟だったのだから。ところが、それを無断欠席した？　どこかへ向かい、誰にもひとことも告げずに隠れている？　とはいえ、人は誰かと大喧嘩をすると、まさにそういう行動を取るものだ。

「マンローさん」とミア・キャヴェンディッシュは話し始めたが、コンスタンスに遮られた。

「事故に遭ったんじゃないかって、心配でたまらないんです。日曜日にもう事故に遭ってたんじゃないかって。でもそれなら私に連絡があるはずですよね？　アリスは山のように書類を抱えていったんだし、そこには私たちの共通の住所が書かれてるんですから。それにアリスの携帯にもたくさんの番号が登録されてます。もちろん私のも。だから事故なら連絡があったはずですよね？」

「絶対にあったでしょうね」ミアはその点には確信があった。「それでも、万一ということもありますから、車のナンバーをうかがって、どこかで事故がなかったか調べてみます。とはいえ、私も事故の可能性はかなり低いと思いますけど」

コンスタンスは車のナンバーをミアに知らせた。まだ心配でいてもたってもいられないようだ。「もし誰もいないところで事故に遭っていたら？　車で。それで誰にも発見されずにいるんだったら?」

ミアは首を振った。「カナダの原野なら、そういうこともあるかもしれませんけど……コーンウォールとデヴォンじゃ、そんな寂しい場所は現実的にもうありませんよ、残念ながら。おまけに一年で一番観光客の多い時期ですから」

「ええ、でもそうすると、犯罪に遭ったとしか考えられないんじゃ?」

ミアは相手を落ち着かせるように、笑みを浮かべた。「私にはそうは思えませんけど。全然。本当ですよ。おふたりは喧嘩をなさって、パートナーの方は怒っていた。もしかしたらそれに加えて、セミナーのことを疑問に思い始めたのかもしれませんよ。だってそのことで喧嘩をしたんですから。きっとどこかに姿を隠して、いろいろなことを考えているんですよ。それが一番ありそうな答えだと思います。もちろん、マンローさんに心配をかけて、フェアとは言えない行為ですけど、きっとそんなことを考える余裕もないんじゃ」

コンスタンスは大きなため息をついた。そして「いいえ、お巡りさん」と言った。「私には、それがありそうな答えだとは全然思えません。アリスは心理的に大きな問題を抱えていて、自分の人生と折り合いをつけられずにいます。確かに、鬱のせいでときどき他人に配慮のない行動に出ることもありますよ。自分のことしか考えられなくなって。でも、何日も私をこれほど心配させたまま放っておくなんてことはしません。どんなに私に腹を立てていようと。それに、もともと約束した期間を超えて私の車を使い続けることもありません。だって、買い物やらなにやらを含めて、私の生活のなにもかもが車がなければとても大変だって、ちゃんとわかっていますから。アリスが私にそこまでひどい仕打ちをするなんて、絶対にあり得ません」

「事故があったかどうか調べてみます」ミアは言った。

コンスタンスはバッグのなかを探って、一枚の写真をミアのほうに滑らせた。「これがアリスです」

ミアは写真をじっくり眺めた。海で撮ったスナップ写真だ。風がアリス・コールマンの肩まである髪をもてあそんでいる。太陽が輝き、海もきらきら光っている。アリスは微笑んでいた。だがその微笑みは無理に作ったもののようで、不自然だった。

「この写真はとりあえずお預かりしておきます」ミアは言った。大掛かりな捜索を要請するわけにはいかない。犯罪が起こったと推測する理由はどこにもないのだ。

コンスタンスは不安に満ちた大きな目でミアを見つめた。「なにかがあったんですよ。絶対そうです。ほかに説明がつきません。アリスは私と連絡が取れない状態なんです。それはつまり、アリスになにかあったってことです。一〇〇パーセント、絶対です、お巡りさん。私、怖くて怖くてしかたないんです!」

七月二十六日金曜日

家のなかはまだ快適とはほど遠い状態だったものの、少なくともベッドの準備は整えたし、バスルームにタオルもかけた。これで眠ることができるし、明日の朝シャワーを浴びることもできる。持ち物のほとんどは、まだ家じゅうあちこちに積まれた段ボール箱に入ったままだ。リビングルームには向かい合わせに置かれた小さなソファ二脚、そのあいだにローテーブル。テレビもすでにケーブルをつないであったが、まだ映らない。ケイトはリモコンをあちこちいじったあと、うんざりして諦めた。

テラスと庭に続くキッチンのドアは開けっ放しで、夕方になってもまだ去らない熱気が家のなかに入り込んでくる。その熱気が、何か月も閉め切ってあった部屋のなかのかすかなカビ臭さを追い払ってくれる。引っ越しの疲れがいまだに全身に残っているケイトも、少しずつリラックスし始めていた。あいさつ代わりに隣家の女性と垣根越しに飲んだシャンパンのおかげでもある。隣人は孤独な、ときに押しつけがましいこともある女性だが、興味津々《しんしん》でケイトの家を見張っていてくれるせいで、これまで何度も助けられた。賃貸人がこの家をめちゃくちゃにして出ていったことに気づいてくれたのも彼女だし、五年前に家のなかでケイトの父親の遺体を発見したのも彼女だった。父は夜中に自宅で殺されたのだ。

「あと何日かすれば、とっても居心地がよくなるはず」ケイトは声に出してそう言った。自分自身を慰めるために。今回の引っ越しと再出発において一番悲しいのは、相変わらずひとりだということだった。バスルームにはこれまで同様、歯磨き用のコップがひとつだけ。それに洗濯するのもこれまで同様、自分の衣類だけだ。ケイトは、誰がゴミを出すかをめぐる喧嘩をしてみたかった。喧嘩をする相手さえいれば。いまケイトは四十四歳だが、これまで一度も誰かと長続きする関係を築いたことがない。なんとなく、自分はすでに最終列車を逃してしまったのではないかという気がしていた。

庭に目を向けてみる。猫のメッシーが芝生の真ん中に座っている。夕方の太陽を浴びて、このうえなく満足そうだ。少なくとも飼い猫は幸せだ。ケイトは台所用品が入った最初の段ボール箱を開けて、中身を片付け始めた。コーヒーマシンはもうカウンターに置かれているが、明日の朝のために、カップひとつと、スプーン一本、それにシュガーポットが必要だ。

そのとき、インターフォンが鳴った。

また隣の人だ、と思って、ケイトは少しうんざりした。親切で面倒見のいい人ではあるものの、はっきりと境界線を引いておかないと絶え間なくおせっかいを焼かれることになるだろうと、すでに予感があった。

玄関ドアを開けた。目の前にいたのはケイレブ・ヘイルだった。ピザの箱をふたつ抱えている。

「引っ越しの後で腹が減ってるんじゃないかと思って」ケイレブは言った。

ケイトは微笑んで、ドアを大きく開けると、「まさにぴったりのタイミング」と答えた。

ふたりはテラスに座って、箱から直接ピザを食べた。ふたりのあいだには、ケイトがロンドンから持ってきた赤ワインのボトルが一本。ケイレブが抱えている問題のことはよく知っていたから、以前は彼には決してアルコールを勧めなかったが、いつの間にか、互いに話し合ったわけでもなく、ふたりのあいだには合意ができていた――この問題についてはどちらも芝居をする必要はない、と。

ケイトは自分で思っていたより空腹で、ふたりともしばらく黙々と食べていたが、やがてケイレブが「来週の木曜日にうちで働き始めるんだったね?」と訊いた。

ケイトは首を振った。「その予定だったんだけど、やっぱり月曜日から働くことに決めた。いま捜査中の事件にはどっちにせよもう関わってるわけだし、スチュワート警部補はいま猫の手も借りたいくらいじゃないかと思うから」

ケイレブはうなずいた。「そのとおりだよ。彼はきっと君の足にキスせんばかりに感謝するだろうな、ケイト。ヘレン・ベネット巡査部長が、親切にずっと私に捜査の進捗状況を教えてくれているんだ――あ、これはここだけの話にしてくれよ。で、ヘレンが言うには、スチュワートはかなりのピンチだって。人手が足りなくて」

「ケイレブ、私……」ケイトは切り出したが、ケイレブは手を振って遮った。

「わかってる、私はくそ馬鹿野郎だ。私だってこんなことになるとは思ってなかった。全然」

「誰があなたのことを警視正に報告したの？」

「スチュワートだよ。もう現状に耐えられなかったんだそうだ」

「それはあながち責めるわけにもいかない」

「そのとおり。でも、まず最初に私本人と話をしてくれたほうがフェアだったんじゃないかと思うよ」

ケイトは黙っていた。ケイレブが苦々しく思う気持ちは理解できた。信頼していた人間に裏切られたという気持ちは。

突然、ケイレブは激しい口調で言った。「私はなにも間違いは犯していないんだよ、ケイト。家族を射殺したあの男のことでは。あのときのことは何度も何度も思い返したんだ――ひとつひとつの瞬間を、酒の入っていない状態で。だけど、違う行動を取るべきだったと思える瞬間はひとつもない。別の行動を取ることもできたと思える瞬間は、ひとつもないんだ」

ケイトはうなずいた。「あの事件について読んだ限りでは、私もそう思う」

ケイレブは絶望的な目でケイトを見つめ、小声でこう付け加えた。「だけど、それでもときどき……ケイト、私はあのとき、呂律《ろれつ》がまわっていなかったわけでも、ふらついていたわけでもない。ものが二重に見えていたわけでもない。ただ暑さに参っていたのと、日陰がないのがつらかった――あれだけつらかったのを考えると、きっと体のなかのアルコールの量と関係があったんだろうな。でも頭は冴えていたんだ、本当に。それでも、考えるんだよ……」

「なにを？」

「あの男と話したとき。ジェイデン・ホワイトと。あの男と携帯で話をしたときのこと。彼が抱えている悩みを私が口に出したのは、やはり決定的な間違いだったんじゃないか？　金の問題を。私はあの男を勇気づけようとしたんだ。でもあいつが心を閉ざしたのは、まさにあの瞬間だった。私が金のことを口にしたとき」

「私でも同じことをした、ケイレブ。ヘレン・ベネットだって同じことをしたはず。ヘレンはああいう事態に対処する訓練を受けているんでしょう。犯人に思いなおさせる唯一の道は、彼をパニック状態とどん詰まりの感覚から救い出すことだった。泥沼から抜け出す方法はあると、彼にわからせなきゃならなかった。家族と無理心中する以外の方法があるって。それにはその話をするしかなかったのよ、ケイレブ。ほかに方法はなかった」

「わかってる。でも、もし素面《しらふ》だったら、話し方にもっと微妙な配慮ができたんじゃないか？　優秀な交渉人は、ああいう場面で、問題のテーマをいつ口にするか、緊張感を和らげるためにいつ引っ込めるか、わかっているものだろう。雰囲気の微妙な変化を察知しなければならない。なあケイト、もしあのとき私が酒を飲んでいなかったら、ジェイデンがどんどん心理的に追い詰められていくのに気づけたんだろうか。あの男がいつ私との通話を打ち切って正気を失っても不思議じゃないと察知できたんだろうか。もしかしたら、どこかに兆候があったんじゃないか。その兆候を察知できていたら、ふさわしい対応をすることができていたんじゃないか」

ケイレブの言葉に答えを返すのは難しかった。彼の言うとおりだと、ケイトにはわかっていた。目前に迫った大惨事を察知して、それを食い止めるだけの明晰さが、あのときのケイレブに足りなかった可能性はある。もちろん、なんの兆候もなかった可能性だってある。事態はいずれにせよ最悪の結果に終わっていたかもしれない。ジェイデン・ホワイトと交渉したのが誰であろうと関係なしに。後になってから状況を客観的に評価するのは不可能だ。なにを言おうと、すべて単なる仮説にすぎない。ただ、ケイレブは酒が理由で責任を負うことになった。酒が入っていたことだけが理由で。そうすれば、もう誰もわざわざその他の要素を考慮に入れて全体像を考えなおす必要がなくなるからだ。ケイレブ・ヘイル警部が失態を犯した、で済むからだ。

それがすべてだ。

「ケイレブ、私……」ケイトは再び口を開いたが、ケイレブにまたも遮られた。

「いいんだ、ケイト。私を慰めようとしてくれるんだろう。でも君だって私と同様に、私が救いようのない馬鹿だということはわかっているはずだ。私の免罪符になるなにかを見つけようと、必死で理屈をこねくり回す必要なんてないよ。だってそんなものはないんだから。我々ふたりとも、それはわかっている。すまない。一度吐き出して、すっきりしたかっただけなんだ。現在の事件の話をしよう。君が列車でどれほど危険な目に遭ったかは聞いてるよ。生きていてくれて本当によかった」

ケイレブが話題を変えてくれて、ケイトはほっとした。「私の台詞《せりふ》よ。列車のトイレが死に場所になるなんて、考えたくもない。でもこの事件、妙だと思わない？　特にステイントン・デイル在住の教師が襲われた事件のせいで、余計に」

ケイレブは興味深そうにケイトを見つめた。「君はどう考える?」

「事件の詳細は知ってるの?」

ケイレブはうなずいた。「さっきも言ったけど、ヘレンのおかげで情報は充分持ってるんだ。もちろん、君が私とこの話をしてくれるかどうかはわからないけど」

ケイトは突然、笑いださずにはいられなかった。「いいんじゃない? 私たち、今回は立場が逆ね。正式に捜査しているのが私で、あなたは外野からアシストするんだから」

ケイトが解決に導いたスカボローでの二件の事件のことだ。当時、ケイレブは捜査の責任者で、ケイトはなんの権限もないまま勝手に首を突っ込んだ。

ケイレブもまた笑いだした。「でも君はあのときの私よりずっと協力的みたいだな。私と事件の話をしてくれるんだから。当時の私は君をはねつけたのに」

「いつもじゃなかった。ときどきは私と話してもくれたじゃない」ケイトはじっくり考えて、「正直言って、今回の事件はまだどう考えていいか、まったくわからない」と言った。「クセニアは列車で襲撃を受ける前に、友人を訪ねていた。その友人に話を聞きに行ったの。でも襲撃の理由に心当たりもなければ、クセニアの訪問中に特に気づいたこともないって。まったくわけがわからないって感じだった。ただ、クセニアの夫は不機嫌な暴君で、結婚生活は不幸だとは言ってた。でもクセニアは別れる勇気がないそうよ。その友人によれば、クセニアはなにかを恐れているみたいだって。離婚は簡単なことじゃないから、それを恐れているとしても理解できるけど、クセニアの恐れにはそれ以上の背景があるのかもしれない。そこのところは友人もわからないって」

「ロシア出身の人なんだろう？　離婚して外国でひとりで生きることになるのが不安なんじゃないのか？」

「クセニアの英語は完璧よ。外国人に英語を教えてるくらいなんだから。きっとひとりでもちゃんとやっていけると思う――少なくとも、妻の自由を制限して抑圧する夫と一緒に暮らすよりはましでしょ」

「これまで抑圧されてきたからこそ、自由に対する恐怖感があるのかもしれないぞ。常におまえはダメだと言われ続けて萎縮すると、そうなる人は多い。自信と自尊感情がゼロだからな」

「そうかもしれない。でも私は、もっとなにかあると思う。クセニアはなにかを隠してる。重要なことかもしれないなにかを。ただそれが夫と関係があるのかはわからないけど」

「ソフィア・ルイスと関係があるのかな？」

「クセニア本人も夫も、ソフィアのことは知らないし、名前も聞いたことがないと言ってる。話を聞いたジェンキンス巡査部長によれば、信じてよさそうだって。ジェンキンス巡査部長とは昨日電話で話したの。彼は、クセニアか夫のどちらかがマンチェスターとなにかつながりがないかを聞き出そうとしたんですって。ソフィア・ルイスは長いあいだマンチェスターに住んでいて、そこの学校で教えていたから。でもなにもなかった。ふたりともマンチェスターに行ったこともなければ、知り合いもいない」

「少なくとも、ふたりともそう主張している」

「そう、なにもかもその前提で考える必要がある――彼らが本当のことを言っているかはわからないっていう」

「君の勘が正しいなら、クセニア・パジェットのほうはなにもかも正直に話しているわけではなさそうだ」

「そうね」

「君は列車で発砲した男を見ている。もう一度見ればわかるか？」

ケイトは肩をすくめた。「どうかな。なにしろ慌ただしかったから。犯人を見たのはほんの一瞬だし。残念ながら、もう一度見てもわからないと思う。でもモンタージュ写真はあるのよ。クセニアが犯人の特徴を詳細に憶えていたから。というのも、犯人はずっと彼女の斜め向かいの席にいたの。写真は各地方紙に載って、いつもどおりたくさんの通報があったけど、いまのところ役に立ちそうなものはないみたい」

「ケイト、君はこれからどう捜査していくつもりだ？」

「まずジェイコブ・パジェットに直接会って、どんな人だか確かめてみたい。だからパジェット夫妻を訪ねるつもり。でもなにより、ソフィア・ルイスの生活を掘り起こすつもり。本人から話が聞けないからすごく難しいんだけど、ソフィアの人生とクセニアの人生には接点があるはず。その接点を見つければ、犯人もわかるかもしれない」

「具体的な推測はあるのか？」

ケイトは首を振った。「全然。まったく。それにね、そもそも理解できないことがもうひとつあるのよ――どうして犯人はソフィア・ルイスを射殺しなかったのか？　簡単なことだったはずなのに。犯人が撃った弾は大きくそれていた。どうして？　列車のなかの犯人は、クセニアに狙いを定めて何度も撃った。ためらいがあったようには見えない。それがどうしてソフィアのときは違ったの？」

「近すぎたから、とか？　血とか脳みそとか……そういうものに耐える必要がある」

「かもしれない。とにかく……」ケイトはためらった。

「心配なの」ケイトは結局、そういった。「ふたりの女性に、ふたつの殺人未遂。どちらも犯人は目的を遂げなかった。被害者ふたりはまだ生きている。ふたりとも犯人にとって危険な存在になり得る。クセニア・パジェットがこれまで秘密にしていたことを話そうと決めたとき。ソフィア・ルイスが再び意思疎通ができるようになったとき」

「犯人はまたやるだろうと思うのか？」

「またやらざるを得なくなるかもしれないと思う。自身の身の安全のために」

「病院のソフィア・ルイスに護衛を付けないと」ケイレブが言った。「彼女は完全に無防備な状態なんだから」

　ケイトはうなずいた。「スチュワート警部補ともう話した。病室の前に警官をひとり置くことになった。でもなにしろ人手不足だから、警部補がどれだけ文句を言ったか、想像つくでしょ。クセニアにも二十四時間警護なんてとても無理。でもジェンキンス巡査部長が、一時間ごとにパトロールカーがクセニアの家の前を通るように手配してくれた。ジェンキンスはクセニアに、気をつけるようにと言ったそうだけど、ご存じのとおり……」

「……決意を固めた犯人なら、なんとしても目的を遂げる」ケイレブがケイトの言葉を引き取った。「唯一の希望は、君が犯人をすぐに捕まえることだな、ケイト」

ケイトはため息をついた。暖かく、輝くような美しい晩だ。自宅にいるのは素晴らしい。ケイレブがいてくれるのは素晴らしい。この晩は、ケイトが周りのすべてを心地よく感じる数少ない瞬間のひとつであり得たかもしれない。たとえそれが単なる瞬間であって、決して長く続く状態ではないとわかっていても。だが、そんな美しい晩にもかかわらず、ケイトは緊張を解くことができなかった。不安だった。

「なにか手がかりさえあれば」ケイトは言った。

二〇〇一年二月

　この幼い少年はどこか変だ。アリスも私も、即座にそんな印象を抱いた。その子は三歳だったが、三歳には見えないほど体が小さかった。頭も小さく見えた。痩せっぽちの小さな体とさえバランスが取れていなかった。そしてその子の瞳は……言葉を選んで言えば、「不思議」だった。なんというか、視線にどこか不明瞭なところがあった。

「単に目がちょっとだけ細いからじゃないかしら」アリスが小声で言った。「ちょっとアジア人風っていうか」

「ああ、でも目の形の問題じゃないような気がするな」私もささやき声で言った。「なんか視線がぼんやりしてるだろう」

　ここはロシアの奥地で、この暖房の効きすぎた部屋にいる人たちの誰も英語を話さない──私たちの知る限りでは──とはいえ、用心するに越したことはなかった。通訳の女性も背後に立っている。彼女の英語は非常にうまく、私たちがとてつもない早口で話しても、すべてを理解できる。

「でもこの子たちの暮らし……」アリスは隅にカビの生えた低い天井に視線を漂わせた。「これじゃあ気分も悪くなるわ。それに、私たちはこの子にとってまったく知らない人なんだから」

後になってから私たちは、あのときの不安感を互いに認め合った。けれどあれこれ言い訳を見つけてその不安をできるだけ芽のうちに摘もうと決意を固めていたことを。「このサーシャくん、とってもかわいらしいでしょう」通訳のタチアナが言った。「特別にかわいい子だと思いますよ」

確かに、その子はかわいかった。黒い髪、黒い瞳、オリーブ色がかった肌。南欧人だとしても不思議はない。イタリア人かスペイン人か。もしこの細い目がなければ。先祖にモンゴル人がいたのかもしれない。私たちがいたのはモスクワから北東にほぼ八百マイルも離れたスロボツコイという町だった。ウラル山脈からもそれほど離れていない。ヨーロッパ大陸は、ウラル山脈の向こうでアジア大陸となる。これまでの数日間、私たちはこの町の通りで、ここにいる未来の息子と同じ細い目を持つ人たちをよく見かけていた。

私たちが「うん」と言えば未来の息子になる子。

それまでの五年間、私たちはあらゆることを試みてきた。自然な形で子供を授かろうとした。それから試験管受精を試みた。それから精子バンクからの精子を試みた。そして卵子バンクからの卵子を。そして受精卵を。当時、私たちはノッティンガム近郊の村にある古い田舎家に暮らしていた。アリスが両親から相続した家だ。ケンブリッジ大学病院の付属施設であるボーン・ホール不妊治療クリニックからそれほど遠くなかった。クリニックは私たちの第二の我が家とさえいえるほどだった。私たちは看護師や医師のほぼ全員と非常に親しくなり、皆に好かれていた。ひとつの試みが失敗するたびに、皆が一緒に悲しんでくれた。

二年前の凍える一月の朝、寝室の窓の前を舞う雪を見ながら、アリスが突然こう言った。

「私、もう無理、オリヴァー。もう無理」

その頃アリスは、十一回目か十二回目になる次の採卵に向けて、またしてもホルモン注射をしていた。体に水が溜まって、脚は腫れ、腹は膨《ふく》らんでおり、皮肉なことにすでに妊娠しているかのような外見だった。ホルモンのせいで血がどろどろになるので、血栓のリスクを下げるために一日六リットルの水を飲まねばならなかったのだ。ベッドから起き上がるときには、痛みでうめき声をあげた。どうやって耐えているのだろうと、私はもうずいぶん前から考えていた。何度も何度も最初からやり直し、いつも最後には失望するという繰り返しに。

「わかったよ、愛しい人」私は言った。私は彼女の隣に寝ていて、ふたりでしばらくのあいだ黙ったまま、舞い落ちる雪を眺めていた。「いい決断だ。君の体はもう充分がんばったよ。いつかは終わりにしなくちゃな」

アリスは泣き始めた。「でも子供が欲しい」

私はため息をついた。「無理なものは無理なんだよ。いつかは運命を受け入れなきゃいけないんじゃないかな」

「養子を取ればいいじゃない」

アリスはこれまでもよくその話をした。だが私はどこまでも消極的だった。これまで延々と高額な治療を続けてきた。幾度もの体外受精のために、私たちはすでに借金を抱えていた。それに養子縁組の結果、どんな人間をこの腕に抱くことになるのか、わからないではないか。もちろん、これは子供の話だ。金を払って買う車や不動産の話ではない。それはわかっている。けれど、だからこそ私は怖かった。どこから来た子供なのか、どんな目に遭ってきたのか。どんな事情で養子に出されることになったのか。その事情のせいで心に問題を抱えてはいないのか。あの時点で私は四十五歳になっていた。アリスより八歳上だ。ふたりともそれほど若くはなかった。特に私は、若いとはほど遠い年齢だった。私たちが縁組するのは赤ん坊ではなく、幼児になるだろう。おそらくは英国でさえなく、外国で養子縁組することになるだろう。もちろん子供に関する情報は提供されるだろう。けれどその情報が正確かどうかはわからない。リスクが大きすぎた。

だが結局、私たちは二〇〇一年二月、スロボツコイにある、チャールズ・ディケンズの小説を思い起こさせる身の毛もよだつ孤児院にいた。目の前にはあの小柄で痩せっぽちの男の子がいて、私たちを霧がかかったような目で見つめていた。この子は、モスクワのデータバンクで一年間に養子候補となる七十万人の子供たちのデータの山のなかから選ばれた子だった。そこにたどり着く前に、私たちは永遠とも思える手続きを経て、ようやく青少年局から養親の資格ありと認められ、養子縁組の段階に進んでいた。だが思ったとおり、私たちが聞かされたのは、養子に出されるイギリス人の子供は比較的少ないこと、養子縁組は若い夫婦が優先されること、だから我々は延々と待たねばならず、いつ順番が回ってくるかは不明であることだった。

だからこそ私たちはロシアに、スロボツコイに、サーシャにたどり着いたのだった。

私たちは即座に養子縁組申請書にサインすることを求められた。いますぐ、この部屋で、夫婦ふたりだけで話し合う時間ももらえずに。申請は撤回することもできるから、と彼らは私たちに請け合った。

その夜、ホテルの部屋のベッドで、私たちはようやく率直に語り合うことができた。

「あの子はどこか不思議なところがあるよ」私は言った。「なにかが変だよ」

「発達が少し遅れているみたいに見えるわね」アリスが言った。「あそこの子たち、栄養が足りないんじゃないかしら。でもそれなら、これから改善できる」

「あそこの子供たちに栄養が足りないとは思えないけどな。ほとんどの子は普通の外見だったじゃないか」私は懸念を表明した。

「あの子はきっと赤ちゃんのときにちゃんと世話をしてもらえなかったのよ。そういう影響って後まで残るものでしょ」アリスは頑なに言い張った。

サーシャについて私たちが知っていたのは、次のような事実だった。母親は十七歳の売春婦で、不注意でうっかり客に妊娠させられ、サーシャを生んだ。母親は一年間、曲がりなりにも子供を手元で育てようとはしたが、やがて青少年局の目に留まり、介入された。サーシャは栄養失調で発達が遅れていた、と翻訳された報告書にはあった。通常の一歳児ができることがサーシャにはなにひとつできず、それはこれまで誰もサーシャの面倒を見てこなかったことを示《し》唆《さ》していた。結局、サーシャの母親は家庭裁判所で養育権を取り上げられた。そしてサーシャを養子に出すことに同意した。通訳によれば、彼女は非常に安堵していたという。もしサーシャが私たちの子供として認められた場合、養子縁組が法的に有効になる前に、母親が子供を取り返そうとする可能性はまずないだろう。実際、これはかなり確実性の高い話だった。私たちは夢をかなえる一歩手前にいた。もうすぐ子供を持てる。

もちろん、サーシャを拒否することもできるのはわかっていた。そうすれば別の子を斡旋《あっせん》されることになるだろう。誰も悪く思ったりはしない。機能不全に陥った家庭で今後の歳月を苦しんで生きるより、問題がありそうだと思ったらすぐに伝えたほうがいいことは、皆が理解している。けれど、事前に家庭が機能不全になると確実に予測できる人間などいるだろうか？それに、次の子供を斡旋してもらえるまで、また時間がかかるだろう。おまけに縁組手続きがストップすることも多い。どこかの養親がなにか問題を起こすと、ロシアは同じ国出身の養親候補の手続きを容赦なく中断させるのだ。養親が契約で定められた最初の三年間の報告義務を守らないという理由で、進行中の別の縁組が破談になることもあった。報告義務をおろそかにしても養親が深刻な罪に問われることはないが、その行為は、順番待ちをしている養親候補たちを苦しめることになる。つまり、それは脅迫手段だったのだ。確かに理解の余地はある。だが、縁組中断を恐れるあまり、実際に養親候補たちは斡旋された子供を素直に受け入れ、できる限り迅速に手続きを済ませようとすることになった――たとえ心のなかで警告の声が響いていたとしても。

私の心のなかには警告の大合唱が響いていた。アリスの心にも声は響いていた。しかし私たちは疲れ切り、ぼろぼろだった。ロシアのこの場所に来ることは、私たちの本来の力をはるかに超える大きな決断だった。ふたりとも、もう余力がなかった。とにかく一刻も早くこの闘いを終わらせて、生きることを始めたかった。家族として生きることを。

二〇〇一年七月、ロシアの裁判所によって、サーシャは私たちの養子として認められた。二週間後、その判決が法的に有効となった。

私たちは息子とともにイギリスに戻り、幸運が訪れることを祈った。

七月二十九日月曜日

I

ソフィア・ルイスが暮らす家は、朝の日差しを浴びて静かなたたずまいだった。この家の住人が一週間前に襲われて命に関わる重傷を負ったことを示すものは、なにひとつない。花の咲き乱れる庭に囲まれた、急な傾斜屋根を持つ煉瓦《れんが》造りのこの小さな家を目にすれば、ここには悪とも危険とも関係のない幸せな人たちが住んでいるのだと、誰もが思うだろう。

でもなにかがあったはずだ、と、葉が豊かに茂る古いリンゴの木々の下を玄関ドアへと向かいながら、ケイトは思った。秘密をひとつも抱えていない人に、あんなことは起こらない。彼女のこれまでの人生のなにかが、あの恐ろしい出来事につながったはずだ。彼女のこれからの人生を変えてしまったあの出来事に。

ケイトはスチュワート警部補から鍵をもらって、ここに来ていた。スチュワートはケイトが予定より三日早く犯罪捜査課で勤務を始めたことで、目に見えてほっとしていた。

「ありがとう、巡査部長」スチュワートは言った。「本当にありがたいと思ってるよ。とにかくいまは、人はひとりでも多いほうがいい」

「かまいませんよ」と、ケイトは答えた。個人的な問題は彼には話さなかった。ひとりきりで、いつも孤独に苛《さいな》まれていることは。共に過ごし、人生を分け合える人がいないことは。これまでの年月で、ケイトにとっては仕事が、感覚を麻痺させるための最も確実な手段になっていた。引っ越しの荷ほどきは少しずつやればいい。急ぐ理由などなにもない。

ロバート・スチュワートはケイトがなぜソフィア・ルイスの家を見てみたいのか、あまり理解できないようで、「捜査チームは本当にもう隅から隅まで調べたんだよ」と言った。ケイトの希望を無意味だとあっさり退けて、できればほかの仕事をさせたかったのだろう。だがケイトは、本来そうする必要もないのに、自分から規定よりも早く働き始めたのだ。そしてロバートはケイトを必要としている。だから、内心の歯ぎしりが聞こえるほどではあったが、ロバートはしぶしぶケイトの希望を認めた。

ケイト自身、この家でなにか決定的な手がかりがつかめるなどとは考えていなかった。ただソフィアという人について感触をつかみたかった。だがそのことは口に出さずにおいた。ロバートはきっと意味不明だとますます首を振るだけだろうと思ったからだ。

ケイトはドアの鍵を開けて、タイル張りの玄関に足を踏み入れた。右側にはコート用の棚がある。その足元には何足もの靴が並んでいる。ほとんどがスポーツシューズだ。玄関はオープンキッチン付きの広いリビングルームに直接つながっている。部屋に入るやいなや、居心地のいい空間だとケイトは思った。薄い色のソファには色鮮やかなクッションがいくつも置かれており、床にはナチュラルカラーのラグが敷かれ、古い木製のダイニングテーブルを、やはり色鮮やかなクッションを置いた椅子が囲んでいる。キッチンは現代的で、清潔で、多くの調理器具が置かれていた。おそらくソフィアは料理が好きで、得意でもあるのだろう。リビングスペースとキッチンとを区切るカウンターには、一財産に相当するだろう最高級のコーヒーマシンが置かれていた。ケイトは突然、強く香り高いコーヒーを一杯飲みたいという激しい欲求を感じた。けれど自制した。この家で勝手にマシンを使うことなど、考えられない。

家のなかには、ほかにソフィアの寝室とバスルームがあった。バスルームは薄桃色のタイル張りで、ボディケアやスキンケア製品はわずかしかなかった。バスタブの横にはシャンプーとシャワージェル。鏡の下の棚にはケイトの知らないアイドルグループの写真が付いた緑色のカップが置かれていて、なかには使い古されたアイライナーとマスカラが立ててある。カップの持ち手は欠けている。すぐ横にはフェイスクリームのチューブ。それだけだ。バスタブの真横の窓の下に置かれた木製の棚に、タオル類が積んであった。ほかには化粧品やボディケア製品はない。ソフィアがスポーツ好きで、体を健康的に保つことをなにより重んじる女性であることは明らかだった。化粧は彼女の趣味のひとつではなかったのだろう。同様に、香水やアンチエイジング製品など外見を美しく整えるための商品にも、ソフィアは興味がないようだった。新鮮な空気のなかで運動することが、彼女の美容法なのだろう。

そんなソフィアのイメージは、寝室を見ると決定的になった。ベッド、戸棚、ライティングデスク。戸棚のなかの服は主にスポーツ用衣類だ。ジョギングスーツ、サイクリングパンツ、体の線にぴったり沿うシャツ、それにスウェットシャツ。もちろんジーンズも、スカート、シャツ、セーターもある。ソフィアが勤務先の学校に着ていくものだろう。棚の下段にはさまざまな色のサンダルやブーツが並んでいた。

次にライティングデスクを見てみる。パソコンは鑑識が解析のためにすでに持ち出していたので、デスク上にあるのは紙の山、何冊ものノート、それに本の山だった。本はデスクの下の床にも置かれている。ざっと目を通したみたが、事件に関係がありそうなものはなにも見つけられなかった。どれも物理や数学関係だ。授業の準備であろうメモ、テストの採点。ノートは生徒たちのもので、宿題に赤字が入っていた。どれも日付は古かった。ケイトは特にノートをじっくりと調べた。どこかに目立って低い点数や、辛辣《しんらつ》なコメントがあるのではないかと思ったのだ。だが、ノートの中身は練習問題のようで、点数はついていなかった。ページの縁にソフィアが書き込んだコメントは、親切な褒め言葉だ。ケイトは突然、思った。ソフィアはとてもいい人だったんだ。熱心で思いやりのある教師だったんだ。私もこんな先生に数学を教えてもらいたかった。数学はケイトの得意教科ではなかった。

デスクの引き出しも開けて、なかもざっとあらためたが、手がかりになりそうなものは見つからなかった。ソフィアはどうやら自分の過去を書類や証書や写真、手紙といった形で保存しておく人ではなかったようだ。一年前にマンチェスターからここステイントン・デイルに移ってきたソフィアは、きっと多くの人たちがするように、引っ越しを機にたくさんのものを捨てたのだろう。この家を見る限り、まるでソフィアの人生はここで始まったかのようだった。それ以前の人生などなかったかのようだ。ここまで徹底的に過去を振り捨てるだけの理由がなにかあったのだろうかと、ケイトは考えた。それとも単に整理整頓が好きで、ある種のミニマリズムを日常生活で実践しているだけなのだろうか。

そのとき、突然デスクの横の窓を誰かが叩いたので、ケイトは跳び上がりそうになった。男がひとり、部屋のなかを覗き込んでいた。口の動きから、「誰ですか？　なにをしているんですか？」というようなことを言っているようだ。

ケイトは警察証を取り出して、窓ガラスに押し付けた。男はますますわけがわからないという顔になった。そして、玄関へ回る、というジェスチャーをしたので、ケイトはうなずいた。玄関に行って、ドアを開けた。

「警察？」目の前に立った男が訊いた。四十歳前後だろうか。ジーンズと黒いTシャツ、かなり汚れたスニーカーといういでたちだ。苛立ちと焦燥をあらわに、「なにかあったんですか？　ソフィアはどこですか？」と訊いた。

「あなたは……？」

「ニコラスです。ニックと呼ばれてます」それから自分には苗字《みょうじ》もあったと思い出したようで、「ゲルベロです」と付け加えた。

「ノース・ヨークシャー警察スカボロー署犯罪捜査課のケイト・リンヴィル巡査部長です。ソフィア・ルイスさんのお知り合いですか？」

「すごく親しい友人ですよ。今日、会う約束をしてたんです。玄関をノックしたけど返事がないから……なにがあったんですか？」

寝室は家の裏側にあるため、ケイトにはなにも聞こえなかったのだ。「まずはお入りください」ケイトは言った。

数分後、ふたりはソフィアのダイニングテーブルに向かい合って座っていた。ケイトは事件をかいつまんで説明した。ニックの顔はどんどん蒼白になっていった。驚き、呆然としているようだった。才能ある役者でない限り、彼のことは容疑者リストから外してよさそうだった。これ以上の驚愕はなかなか見られない。

「ああ、なんてことだ」何度も何度も、ニックはそう繰り返した。「なんてことだ！」それから突然跳び上がった。「すぐにソフィアのところに行かないと！」

「待ってください」ケイトは止めた。「いくつか質問させてください。どちらにしてもソフィアにはおそらくまだ会えませんよ」

ニックの顔は灰色になっていた。「なんて恐ろしい話なんだ。ひどすぎる。体に麻痺が残る？　これからずっと？」

「いまのところ、残念ながら医師はそう言っています。ですが私の知る限り、こういうことは予想とは違う経過をたどることもあります。まだ希望を捨てるべきじゃありません」

ニックはうめき声をあげた。額には汗の滴が浮かんでいる。

ソフィアはこの人にとってとても大切な存在なんだ、とケイトは思った。

「きっと死んだほうがましだと思ってる。僕にはわかる。もう動けないんなら、いっそ死んだほうがましだと思ってるはずだ」

「ミスター・ゲルベロ、ソフィアをこんな目に遭わせた人間を見つけなくてはなりません。ただ問題は、ソフィア・ルイスについて我々がほとんどなにも知らないことです。彼女は誰からも好かれ、評価されていました。でも彼女がステイントン・デイルに来る前の生活については、誰も知らないんです」

「僕はマンチェスターでソフィアと知り合いました」ニックは言った。「ソフィアはチョールトン・ハイスクールで教えていました。あそこでも、みんなにすごく好かれていました。生徒たちからも、同僚たちからも」

「ゲルベロさんも同僚だったんですか?」

「いえ。僕はプロデューサーです。ドキュメント映画をプロデュースしています。たいていは環境がテーマの」

「ソフィアと知り合ったきっかけは?」

「同じフィットネスクラブに通っていたんです。僕、彼女のことをすごく素敵だと思って、そのうち、いつも何時頃にスタジオに来るのかわかってきたんで、同じ時間に居合わせるようにスケジュールを組んだんです。それで、ええと、まあ」ここでゲルベロは笑い声をあげた。「それがうまく行ったわけです。僕たちはつき合い始めました」

ようやく見つけた! ケイトの鼓動は速まった。ようやくソフィアの私生活を知る本物の人間を見つけた。

「一緒に暮らしていたんですか?」

「いえ、残念ながら。僕は一緒に暮らしたかったんですけど、ソフィアはそんなの考えられないって言うので。すごく自立心の旺盛な人なんです」

「ゲルベロさん、警察は針金についてはもちろん学校の生徒のいたずらの可能性もあると考えました。それが意図せず大事故につながってしまったと。でもその後の発砲は、それでは説明がつきません。おまけに事件の二日前に、ロンドンからヨークに向かう列車のなかでも、同じピストルで女性が狙われたんです。犯人は成人男性でした」

ニックはわけがわからないという顔になった。「列車の事件？　それ、記事を読みましたよ。ソフィアに発砲したのも同じ犯人なんですか？」

「それはわかりません。わかっているのは、使われたピストルが同じだったということです。少なくともそれで犯人が同一人物である可能性も高くなります」ケイトはスマートフォンを取り出して、クセニアの証言に従って作られたモンタージュ写真をニックの目の前に掲げて見せた。「この男をご存じではありませんか？」

「これが列車の犯人なんですか？」

ケイトはうなずいた。ニックは写真を感動的とさえいえる熱心さで見つめた。「いや。残念ながら。こんな顔は見たことがありません。会ったことがない男です」

ケイトは失望を押し隠した。「クセニア・パジェットという名前に聞き覚えは？」

「クセニア・パジェット？」

「旧姓はシドロワです。クセニア・シドロワ。ロシア出身です」

ニックは再び、見るからに必死で記憶を探り始めたが、結局また首を振った。「そんな名前は一度も聞いたことがありません」

「ソフィアとロシアになんらかのつながりはありませんか？　旅行をしたことがあるとか？　友人か知人がいるとか？　以前ロシア語を習っていたとかいうことは？　なんでもいいんです」

「ありません。僕の知る限りでは、ソフィアはロシアに知り合いなんていません。そもそもロシアという国とはなんのつながりもありません。ロシア語を習おうとか、ロシアに行こうとしたこともありません。ソフィアの夢はオーストラリアなんです。オーストラリア全土を一年かけて旅するのが夢なんです」ここでニックははっと息を呑んだ。「夢だったたって言わなきゃいけないんですね。もうこの先そんなことできないんですから」

「ソフィアは皆に好かれていたとおっしゃいましたね。それでもソフィアを激しく憎んでいる人間がいるはずです。なにか思い当たることはありませんか？　過去にあったなんらかの事件だとか。彼女がなにかほのめかしたことは？　そのときにはあまり注意して聞いていなかったことでも。彼女が敵を作ったかもしれないなんらかの出来事など」

　ニックがケイトを何度も失望させるにしのびないと思っているのは明らかだった。「いえ。いや、そりゃあ、学校でちょっとした問題が起きることはありましたよ。悪い成績をつけた生徒が文句を言ってくるとか。そうそう、一度、ひとりの生徒の親が弁護士と一緒に学校に乗り込んできて、ソフィアが息子に不当に悪い成績をつけたって苦情を言ったこともありました。あの件ではソフィアはかなり参っていましたね。でももちろん、その両親に命を狙われるだろうなんて考えていたわけじゃありません。ただ、ソフィアにとって非常に不愉快な事件ではありました」

「その人たちの名前を憶えていらっしゃいますか？　それに、それがいつの話だったのかも？」

「僕たちがつき合い始めた最初の年でした。だから二〇一六年です。でも名前まではもう憶えていません」

「大丈夫です。こちらで学校に問い合わせますので。ほかになにか思いつくことはありませんか？」

「いいえ。彼女はもともと過去の話はあまりしませんでしたし」

「ご両親でご存命なのはお父様だけですね」ケイトは言った。「きょうだいはいない。ソフィアは皆に好かれていた。この村でも、学校の同僚たちにも。それなのに本当の意味で親しい友人はいなかったように見えます」

「そのとおりです」ニックは言った。「僕もいつもそう思ってました。マンチェスターで。ソフィアには知り合いがたくさんいました――同僚、フィットネスクラブの知人、近所の人。ソフィアはその全員とある程度親しくつき合ってはいたけど、でも、なんていうか、本当の友達ではなかったんです。ソフィアは親切で感じがよくて、困っている人には進んで手を貸す人でした。誰にとってもいい仲間でした。でも、ソフィアは自分の心のうちを人に打ち明けることはなかったような気がします。自分のことはあまり話さなかった。二年間つき合っていた僕さえ、彼女の過去のことはほとんどなにも知らないんですよ」

「ソフィアと別れたのはどういう事情で？」

「ソフィアがここスカボローのグラハム・スクールに応募したからです。僕にひとことも言わずに。ある日、夕食を一緒に食べに行ったら、いきなり言ったんですよ。応募したら採用されたから、いまスカボローか近郊に家を探してるって。僕のほうはもう唖然としましたよ」ニックはここで言葉を切った。その夜の記憶にいまだに唖然としているように見える。「どのイタリア料理店だったかも憶えてますよ。どのテーブルに座ってたかも……僕はあの日本当は、夏に一緒に旅行に行こうって話をするつもりだったんです。ところがソフィアが急にそんなことを言いだすもんだから」

「それはとても妙ですね」ケイトは言った。

「そうなんです、僕もそう思いました。そりゃ一緒に暮らしてはいなかったけど、僕たちつき合ってたんですよ。週末は一緒に過ごして、いろいろな話をしてたんです。まあ、少なくとも僕のほうは話をしてました。ソフィアのほうは、さっきも言ったとおり、あまり自分のことは話さなかった」

「単にそういう性格だったのかもしれませんね。でも、過去になにか大きな問題があって、そうなった可能性もありますね」

「ま、いずれにせよソフィアはこの家を見つけて、賃貸契約書に署名して、マンチェスターを出ていったわけです」

「ゲルベロさんにはなんと説明したんですか？　学校を移る理由をなにか言っていたでしょう？」

「ときどき環境を変えるのはいいことだって。新しい課題に挑戦する、新しい人と知り合う。そういう、反対するのが難しい理由ばっかり言ってました。でも僕はすごく傷つきました。だって結局のところ、ソフィアのあの決断は、彼女が僕ほどにはふたりの関係を大切に思っていなかったってことを意味するわけですから」

「それでもソフィアさんとの友人づき合いは続いたんですね？」

「ええ、まあ。でもそれも僕のほうが積極的だったからです。連絡を入れるのはいつも僕のほうでした。たいていはメッセージアプリで。でも今週、仕事でこっちのほうに来ることになったんで、会わないかって誘ったんです。ソフィアは承知しました。彼女はいま夏休み中ですからね」

「それで、ここで会うことになっていたんですか？」

「僕がここに迎えに来て、どこかに昼飯を食べにいく予定でした。でもここ数日、僕が約束の確認をするメッセージを送っても返事がないから、変だなとは思ってたんですよ。でも、もう全部決めてあるのに僕がしつこいから、ソフィアはうんざりしているんだと思ったんです。それで僕のほうからもそれ以後はもう連絡せず、今日ここに来たわけです」

「ソフィアの携帯電話は、彼女が転倒した際に壊れてしまいました」ケイトは言った。「我々のほうでいまデータを再現しようとしているところです。それにソフィアのパソコンの解析も進めています」

「なにもかも、わけがわからない」ニックが言った。「わけがわからない」

ケイトは考えた。「ソフィアがそれほど急にマンチェスターから出ていったとき、ゲルベロさんには、なにか嫌な感じはありませんでしたか？　いえ、傷ついていらしたのも、怒っていらしたのも当然ですが、それ以外に。なにか予感だとか、勘のようなものはありませんでしたか。彼女がマンチェスターを出た本当の理由について」

ニックはうなずいた。「僕はすぐに、別の男がいるんだと思いました。誰かと知り合って、そいつのところに行くんだろうって。でもなんとなく、そういうのはソフィアらしくなかった。僕になにも言わないなんて。ソフィアは確かにあまり自分の心のなかを打ち明けたりはしなかったけど、でも普段の生活ではすごくまっすぐで正直な人でした。何か月も別の男とこっそりつき合った挙句に、適当な理由をでっち上げて去っていくようなタイプの女性じゃなかった。もし別の男がいたなら、僕にそう言ったはずです」

「なにか別の理由は思い浮かびませんでしたか？　きっとこの件についてはいろいろお考えになったでしょうし」

「何日も眠れずに、悶々《もんもん》と考え続けましたよ。特に、僕がなにかしたんじゃないかって。僕がそう訊いても、ソフィアは毎回、僕とは関係ないって答えるばかりでしたけど」

ケイトは待った。ニックがいま、できる限り正直に、正確に答えようとしているのを感じたからだ。

「なんか変な話に聞こえるかもしれませんけど」やがてニックは言った。「いま、こういうことになってから考えてみれば、なんですけど。あの頃ときどき、ソフィアはなにかを怖がっているって気がしたんですよ。なにかを、または誰かを。本人がそんな話をしたことはないんですけどね」

「そういう気がしたのは、なぜですか?」

「普段よりびくびくしているというか。なんとなく神経質な感じがしたんです。落ち着きがなくて。具体的になにかがあったわけじゃないんですけど、なんか、ソフィアの雰囲気が違ったんです。違う人になったみたいでした。ずっとじゃありません。ほんのときどき。そうですね、言葉で表わすとしたら、ソフィアは不安そうだった、としか言えませんね」

「転勤が目前に迫っていたからでしょうか?」ケイトにも気持ちは理解できた。スコットランド・ヤードを去ってスカボローで再出発するという決断に、自分も幾度となく不安を感じたことを思い出した。

だがニックは首を振った。「言葉ではうまく言えません。でも職場を替わるからだとは思えませんでした。どうしてなのかは説明できないんですけど。感覚的なものなんです。うまく表現できないな。ソフィアはもう僕が知っているソフィアじゃなかった。まるで彼女に影が差したみたいな。そうだ、それが一番しっくりくるな。彼女に、彼女の生活に、影が差したみたいだったんです。でもその原因がなんだったのかは、見当もつきません」

2

「影ねえ」ロバート・スチュワート警部補はうなるように言った。「それじゃあ捜査の進展に役立つ情報とは呼べない。影って。そんな曖昧な言葉じゃな」

ロバートの部屋で会議中だ。ケイトとヘレン・ベネット巡査部長、それにロバートの三人で。ケイトはニック・ゲルベロと出会ったことを報告したのだった。些細な手がかりさえない状態でお手上げだったロバートは、ニックに飛びついた。

「そいつの可能性はないだろうか？　その男はソフィアを愛していた、そしてソフィアにふられた。それも唐突でかなりひどいふられ方だった。それでソフィアに復讐したかった」

だがケイトは首を振った。「それならどうして一年待ったんですか？　それに事件のことを聞いたとき、彼はものすごくショックを受けていました。あそこまでうまく演技ができる人がいるとは思えません」

「でも映画を作ってる男なんだろう」

「ドキュメンタリー映画です。それに彼はプロデューサーです。俳優じゃなくて」

「容疑者リストに入れておきたいね」ロバートが言った。

「リストって？」思わずといった調子で、ヘレンが言った。そして素早くこう付け加えた。

「ごめんなさい。でも容疑者リストなんてあった？」

確かにいい質問だ。

「ジェイコブ・パジェットが気に入らない」ロバートが言った。「それにそのニック・ゲルベロって男も。ほとんどの犯罪では家族やパートナーが犯人なんだ」

「確かにそうです」ケイトは言った。「ただ今回の場合は被害者の女性はふたりで、パートナーは――または元パートナーは――それぞれ違う男性です。女性同士も、男性同士も、お互いになんの接点もありません。カップル単位で見ても、どちらのカップルもう一方のカップルの名前は耳にしたこともないんですよ」

「クセニア・パジェットと夫、それにそのゲルベロってやつに関してはそうだけど」ロバートが言った。「ソフィア・ルイスとはまだ意思疎通ができないんだ。なんとなく彼女が鍵なんじゃないかって気がするよ」

「でも残念ながら、いまのところ別の方法で捜査するしかありませんからね」ケイトは言った。

「じゃあこれからどうする？」ロバートが訊いた。やる気に満ちているようには聞こえない。

とはいえ、ここまで手がかりが少ないとなると、どんなやる気も空回りするしかないだろう。

指揮官らしさはまだまだこれから身につける必要がありそう、とケイトは思った。いまのところロバートはまだ統率力も指導力も発揮できていない。

少しばかりロバートが気の毒にさえなった。チームの長になって最初の事件がこれとは……。

だが本気で同情する気にはなれなかった。ケイレブから指揮官のポストを奪ったロバートのやり方は、あまりフェアとは言えなかった。ポストに就いたからには、自力でなんとかやっていくしかないだろう。

「マンチェスターに行かせてください」ケイトは言った。「ソフィアが教えていた学校の校長から話が聞きたいので。息子の点数が不公正だと怒っていたという保護者の線を追ってみます。かなりの確率で今回の事件とは無関係でしょうけど、少なくとも確実に除外できるようにはしておかないと」

「いいね」ロバートが言った。「すごくいい考えだ」

ヘレンの携帯電話が小さく鳴った。ヘレンはすみませんと言って、部屋を出ていった。

ロバートはデスクの書類をめくりながら言った。「ソフィア・ルイスはバーミンガム生まれなんだな。バーミンガムに親族がいるんだろうか？　友達はどうだろう？」

「父親がまだ存命です」ケイトは言った。「私が訪ねてみます。いまはとにかくソフィアの過去をできる限り洗って、なにが出てくるかを見ていくしかありませんから」

「それにクセニア・パジェットの過去もだね」

「それはソフィアより難しいですね。クセニアはこれまでの人生の大半をロシアで過ごしていますから。しかもかなり田舎のほうだということです。そこまで出向いて事情聴取をするのは……」

「……金がかかりすぎる」ロバートがケイトの言葉を引き取った。「まあそれは最後の手段だな。ああ、ちくしょう、彼女になんとか話をさせることができればな。クセニア・パジェットのことだよ。満員の列車のなかで銃撃されたんだぞ。なのにその理由にまったく心当たりがないなんて、そんなことがあるのか？」

ケイトはすでにケイレブに話したことを繰り返した。「クセニアには心当たりがあると思います。ただそれを話したくないだけで。なにかを怖がっているようです」

「変だよな。どこかのイカれた男の銃殺リストに入ってるっていうのに、警察に話をするのが怖いって？　命をなくすより怖いことがあるっていうのか？」

「明らかに彼女は我々警察を一番危険な存在と見なしていますね」ケイトは考え込みながら言った。「ということは、彼女の過去には罪に問われかねないなにかがあったということになります。または、少なくとも罪に問われると彼女が信じているなにかが。夫のジェイコブ・パジェットがクセニアとどの結婚仲介所を通じて知り合ったのか、調べてみます。なにかわかるかもしれません」

「いずれにせよ、もう一度クセニアを説得してみてくれないか」ロバートが言った。「警察に正直に話すことがどれほど重要かを、わかってもらうんだ。全部打ち明けてもらわないことには、こちらも彼女を守りようがないんだから」

「話してみます。マンチェスターに行く前に」

「まったく、藁の山のなかから一本の針を見つけるほうが、この事件の手がかりを見つけるより簡単そうだ」ロバートはため息をついた。

ケイトはロバートを見つめた。重責とストレスで参っているようだ。

ケイレブに話してあげよう、と、かすかな満足感を覚えながらケイトは思い、それからすぐに、そんな自分を子供じみていると恥じた。

「ジェイデン・ホワイトの事件のほうは、なにか動きがありましたか？」話題を替えるために、ケイトは訊いた。

ロバートは即座に明るい顔になった。「あっちは全部解決だ。事実関係ははっきりしてるからね。ジェイデン・ホワイトは公判前勾留中だが、長いあいだ刑務所に行くことになるだろう。すごく長いあいだ。まあだからといって、もう誰が助かるわけでもないけど、残念ながら」

「ケイレブは裁判で証言することになるんですか？」

「ああ。ホワイトと決定的な会話を交わしたのは彼だからね」

「ケイレブがまた厄介なことに巻き込まれる可能性もあるんでしょうか？」どうしても知りたかった。「その決定的な会話のことで」

「確かにそのことでさらに調査が入る可能性はあるね」ロバートははぐらかすように、つぶやいた。

ふたりは見つめ合った。突然、ふたりのあいだにケイレブが立ちふさがっているかのように、ぴんと張りつめた敵意が生じた。だがその一瞬はすぐに過ぎ去った。ケイトもロバートも、個人的感情を芽のうちに摘み取るだけのプロ意識は持っていた。

「さて……」ロバートがなにか言いかけたが、すぐに遮られた。ドアが開いて、ヘレンが戻ってきたのだ。

「病院からの電話だった。ソフィア・ルイスが集中治療室を出たそうよ。少なくともこれはいいニュースね」

「よかった」ケイトは言った。

「話せるのか？」ロバートが訊いた。

ヘレンは首を振った。「私も最初にそれを訊いたんだけど、残念ながら、まだだって」

「くそ」ロバートは心の底から悔しそうだった。

「待ちましょう」ケイトは言った。

3

この語学コースがなかったら、きっとどうにかなってしまう、とクセニアは思った。

クセニアは生徒たちのことが好きだった。そして生徒たちからも好かれていた。彼らはシリアやイラクやアフガニスタンから来た人たちだ。ソマリアから来た人もふたりいる。クセニアはこの仕事を愛していた。自分が生徒たちの生きた目標であることもわかっていた。

「私は人生の四分の三をロシア語だけ話して生きてきたのよ」クセニアはよくそう話す。「でもほら、いまの私の英語を聞いて！　私にできたんだから、あなたたちにもできる」

自分と似たような過去を持つ人たちと関われるのは嬉しかった。遠い異国から来た人たち。

戦争や貧困や、クセニアの場合のように将来の展望がないせいで祖国を去り、不確実きわまりない未来に踏み出さざるを得なかった人たち。西ヨーロッパのイギリスに来て、見知らぬ人たち、見知らぬ文化、見知らぬ習慣や伝統、なによりまったく見知らぬ言葉に直面した人たち。それがどれほどの混乱と不安をもたらすものかを、クセニアはよく知っていた。どれほど寄る辺なく、心細く感じるものかを。けれどクセニアは、地元の人たちとのコミュニケーション能力がすべての鍵であることも、身をもって体験していた。その鍵が可能性の扉を開き、親しみと理解をもたらしてくれる。それこそが未来への道しるべだ。

その晩、ヘディングリーの市民ホール前の広い駐車場にぽつんと駐車された車へと戻ったクセニアは、いつもどおり、生徒たちとの交流がもたらしてくれた充足感に浸っていた。だがそれにもまして、自分が毎週のように月曜日の晩を待ち望む理由を、改めて実感してもいた。この晩が自宅から逃げることのできる唯一の時間だという事実を。人の気持ちを沈ませる夫ジェイコブの不機嫌さから、彼の支配欲から、彼の苛立ちから、彼の辛辣な悪意から。一週間のうちこの二時間が、夫から自由になれる唯一の時間だ。自分が自分でいられる時間。クセニアはこの二時間のあいだに、これからの七日間を耐えるために深く息を吸い込むのだった。再び夫の手から逃れられる時間が来るまで。

すでに十時を少し過ぎていた。語学コースは九時に終わるが、今日はひとりの女性――シリア出身のアービダー――の誕生日だった。アービダーはケーキを持ってきて、皆をささやかな誕生日パーティーに誘ってくれたのだった。そこで皆、殺風景な部屋で仲良く机を囲み、ケーキを食べ、紙コップでレモネードを飲んだ。蠟燭まで灯《とも》した。クセニアはまるで温かな湯に浸かっているかのような心地よさを感じた。だがそれも、帰りが遅くなったら家で大変なことになると気づくまでのことだった。クセニアはジェイコブにメッセージを送って誕生日パーティーのことを知らせた。招待されたので断われなかったと。いま、すでに暗くなりつつある駐車場で車の前に立ったクセニアは、ジェイコブがメッセージをまだ読んでいないことに気づいた。これはまずい。ジェイコブはきっと怒り狂うだろう。そうなったら彼との暮らしは地獄と化す。ジェイコブが暴力をふるうことはない。けれど言葉でクセニアを傷つける。ときどきクセニアは、言葉の暴力のほうがつらいと感じる。クセニアがここ数年で肥満体形になったことを、ジェイコブは特に好んで利用する。大きな尻や、太い腿、ぶよぶよした腕のことを嘲笑ったり、ときには悪態をついたりすることで、クセニアがどれほど傷つくかをよく知っているのだ。「どうやったらそこまでだらしなくなれるんだ」ほんの数日前にも、ジェイコブは軽蔑に満ちた表情でクセニアにそう言ったばかりだった。「気色悪い。気色悪いったらないぞ」

クセニアは二通目のメッセージを送った。「これから帰ります。急ぎます」

ジェイコブはこのメッセージの着信音を聞いて、ついに携帯を覗いてくれるかもしれない。もちろん電話することもできるが、勇気が出なかった。ジェイコブは即座に責め立ててくるだろうから。メッセージなら時間に猶予《ゆうよ》ができる。

ため息をつきながら、クセニアは駐車場から車を出した。自宅のあるブラムホープまでは二十分たらずの道のりだ。あっという間にあたりはどんどん暗くなる。クセニアはライトをつけた。家に帰ったら誰もいなければいいのにと、強く願った。犬か猫が待っていてくれるなら素敵だろう。帰ったら気楽にお茶を淹《い》れて、少しのあいだテレビのチャンネルをあれこれ試して、それからベッドに入って、本を読む。そのどれも、ジェイコブのような男と暮らしていては決して実現できない夢だった。

道はあっという間にリーズ郊外のヘディングリーから出て、畑や森のなかを曲がりくねりながら続いていく。ときたまぽつぽつと農場や、町の会社が所有する倉庫が点在する。車はほとんど通らない。ヘディングリーとブラムホープのあいだには高速道路もあって、たいていの車はそちらを使うのだ。だがクセニアは古い田舎道のほうが好きだった。それに、こちらの道のほうが少し時間がかかる。帰りが遅くなったことでジェイコブが大騒ぎするであろう今日のような日でさえ、クセニアは高速を使って時間を節約しようとは思わなかった。そんなことをしても、どうせもう無駄だ。

鹿が道を横切るかもしれないと不安で、クセニアは非常にゆっくり運転した。後ろには誰もいないから、煽られる心配もない。対向車もいない。

静寂。素晴らしい静寂。家で待ち受ける嵐の前の静けさだ。

深く物思いに沈んでいたので、車道を斜めに塞ぐ車に気づいたときには、すでに目の前まで来ていた。クセニアは驚いて、力いっぱいブレーキを踏んだ。車はわずかにスリップしたが、ぎりぎりのところで止まった。クセニアは目の前の車を見つめた。車道の真ん中に停まっていて、左右どちらの側をすり抜けることもできない。

どうして、とクセニアは思った。車をこんなふうに停める人がどこにいるっていうの？

あたりを見回してみたが、どこにも人影はなかった。とはいえ、いまではあたりは真っ暗だ。車のなかは無人のようだが、確信は持てない。

事故だろうか？　運転手は車を脱出して外の牧草地に逃げたのだろうか？

でも、なぜ？

ガソリンが切れた？　だとしたら、運転していた人間はいま頃一番近いガソリンスタンドに向かって歩いているところかもしれない。だがそれなら、車は道の端に寄せて停めればよかったのでは。道の真ん中にこんなふうに車を乗り捨てるのは、酔っ払いくらいのものだろう。

または、誰かがわざと道を塞ぎたかったか。

嫌な予感がした。あたりは暗く、人気《ひとけ》がなく、クセニアはひとりきりだ。先に進むことはできず、これほど狭い場所でUターンすることができるかどうかも心もとなかった。もし誰かが、まさにこの自分をまさにこの状況に追い込みたかったのだとしたら？

ほんの一週間と少し前、誰かが自分を撃ち殺そうとしたばかりだ。

でも、自分がちょうどいまこの場所を通ることを、そしてあたりにほかに人がいないことを、誰が知っていたというのだろう？

私がロンドンからヨークまであの列車に乗ることも、誰かが知っていた――そう思って、クセニアはパニックに襲われた。

シートベルトを外したが、慌てていたせいで手がクラクションに当たってしまった。夜の静寂のなかにクラクションの耳障りな音がけたたましく響き、クセニアはその音をもかき消すほどの恐怖の悲鳴をあげた。あらゆるボタンやスイッチを必死で操作して、セントラルロック・システムを作動させようとした。だがジェイコブに買い与えられた、どちらかといえば車輪付きのブリキと呼ぶほうがふさわしいこの車のセントラルロック・システムは、もう機能しないことを思い出した。寂しい田舎道で足止めされて、進むこともできない。もし誰かがクセニアに危害を加えようと思ったら、単に車のドアを開けるだけでいい。野の花を摘むように簡単だろう。

クセニアは震え始めた。突然、猛烈な寒気を感じた。

「落ち着いて」クセニアは自分に言い聞かせた。なんでもないことかもしれないのだ。

でも、寂しい田舎道の真ん中に停められた車が、なんでもないわけがあるだろうか？

いずれにせよ一晩じゅうここでじっとしているわけにはいかない。一瞬、ジェイコブに電話をして、迎えに来てくれるよう頼もうかと考えた。でもたとえジェイコブが来ても、なにが解決するわけでもない。なにしろジェイコブだって、あの車をここから動かすことはできないのだ。いや、できるだろうか？　ふたりであの車を道の端まで押していけるだろうか？　でも、ジェイコブは怒り、悪態をつき、クセニアのことを大馬鹿者と罵《ののし》るだろう。この状況のなにがクセニアの頭が足りないせいなのかは不明だが、ジェイコブはこれまでも、クセニアを責め立てる理由をわざわざ説明することなどなかった。

Uターンしなきゃ、とクセニアは思った。

ここは道幅の狭い場所だ。おまけに道の片側には壁があり、もう一方の側は緩やかな丘で、頂上まで牧草地が続いている。壁にぶつけないように車をターンさせなければ。クセニアが車に傷やへこみを作っていないか、ジェイコブは常にチェックしている。

クセニアは車をわずかにバックさせて、ハンドルをいっぱいに切った。一センチ刻みでゆっくりと車を動かし、向きを変えていくしかない。ついいままで震えていたというのに、瞬く間に汗びっしょりになった。いまでは外は真っ暗で、ほとんどなにも見えない。いや、まったくなにも見えない。おまけにこういう操作は得意ではない。

それでもそのうち徐々に車の向きが変わっていき、きっと大丈夫だと希望が湧いてきた。少しずつ自分が落ち着いてくるのがわかった。そのとき、突然ライトが目を射た。先ほどクセニアがやって来た方向から、もう一台の車が近づいてくる。

車はスピードを落とし、クセニアから少し離れたところで止まった。

クセニアは目をこらしたが、こちらに向けられたまぶしいヘッドライトのほかにはなにも見えなかった。その車はライトを消しもしなければ、明度を落とすこともしなかった。クセニアはまるでさらし者にされているような気がした。こちらからは見えない誰かに光を当てられて。せわしなくUターンの続きに取りかかった。そのとき、車全体に衝撃が走って、耳障りな音が響き、車の後部を壁にぶつけてしまったことを悟った。なんということだ。いまの音からすると傷どころではない。大きな醜いへこみができたことだろう。アクセルを踏み込みすぎたようだ。

やって来た車のほうを見た。人影が見えた。ヘッドライトの前に立っている。男だ。ゆっくりとこちらに近づいてくる。

きっとピストルを持っているに違いない。

クセニアはエンジンを切ると、ドアを開けた。なにひとつ持ち出さなかった。バッグも、携帯電話も、夜には寒くなるかもしれないと思って持ってきたストールも。すべてどうでもよかった。ただただ死にたくなかった。二台の車に挟まれて身動きできないまま、撃ち殺されるのはいやだった。逃げたかった。とにかく逃げたかった。

丘を登ろうとしてみたが、目で見た印象よりもずっと傾斜が急で、何度も足を滑らせた。クセニアはガゼルでないのはもちろんのこと、スポーツをする習慣さえなかった。四つん這いになって両手で草にしがみつき、土から覗く草の根っこで足を支えながら、丘をよじ登った。一度、誰かが呼ぶ声が聞こえたような気がしたが、なにを言っているのかはわからなかった。耳に響くのは血管をどくどくと流れる血の音のみだった。なにもかも罠だったのだ。最初からそんな予感がしていた。どうやったのかはわからないものの、とにかく敵は罠を張るのに成功したのだ。彼らはきっとクセニアを殺すと固く決意しているのだ。

彼ら？　敵は複数なのだろうか？　それともひとり？　男だろうか？　あのときのあの出来事のせいなのだろうか。あんなことに加わるべきではなかった。悪質で非情で、なによりあまりに倫理にもとる行為だった。でも、どうすればよかったというのだろう？　あのときのクセニアの立場で、いったいどうすることができたというのだろう？

丘の頂上にたどり着いた。眼前には畑が広がっている。ありがたいことに、すでに収穫が終わった畑が。クセニアは走りだした。地面はでこぼこで、しょっちゅうつまずいて転びそうになった。太い草の茎が、むき出しのふくらはぎを刺す。おまけに途中で片方の靴が脱げてしまったが、クセニアはかまわず走り続けた。悲鳴をあげたくなるほど足が痛かったにもかかわらず。痛みなどどうでもよかった。息が切れて呼吸がままならないことも、わき腹が痛むことも、心臓が早鐘のように打っていることも。地球の果てまでだって走ってやる。ここで撃ち殺されるくらいなら。

だがやがて、クセニアはもう走れなくなった。立ち止まって、体を丸めた。全身汗まみれで、冷たさを増した夜風にあたって体が凍えていくのがわかった。靴をなくしたほうの足からは血が出ている。少なくとも、出ているような感覚がある。

ゆっくりと姿勢を戻して、呼吸の速度を緩めようと努めた。ようやく思い切ってあたりを見回してみた。いま自分が道路からどれほど離れたところにいるのかは、さっぱりわからなかった。背後には暗闇と静寂が広がっている。風が木々の葉をざわめかせる。どこかで一羽のフクロウが鳴き、別の一羽が応えた。その声を除けば、すべてが静まり返っていた。誰かが追ってくる気配はない。

もうしばらく耳を澄ましていたが、自分の鼓動と耳の奥を血が流れる音以外はなにも聞こえなかった。そこでクセニアはようやく、いまの自分の状況について考えを巡らせ始めた。いまは夜遅くで、自分はリーズ郊外のどこかの畑にいる。薄い木綿のストラップワンピースに片方だけのサンダルという格好で。バッグも携帯電話も車のキーも持っていない。なにひとつ持っていない。すべて置いてきてしまった。男が車から降りてきて、こちらに近づいてくるのを見たせいで。けれどあの男は、クセニアとまったく同じように、先に進むことができなかったわけだ。車を降りて、どうなっているのか様子を見ようとするのが、おかしなことだろうか？あの男が目にしたのは、道の真ん中に斜めに停まった車と、その手前で不器用にUターンしようとする二台目の車の光景だ。あの男にどうすることができただろう？　事故が起きたのだと思ったかもしれない。そこで車を降りたのだ。あの男が自分を撃ち殺そうとしているなどと、どうして考えたのだろう？

「私、完全に神経が擦り切れちゃってるみたい」クセニアはつぶやいた。

問題は、これからどうするかだった。自分の行動はパニックに襲われた結果の大げさなものだったと思ってはいたが、それでも車に戻る気にはなれなかった。そもそも車を見つけられるかどうかも自信がなかった。いまでさえもう自分がどちらの方向から来たかわからなくなっているのだ。

前方に——残念ながらかなり離れてはいるが——リーズの町の明かりが見えた。街灯やライトアップされたショーウィンドウ、まだ開いている映画館……だがほとんどの人間は、この時間にはもう眠っているだろう。でもどこかに交番があるかもしれない。誰かが助けてくれるはずだ。明かり。あの明かりのある場所が、自分の行くところだ。明かりのあるところには人もいる。

靴を履いていない足が激しく痛んだ。
クセニアは歯を食いしばり、よろよろと歩き始めた。

サーシャは基本的には愛らしい子供だった。たいていはおとなしく、自分の殻に閉じこもっていた。切れ長の目で世界を見て、自分の目に映るものを懸命に消化しようとしているようだった。それらを理解して、頭のなかの世界像に組み入れようとしているようだった。だがその世界像は私たちの知らないものであり、同じ年頃のほかの子供たちのそれとも違っていた。

「この子、どうなってるの?」サーシャをしばらくのあいだ観察した人たちは、この子をどこにどのように分類すればいいのかと考えて、そう訊いた。サーシャが「普通の」子供でないのは明らかだった。非常におとなしいからというだけではない。見た目からして変わっていた。ガリガリの体は、どれほど栄養を与えてもふっくらせず、黒い瞳はぼんやりしていた。

「そのうち変わりますから」私たちはいつも明るくそう言った。それは彼らの問いへの答えにはなっていなかったが。

「胎児性アルコール症候群かしら?」ふたりきりのとき、アリスがそう言ったことがある。

私たちは専門家のいる病院を二軒訪ねて、サーシャを検査してもらった。だがどちらの医師も、胎児性アルコール症候群ではあり得ないと言った。だが、それならなにが原因なのかは、残念ながら彼らもわからなかった。サーシャの過去に関する情報があまりに少なすぎたからだ。

「出生時の事故ではないかと思います」やはりサーシャを連れていったケンブリッジ大学病院

の医師はそう言った。「出生時の酸素欠乏でしょう。今日ではそういうことはもうあまり起きないんですが、もちろん皆無ではありません」

「ということは、脳に損傷があるんですか？」私は慎重に訊いた。

「その可能性は充分あります」医師が言った。

「それはつまり、どういうことなんですか？」アリスが訊いた。

「難しいところです。脳損傷というのは大きな概念なんですよ。お子さんは将来、ほかの子供より勉強が遅れる可能性もありますが、それでも最終的にはいい成績で学校を卒業するかもしれません。とはいえ、お子さんには特別支援学校のほうがいいかもしれませんね。それから、友達を作ったり、パートナーを見つけたりするのも難しいかもしれません。まだわかりませんがね」

私は食い下がった。「でも、もう少し具体的な予測はできないんですか？」

「お子さんの発達が非常に遅れていることは確かです。どこまで挽回できるかは、未来になってみないとわからないんですよ」

それ以上のことは訊けなかった。おそらくそれ以上のことは誰にもわからないのだろう。

サーシャはものごとをなかなか理解することができなかった。もちろん言葉の問題も大きかった。けれど、この年頃の子供は新しい言語を遊び感覚であっという間に憶えてしまうと、よく言われるではないか。やがてアリスがサーシャのロシア語の語彙力《ごいりょく》をテストしてみることを思いつき、本当にロシア出身の女性を見つけてきて、サーシャと会話してもらった。より正確に言えば、サーシャとの会話を試みてもらった、だろうか。その女性が下した結論は壊滅的だった。

「お子さんの語彙力は、この年頃のほかの子供よりもずっと貧弱です。たどたどしい表現しかできません。彼の発音を理解するのも困難です。お子さんには非常に多くの支援が必要になるでしょうね」

公園に遊びにいったり、アイスクリーム屋や友達の誕生日パーティーに行ったりというごく普通の家族生活の代わりに、私たちのサーシャとの日常は、言語療法、理学療法、カイロプラクティック、オステオパシー等で埋め尽くされた。息子の支援はやがてフルタイムの仕事となった。そのほとんどはアリスが引き受けた。どちらが仕事をやめてサーシャの面倒を見るかをふたりで話し合った結果だ。というのも、サーシャを保育園に入れて、そこで面倒を見てもらうわけにいかないことは、かなり早い段階で明らかだったからだ。私は税理士として苦労して顧客を獲得しつつあり、製薬研究所に勤めていたアリスより少し収入が多かった。

「収入のことを考えたら、僕が仕事を続けるほうが合理的じゃないかな」私は慎重にそう言ってみた。そうすることで、私がアリスに恐ろしいほどつらく報われない仕事を押しつけることになるのは、よくわかっていた。アリスはしょんぼりとため息をついた。

「わかってる。実際、そうするのが合理的よね」

こうして私は、毎朝心も軽く仕事場へと逃げ、アリスはひとりでサーシャを連れて、イースト・ミッドランズじゅうの医者や療法士を訪ねて回ることになった。私は晩に帰宅すると、サーシャの進歩を褒めた。実のところ、進歩などほとんどなかったのだが、どんどん疲れ切り不満をため込みつつあるアリスが、どんなに小さな勇気づけでも必要としているのは明らかだったし、私としてもできる限りアリスの力になりたかった。それにときどきわずかながら本当に光が見えることもあった。サーシャは少しずつではあったが英語の単語をいくつか憶えたし、最初の頃より私たちの話を理解しているようにも見えた。私が庭に備え付けた小さなブランコによじ登るサーシャを見ていると、少しばかり不器用なところがなくなってきたようでもあった。私たちが暮らす、ノッティンガムから車で数分離れたところにある村の人たちは、ロシアから来た孤児であるサーシャに温かく接してくれた。けれど、彼らがサーシャを見るときの疑わしげな目つきを、私は見逃さなかった。

それに、私たちに向けられる同情のまなざしも。

サーシャを引き取ってから約一年後、アリスは思い切ってサーシャを幼稚園に入園させることにした。一日じゅう母親とばかり過ごして、同じ年齢の子供たちと接触がないのはサーシャにとってよくないと言って。だが実のところは、なによりアリスがもう力尽きる寸前だったのだ。もはや仕事をすることで得られる満足感もなく、接触があるのはぼんやりした子供ひとりとセラピストたちのみ。そしてそのセラピストたちが息子と延々とトレーニングする様子を、疲れと不満を押し殺して眺めているしかない生活。アリスが心理的にどん底にいることは、私にも感じられた。ようやく子供を持てたというのに、私たちの生活は思い描いていたものとはまったく違う——そのことが私たちふたりを苛んだ。私は絶え間なく奇跡を願っていた。なにか突破口となるようなこと、サーシャの突然の大きな進歩だとか、そんなことを。とにかく一瞬で私たちを幸せな小家族らしいごく普通の生活に導いてくれるなにかを。

「普通ってそもそもなんだよ？」ひとりの同僚はそう言った。仕事のあとに一緒にビールを飲みながら、私が家庭の悩みを話した——というか、愚痴をこぼしたときのことだ。彼の言葉は、私の愚痴になんと答えていいかわからない相手が、これ以上なく浅薄で愚かな一般化に逃げた結果発する決まり文句だった。「普通ってそもそもなんだよ？」

私はむっとして答えた。「普通っていうのは、いまでは四歳になったうちの息子が、幼稚園か、できればプレスクールに通ってくれることだよ。妻が仕事に戻れることだよ。サーシャに一緒に遊ぶ友達がいて、一日じゅう母親にしがみついていないことだよ。妻がフラストレーションで徐々に生気をなくしていかないことだよ。僕は週末に息子とサッカーをしたり、自転車や水泳を教えてやりたいんだ。できれば息子と普通に会話したい。ほぼひとことおきに、この子はなにを言いたいんだろうって謎解きするんじゃなくて。普通っていうのはそういうことだよ」

同僚はもうなにも言わなかった。

とにかく、こうしてサーシャは幼稚園に通い始めた。まずは午前中に二時間だけ。幼稚園のほとんどの子供はサーシャより年下だったけれど、サーシャよりずっと成長は進んでいた。アリスは医者によると〈鬱状態〉を発症し、ベッドから出られない日もあったため、ときどき私がサーシャを迎えに行った。そうすると、息子とほかの子供たちとの違いが、胸が痛くなるほどはっきりと目に入ってきた。サーシャはとても寡黙《かもく》だった。とても不器用だった。動作がのろかった。保育士たちが言うには、ときどきサーシャはみんなの遊びに加わろうとするのだが、皆の足手まといになってしまい、ほかの子供たちは怒りだすか、そうでなければサーシャを完全に無視するのだということだった。彼が自分から輪を出て、参加をやめるまで。

「かなりの支援がなければ、小学校ではやっていけませんよ」保育士のひとりがそう言った。

「私が思うに、この子には残念ながらもう成長しない部分もあるんじゃないですか」

「でも、少なくとも攻撃的な子ではないでしょう」私は自分を勇気づけるために、弱々しい反論を試みた。

「たいていは、確かに」保育士は慰めるような口調で言った。

「たいていは、というのは？」

するとと彼女は、これまで二度、サーシャがほかの子供たちから乱暴に押しのけられたり、ぶつかられたりしたときに、突然、野生の獣のようなうなり声を発して、全力で拳を振り回したことがあったと話した。怪我人が出なかったのは単なる偶然だったという。

「でも攻撃されたときに自分を守るのは、問題のない行動でしょう！」私は言った。

「直接攻撃されたわけじゃないんです。子供たちは大暴れして遊んでいて、それで……」

「……それで、そこにたまたま人がいたのが目に入らなかった」怒った私は、保育士の言葉を遮って言った。「だから息子は抵抗した。当然のことじゃないですか」

「息子さんの反応はやりすぎでした。とても適切とは言えませんでした」

野生の獣のようなうなり声……やりすぎ……適切とは言えない……。

この保育士は息子を怪物に仕立て上げようとしている。耳を貸してはいけない。息子にこんな烙印《らくいん》を押すなんて、馬鹿げている。

この会話から四週間ほどたった七月のある暑い日、アリスに電話がかかってきた。アリスはちょうどノッティンガムの町で新しい服を買っているところだった。サーシャがうちに来てから初めてのことだった。私はアリスのこの計画を心から後押しした。ようやく光が見えてきたと思った。アリスは非常にゆっくりとではあったが、再び生気を取り戻しつつあるようだった。

アリスはその電話を試着室で受けた。幼稚園からの電話だった。

サーシャが子供用のビニールプールで小さな女の子を溺死させようとしたというのだ。緊急事態なので、すぐに幼稚園に来てほしいとのことだった。

七月三十日火曜日

I

電話の鳴る音で、ケイトは夜中の一時に叩き起こされた。携帯電話の向こうで誰かが混乱した筋の通らないことを泣きながら話す声が聞こえたが、それが誰なのかすぐにはわからなかった。画面に表示された番号にも見覚えがない。しばらくたってからようやく、真夜中に電話をかけてきた相手から名前を聞き出すのに成功した。

「クセニア?」ケイトは驚いて訊き返した。「クセニア・パジェット?」

「お宅に行ってもいいですか? お願い。お願いだから、お宅に行かせて!」

「いまどこなの?」ケイトはベッドのなかで体を起こした。「なにがあったの?」

「警察の車のなかです。リーズの」

「どうして警察の車に? こんな時間に?」すっかり目が覚めた。頭のなかに警報が鳴り響いた。

まずい。恐れていたとおりだ。クセニアはまたも正体不明の犯人に狙われたのだ。

それでもまだ生きているのは間違いない。それにリーズの警察がすでに動いているようだ。

クセニアの説明は途切れ途切れで、あちこちに脱線したが、最後にはケイトも今晩なにがあったのかを理解した。クセニアは結局、リーズの町はずれの住宅街で最初に目に入った家のインターフォンを押して、住人に警察を呼んでくれるよう頼んだのだった。そしてやって来たパトロールカーに乗って警察署に行き、そこですべてを報告した。列車での銃撃事件のことはよく知られていたから、クセニアの話は非常に真剣に受け止められた。警察官がふたり、クセニアとともに現場に行くと、彼女の車はまだそこにあった。道路を塞いでいる車もまだそのままだったが、三台目の車とそこから降りてきた謎の男は消えていた。クセニアのバッグ、鍵、財布、携帯電話は、クセニアの車の助手席に置かれたままだった。

「このあいだヨークで、電話をかけるのにケイトさんの携帯を使わせてもらったとき、私、自分の携帯にも電話をかけておいたんです。それでケイトさんの番号を持っていたんです」クセニアは言った。「話を聞いてもらいたいと思える人は、ケイトさんしかいません。ケイトさんのところにしか行きたくない」

携帯を貸したのはまずかった、とケイトは思った。けれど、どうすればよかったというのだろう？　あのときクセニアは、なんとかして電話をかける必要があったのだ。

「そちらの警察官の誰かに替わってもらえる？」ケイトは訊いた。

クセニアが携帯を手渡したようで、ウィルソン巡査と名乗る男性が出てきた。かなり苛立っているようだ。「巡査部長、現在我々のほうで道を塞いでいる車をレッカー移動させて、周辺を隈なく捜索しています。誰の車なのかを突き止めようとしています。ミセス・パジェットのことは、ご自宅にお送りすると言ったのですが、ご本人が嫌がっているんです。そちらに行きたいとおっしゃって」

「クセニアの車は？」

「うちの者がとりあえず道路脇の駐車スペースまで運転していって、そこに停めました。ですからもう道路を塞いではいません。これから鑑識が捜査します。まあたいしたものは見つからないと思いますけど。誰かが近くにいたなら、ミセス・パジェットが置いていったものを全部持っていくこともできたんですからね。財布や携帯や鍵なんかを。でも、なくなったものはありません。だから車に侵入した人間はいないと考えていますが、一応調べてはみます」

「わかりました。私のほうからも明日、ジェンキンス巡査部長にご連絡します。もう一度ミセス・パジェットに替わってください」

ケイトは、警察に家まで送ってもらうようクセニアを説得しようとしたが、クセニアはヒステリックに拒絶した。「いや、絶対いや！　お願い！　Uターンするとき、車にすごく大きな傷をつけちゃったんです。車体もへこんじゃってるかも。それにもうこんなに遅いし。ジェイコブはきっと怒り狂うわ。絶対に家には帰れない。お願いです、お宅に行かせてください！」

結局ケイトは承知した。まったく気が進まなかったが、そうしなければクセニアは完全に自制心を失って手がつけられなくなりそうだと思ったからだ。自分はこの事件を捜査している刑事だというのに、関係者のひとりを自宅に入れることになるとは。よくない状況だ。ややこしいことになりかねない。絶対に長居はさせないようにしよう、とケイトは決意を固めた。クセニアにはなるべく早く家に帰ってもらわなくては。

ただ、クセニアが先ほど本当に再襲撃されるところだったのなら、話は別だ。そう考えて、ケイトは落ち着かなくなった。斜めに道を塞いでいたという車が偶然でなかったのなら。そして、突然現われたという男もまた偶然でなかったのなら。だとしたら、一時間おきにクセニアの自宅前をパトロールカーが通るだけでは足りないだろう。

クセニアを車で送る警官たちは、彼女をリーズ郊外の自宅ではなく、真夜中にはるばるスカボローまで送り届けるようにというケイトの指示に相当苛立ち、怒っているようだった。けれど結局、歯ぎしりしながらも指示に従い、三時頃に到着した。クセニアは凍え、空腹で、ぐったりしていたが、同時にまだアドレナリンが全身を巡っているようで、どうしても寝ようとしなかった。そこでケイトは熱いお茶を淹れ、クセニアの傷だらけで血まみれの足を手当てし、彼女の体を毛布でくるんで、居間のソファに座らせた。メッシーが寄ってきて、クセニアの膝に飛び乗り、ゴロゴロ喉を鳴らし始めた。クセニアはメッシーをなでながら、突然泣き崩れた。

「もういや」しゃくり上げながらクセニアは言った。「もうなにもかもいや」

クセニアがなんのことを言っているのかはわからなかった。襲撃だったかもしれない今夜の出来事のことなのか、壊れた車のことなのか、夫のことなのか。おそらくそのすべてだろう。ケイトはスウェットに着替えていた。今夜はもう眠ることは諦めて、クセニアと向かい合って座った。

「どういうことだったのかは、まだわからないんだから」ケイトはクセニアを落ち着かせようと、そう言った。「その車だけど――なんの関係もないのかもしれない」

「でもそれなら、どうしてあんなふうに車を停める必要があるの？」

「わからない。でも考えてみて。もしあれがあなたを狙ってのことなら、誰かが語学コースのことを知っていたことになる。その誰かは、生徒の誕生日のお祝いがあって、あなたの帰りがいつもより遅くなることも知っていたことになる。それに、道を塞いだ車にあなたが最初に行きあたるなんて、誰にわかっていたっていうの。あなたが来たときには、もうほかの車が何台も連なっていた可能性だってあった。全部が計画されたものだとは、私には思えない」

クセニアは少し落ち着いたようだった。ケイトが手渡したハンカチで涙をぬぐう。

「でもやっぱり家には帰りたくない」と繰り返した。

「まあ実際、今夜あそこでなにがあったのかがはっきりしないうちは、家に帰るべきでもないわね」ケイトはなだめるように言った。

「じゃあ、ここにいてもいいの？」

「クセニア……」

「お願い。家には戻れない。どうしても戻れないの」

「一生のあいだ隠れ続けるわけにはいかないでしょう」

クセニアは窓から外を見つめた。いまは最も闇が深い時間だ。街灯だけがかすかな光を放っている。

ケイトはクセニアのカップに紅茶を注ぎ足した。「ねえクセニア、あの列車の男には心当たりがないと、本当に断言できる？　あなたの過去には、あの事件と関係があるかもしれない出来事は本当になにもないの？」

再びクセニアの目に、あのときケイトがヨークの駅で見た不安の影がよぎった。クセニアはなにかを隠していると、ケイトは確信した。

「クセニア？」もう一押ししてみる。

「なにも」クセニアは言った。「少なくとも、私が憶えている限りではなにも」

過去になにがあったにせよ、それは非常に厄介なことに違いない。クセニアがこれほどの恐怖を感じていまでさえ話したくないほどの。

必ずジェイコブ・パジェットと話をしてみること、とケイトは頭のなかにメモした。

そうだ、ジェイコブといえば。

「ところで、ご主人とのあいだにはどんな問題があるの？　どうしてそんなに家に帰りたくないの？」

クセニアはまたしても涙を拭き始めた。「とにかく私に対する態度がひどいの。馬鹿にして、傷つけるようなことばかり。私のことを太っていて魅力がないと思ってて、それをことあるごとに私に直接言うの。それなのに私、車に大きな傷までつけちゃって。私は無能でなにひとつまともにできないっていうジェイコブの言葉を裏付けることになっちゃった。実は私、抗鬱剤を常用してるの。ジェイコブとの生活に耐えるために」クセニアは再び泣き始めた。

ケイトは身を乗り出した。「あなたの結婚生活に口をはさむ気はないんだけど」と、慎重に切り出す。「いま話してくれたほどひどい生活なら、どうして別れないの？　英国籍を持っているんでしょう。離婚したって、誰もあなたをこの国から追い出したりはできないのよ。そんなにすごい語学の才能を持っているんだから、きっと語学を仕事にして生活していける。あなたは自立することができる人よ」

「そうね、たぶん」クセニアはつぶやいた。

「でも、一歩踏み出すのが怖い?」

「ええ」

「独りになるのが怖いの?」もしそうだとすれば、ケイトにも気持ちはわかった。自分の人生において耐え難いことがあるとすれば、それは伴侶と呼べる人がいないことだ。家に帰ったらお帰りと言ってくれて、今日一日がどんなだったかを話して聞かせられる人。日曜日の朝にベッドで一緒にカプチーノを飲み、夜には海岸まで一緒に散歩に行ける人。ときどき花を贈ってくれて、クリスマスをどう過ごすかという永遠の大問題に、ついにけりをつけてくれる人。もちろん、クリスマス以外の祝日や、週末を挟んだ連休や、有給休暇の過ごし方は言うまでもなく。そういったことはすべて、ケイトの生活における恐るべき障壁だった。おまけに、そういう障壁があることを誰にも打ち明けられないという問題まである。女は、特に独り身の女は、強く、自分に自信を持ち、自立しているべきだと、世間は考えているからだ。けれど、自立している女がパートナーを求めてなにが悪いのか、とケイトは思う。どちらか一方しか選べないなどというルールはないはずだ。それなのに現実には、伴侶が欲しいとあまりに頻繁に口にすると、この人は自分の足でしっかり立っていないのではないかという疑念をいたるところで招ことになる。特に安定した結婚生活を送る女たちは、いつでもまた独りに戻れるように自立していることがどれほど重要かと、ことあるごとに強調したがる。ケイトはこれまで散々、「自分自身を愛せなければ誰もあなたを愛さない」だの「独りでちゃんと生きていくことを学ばなくちゃ、そうして初めてパートナーともうまく行くのよ」だのと聞かされてきた。ケイトは浅薄な教訓が好きではない。特にこういった類のものは。独りで生きていくことなど、すでに学んでいるに決まっているではないか。否応なくそれを学ばねばならない男や女が、世間には何十万人といるのだ。ただ彼らの多くは、独りで幸せに生きることができないだけなのだ。そして、幸せになれないばかりか、幸せでないことを恥だと思わされるのを避けたければ、結局は黙っているのが一番だということになる。

けれどクセニアは首を振った。「違うの。独りになるのは怖くない。もちろん、いつも楽しいことばかりじゃないとは思うけど、でもジェイコブと一緒に暮らすよりはまし」

「じゃあなにが怖いの?」

クセニアは顔をそむけた。「わからない」

「ご主人につきまとわれること? ストーキングされること?」

「そうじゃない」

「じゃあなに?」

「わからない。とにかく怖いの」

クセニアははぐらかしているだけだとケイトは確信していたが、いまはこれ以上聞き出せることがなさそうなのも事実だった。ケイトは立ち上がった。「部屋に行きましょう。少し横になるといいわ。明日の朝一番に、今夜の出来事がなんだったのか調べてみるから。少なくともこのことに関してだけは、安心できるかもしれない」

クセニアは、そもそも自分がなにかに安心できることなどあるのかと疑っているようだったが、それでも立ち上がった。「メッシーと一緒でもいい？」

「もちろん」ケイトは言った。

クセニアと猫は客用寝室に行った。

ケイトは濃いコーヒーを一杯淹れて、キッチンに山積みの、いまだに開封されていない段ボール箱に囲まれて腰を下ろした。外では夜の暗闇が徐々に灰色に変わりつつあった。ケイトは捜査によって事件の暗闇にも光が差すことを祈った。たとえそれがかすかな光であっても。クセニアが打ち明けてくれさえすれば……。

もしかしたら、ここに数日泊めてあげれば、そのうちチャンスが訪れるかもしれない。ケイト自身は昼間は仕事に出ているが、夜には帰ってくる。一緒に食事をして、おしゃべりをすれば、もしかしたら。ケイトの経験では、誰でも心にのしかかる悩みをいつかは話したくなるものだ。クセニアに必要なのは、打ち明けることのできる人間だ。そう感じる。

もちろん、クセニアは刑事に秘密を打ち明けようとは思わないだろう。

でも、ほかに誰もいなければ？

2

「酔っ払った若い連中だったよ」ロバート・スチュワート警部補が言った。「ちょうどいまリーズの巡査と電話で話したところなんだ。若者のグループがパブで誰かの誕生日を祝ってて、飲みすぎたんだとさ。誰ももう運転できる状態じゃないのに、それでも車で家に帰ろうとした。でも途中でやっぱり無理だと気づいて、道端に——というか、酔った頭では道端だと思った場所に駐車した。実際のところ、車はご存じのとおり、車道の真ん中に横向きに停まってたわけだけど、誰もちゃんと確認なんてしなかった。吐き気がしたんで車を降りて、ふらふら牧草地に入っていって、そこでゲロったりして——ごめん——倒れてたんだとさ。道路が大騒ぎになってることには全然気づいてなかったらしい。クセニア・パジェットが倒れてたやつらにつまずいても不思議じゃなかった。でも、どうやらぶつからなかったみたいだな。リーズ警察が全員をすぐに発見して、酔いを醒まさせるために、ひとまず署に連行したらしい」

「それを聞いたらきっとクセニアも安心しますね」ケイトは言った。寝不足のまま、署のロバートの部屋にいる。いま聞いた話を喜んでいいのかどうかはわからなかった。もちろん、昨夜の出来事がクセニアに対する二度目の襲撃でなかったのは喜ばしいことだ。けれど、もしあれが襲撃だったのなら、そこから捜査の手がかりが得られたかもしれない。結局、捜査チームが暗闇を手探りしている現実は変わらないままだ。

「クセニアの後ろに車を停めて降りてきたっていうもうひとりの男は、見つからなかった。でもそれが列車の銃撃犯と同一人物だというのは、僕の意見では、ちょっと無理があるというか、まああり得ないね。たまたまあそこを走ってたら道が塞がってるから、どうなってるのか確かめようと思っただけだろう。たぶんその後Uターンして、もと来た道を戻ったんじゃないかな」

「ええ、私もそう思います」ケイトは同意した。そして立ち上がると、バッグを手に取った。疲労のあまり全身が鉛のように重い。「これからジェイコブ・パジェットのところに行ってきます。どんな人間か、感触を試してみたいので。彼はクセニアについてなにかを知っていて、彼女を脅しているんじゃないかと思うんです。それも、よっぽど強い脅しなんじゃないかと。なにしろクセニアは夫との生活にとことんうんざりしているにもかかわらず、別れる勇気が出ないんですから。それがこの事件と関係があるのかどうかはわかりませんけど、とにかくジェイコブからなにか聞き出せるかもしれません」

ロバートは興味深そうな目でケイトを見つめた。「つまり、クセニア・パジェットと旦那とは、なにか後ろ暗い秘密を共有してるということか？」

「クセニアの過去にはなにかがあるということです。それがばれるのをクセニアは非常に怖がっています。命を脅やかされているいまでさえ警察に話そうとしないところを見ると、その秘密はなにか違法性のあるものじゃないかと思います。夫のジェイコブはその秘密を知っているんじゃないかと」

「少なくとも取っ掛かりにはなるな」ロバートは言った。そして手で額をぬぐった。「今日は暑いよなあ、そう思わないか？　実は本当なら昨日から休暇の予定だったんだ。でもこんなときに、留守にするわけにいかないしな。あーあ、いま頃マジョルカ島のプールサイドにいたかもしれないと思うと……」

ケイレブのことを密告したりしなければよかったんじゃないの、とケイトは思った。だがなにも言わず、ただロバートをじっと見つめた。まるでケイトの心のうちを読んだかのように、ロバートは唐突《とうとつ》に訊いた。「ケイレブ・ヘイルと連絡を取ってる？」

「先週会いました」

「この事件について話をした？」

ここは慎重に行かなくては。「いいえ、特には。というか、まったく話してません」事実とは言い難かったが、ケイレブはいまやケイトの私生活の領域にいる人だ。なにを話そうとロバート・スチュワートには関係ない。「ほかの事件のことなら話しましたけど。ホワイトの事件とか」

「ふうん、そうか。いまのこの事件をヘイル警部がどう考えてるか、興味があったんだけどな。でも、確かにこの話をするわけにはいかないいね」

かなり追い詰められてるのね、とケイトは思った。もちろん、どんな人間も新しいポジションに慣れるにはある程度の時間を必要とする。それでもケイトはもうすでに、ロバート・スチュワートには捜査責任者のポジションは荷が重いし、それはこれからも変わらないだろうと感じていた。ロバートはケイレブにとって信頼できる良き部下だった。けれど、次になにをするかを指示してやる必要のある部下でもあった。ロバートは指示されたことはきちんとこなすし、必要であれば自分で判断して行動する勇気も持ち合わせている。けれど、全責任を背負ってチームを指揮することは、まったく別の能力だ。おそらくロバートはいま、かつての上司に捜査について相談できるのならなにを差し出しても惜しくない気分だろう。

「ええ、確かにケイレブがこの事件をどう見ているかは、私にはわかりません」ケイトは同情のかけらも込めずにそう答えた。

「ああ、うん、もちろん。ちょっと思っただけだ」ロバートは咳払いをして話題を変えた。「で、クセニア・パジェットはいまリンヴィルさんの自宅にいるの?」

「夫のもとに帰れといくら言っても聞かなくて」

「でも、事件の主要関係者が捜査員の自宅に泊まるのは、とてもまずいな」ロバートは言った。

ケイトはうなずいた。「このままではだめですね。どうしても夫のもとに戻りたくないと言い張るなら、なにか別の策を考えないと。とはいえ、この状況が私たちに有利に働く可能性もあるんじゃないでしょうか。パジェット夫妻の結婚生活が本当に危うくなれば、ジェイコブ・パジェットもクセニアが私たちに隠している秘密を打ち明ける気になるかもしれませんから」

ケイトはロバートにうなずきかけた。「それじゃあ、ジェイコブ・パジェットのところに行ってきます」

それから約二時間後、ケイトはパジェット夫妻が暮らすブラムホープのテラスハウスに着いた。ジェイコブには訪問をあらかじめ知らせていなかった。警戒心を持たない状態の彼と会ってみたかったからだ。ジェイコブが在宅であればいいが。とはいえ、その可能性は高いと踏んでいた。おそらくジェイコブはクセニアがいなくなったことで激怒しており、帰ってきたところを取り逃がすまいと、それだけのためにも家から一歩も出ずにいるだろう。

ケイトがインターフォンを鳴らすやいなや、ドアが勢いよく開いた。ケイトの予想どおり、ジェイコブはずっと待ち構えていたのだ。ひどい様子だった。シャワーを浴びてもいないようだし、服はくしゃくしゃで、まるで着たまま寝たかのようだ。嫌な臭いがする。髪はあらゆる方向に逆立っている。目は腫れ、寝不足のようだった。

「なんだ?」ジェイコブは嚙みつくように言った。

ケイトは警察証を取り出した。「ノース・ヨークシャー警察スカボロー署犯罪捜査課のケイト・リンヴィル巡査部長です。お邪魔してもよろしいですか?」

ジェイコブはケイトをまじまじと見つめた。「リンヴィル? ケイト? あんた、列車に乗ってた刑事か。家内はあんたのことばかり話してるぞ。あいつを連れて列車のトイレに隠れた刑事だろ!」

「ええ、そうです」

「あいつはどこだ? 家内は?」

「お邪魔してもよろしいですか?」ケイトはもう一度訊いた。

ジェイコブは一歩下がってケイトを通した。「おい、家内はどこだと訊いてるんだ。別の警官から電話があったんだ。なんでも家内は事故かなにかに遭ったそうじゃないか。それで、その後どこかに連れていかれて、車は鑑識が調査してるって。もういったいなにがどうなってるのか、さっぱりわからん！」

「そのことでお話に来ました」ケイトは言った。

ジェイコブは渋々といった様子でケイトを居間に案内した。そこは茶色と黄色の洪水だった。窓際にはセントポーリアの鉢植えが置かれている。埃ひとつなく、あらゆるものが本来あるべき場所に収まっている。ここまで美しく整理整頓し、掃除をしているのはクセニアだろうと、ケイトは考えた。それに、きっとクセニアは夫の命令でそうしているのだろう、とも。

「で？」ジェイコブが吠えた。彼は窓際に立ったまま、ケイトに椅子を勧めもしなかったが、ケイトはかまわず肘掛け椅子に腰を下ろした。水を一杯もらえないだろうかという期待は、ため息とともに捨てた。ましてやコーヒーなどあり得ない。ジェイコブがケイトをもてなすことなど夢にも思いつかないのは明らかだった。

ケイトは昨夜の出来事をかいつまんで語った。話を聞くうちにジェイコブはあからさまに怒りをつのらせていった。

「なんてヒステリックな反応なんだ。理解できん！　若い連中が飲みすぎて車を道路の真ん中に乗り捨てただけで、うちの家内はそこに殺人計画を見たっていうのか！　まさにクセニアのやりそうなことだ。ぴりぴりしていて、現実ってものを知らないんだ」

「でも列車で奥様に向かって発砲した男は、ヒステリーやぴりぴりでは説明できません」ケイトは言った。「残念ながら犯行は現実に起きたことです。ミスター・パジェット、あんな目に遭った後で奥様が恐怖を感じるお気持ち、私にはよくわかりますが」

ジェイコブはなにか聞き取れないことをぼそぼそとつぶやいた。それから、こう訊いた。

「で、車は壊れたっていうんだな？」

「へこみです。Uターンする際に壁にぶつかってしまったので。どれほどの損傷なのかは、修理工場に持っていかないとわかりませんが」

「素晴らしい。修理代までかかるというわけか。まったく、人間どうやったらそこまで馬鹿になれるのか、さっぱりわからんよ！」

「奥様はパニックだったんです。いま言ったとおり、私にはよくわかります」

「私にはわからんね。だがそんなことはどうでもいい。どこにいるんだ？」

「クセニアさんがですか？」

「ほかに誰がいるっていうんだ？　どこにいる？　こっちはもう何時間も待ってるんだぞ」

「奥様はいまのところ、家には帰りたくないとおっしゃっています」

ジェイコブは口をぽかんと開けた。「そりゃどういう意味だ？」

「ミスター・パジェット、奥様は怖がっているんですよ。ご主人を」

「私を？　どうして私を怖がらなきゃならん？　そんなわけがあるか？　気でも狂ったのか？」

「私が事情をお話ししたときのあなたの反応。まさにそれを奥様は恐れているんです。まったく気持ちをわかってもらえず、ヒステリックで大げさだと非難されるのを。それに車の修理のことで怒られるのも。そういったすべてに気が重いようです」

ジェイコブの顔が赤くなった。「なにを言ってるんだ！　あいつはいったい私にどうしろっていうんだ？　一晩じゅうここに座り込んで心配させてくれてありがとうと、喜べとでもいうのか？　私は百回はあいつの携帯にメッセージを吹き込んだんだぞ。あいつは語学学校を出るときに、私にメッセージを送ってきた。なのに何時間たっても帰ってこない！　だから私は、なにか深刻なことが起こったんじゃないかと心配したんだ！」

「わかります」ケイトはなだめるように言った。

ジェイコブは部屋じゅうをうろうろ歩き始めた。「いや、あんたはなにもわかっとらん。なにひとつ！　クセニアは私の妻だ！　これからもそうだ！」

「奥様に時間をあげてください」ケイトは言った。「いまは少し距離を置くことが必要なんです。ご主人にとってもそのほうがいいかもしれませんよ」

ジェイコブが立ち止まった。「私にとってなにがいいかを、あんたに教えてもらう必要はない！」

「ミスター・パジェット……」

「家内はどこだ？　クセニアはどこだ？」

「いまのところ、それは申し上げられません」

「言え！」

「言えません」ケイトは立ち上がった。ジェイコブに座るつもりがないのは明らかで、ケイトはずっと彼を見上げていたくはなかった。だが、立ち上がってもあまり意味はなかった。ジェイコブは非常に背の高い男だったからだ。立っていても結局は彼を見上げざるを得ない。

「ミスター・パジェット、率直にお話しします。奥様のこれまでの人生には、彼女がなんらかの理由で誰にも打ち明けていない秘密があるのではないですか。あの列車で奥様に発砲した男が誰なのか、なぜ奥様を狙ったのか、ご本人はまったく心当たりがないとおっしゃっています。でも私にはそうは思えません。なにかがあるはずです。それを打ち明けることを、奥様は非常に怖がっています。殺されるよりも秘密を打ち明けることのほうが明らかに怖いようです」

ジェイコブの目がすっと細められた。「それで?」

「もしかして、ご主人がなにかご存じなのでは?」

「どうして私が知っていると?」

「クセニアさんと十三年も結婚生活を送っているからです。重大なことを打ち明けられた可能性はあるんじゃないですか」

「クセニアはどこだ?」

「私の口からは申し上げられません。どうか私の質問に答えてください」

「なんの話かさっぱりわからん」ジェイコブは言った。それが嘘なのか真実なのか、ケイトには確信が持てなかった。クセニアの表情は、彼女の内心をそのままはっきり映し出す。恐怖、不安、悩み。一方、ジェイコブの表情はこわばっていて、意地悪い。そしていまも、こわばっていて意地悪いままだ。少なくともいまこの瞬間は、なんの変化もない。

「クセニアはどこだ?」ジェイコブは再び妻の居場所を尋ねた。

ケイトはその質問を無視した。「クセニアさんとはどの結婚仲介所を通して知り合われたんですか?」

「それを教えなきゃならんのか?」

「署に来ていただいて、正式に事情聴取をすることもできますが」

ジェイコブは少し考え込んだ。「〈ハッピーエンド〉だ」結局、渋々といった様子でそう答えた。

なんという名前だ、とケイトは思った。

「会社の所在地は?」

「リヴァプール」

ケイトは社名をメモした。「わかりました」

「仲介所でなにを探り出そうっていうんだ?」

「奥様に関する情報を入手したいと思っています。過去になにがあったせいで、現在誰かにつけ狙われるようになったのかを知る必要があるので。このまま放っておくわけにはいきませんから」

「昨夜のことは家内とは無関係だと言わなかったか?」

「ですが列車内の事件は無関係ではありません」

「その列車の犯人は、たまたま家内に目をつけただけかもしれんぞ」ジェイコブが言った。「相手は誰でもよかったんじゃないのか。その可能性もあるだろう」

「可能性はあります。でもそうでなかった可能性もあります。だから調べてみる必要があるんです」

「仲介所が家内の情報を渡せるとは思えないな。顧客のことなんかなにも知らないんだから。これほど時間がたった後では、クセニアはもう彼らのシステムのなかに残ってさえいないだろう」

「それはこちらで調べてみます」ジェイコブが少し動揺したように見えるのは、ケイトの思い込みだろうか？　彼の内心を推し量るのは本当に難しい。

ケイトはジェイコブに名刺を渡した。「いつでも電話してください。私が知っておいたほうがいいと思われることがなにかあれば。それから、警察にとって重要なのは、奥様を守ることです。その点をよくお考えください。奥様を守ることが、現時点での最重要事項です――奥様が過去のどこかの時点で法律を犯したことがあるかどうかではなく」

ジェイコブは名刺を受け取った。そして「家内はあんたのところにいるんじゃないかね」と言った。その目には憎しみがこもっていた。「家内はあんたのことを救世主だと思ってる。あんたは列車のなかで、なんともすごい働きをしたみたいだからな。だから家内がいまあんたのところに逃げ込んだとしても不思議じゃない。違うか？」

「奥様の居場所は、私の口からは言えません」ケイトは言った。「奥様はご自分で決めた時期に、ご自分で戻られます。自由な人間ですから、ミスター・パジェット」

「クセニアは私の妻だ。必ず取り戻す」

ジェイコブの言葉に答えるのはやめて、ケイトは玄関に向かった。ジェイコブは居間に残ったまま、ついてこようとはしなかった。彼に穴が開くほど見つめられているのを、ケイトは背中で感じた。外に出ると、大きく息をついた。

「クセニアはどうやって我慢してるの？」ケイトはつぶやいた。クセニアの過去にはなにかがあるという確信がますます強まった。あんな暴君のもとに進んで留まる女性はいない。あの男と一緒では息もできないだろう。

携帯電話を覗くと、コリンからメッセージが来ていた。

今週、仕事が休みなんだ。それで今日スカボローに行こうかなと思って。明日一緒に過ごさない？　君の仕事は木曜まで始まらないんだよね？

ケイトは微笑んだ。ときどきイライラもさせられるが、それでもコリンはいつも忠実な友達だ。なにがなんでもケイトのことを感心させようという意気込みを捨ててからのコリンは、以前よりつき合いやすい人間になった。コリンのことを「親友」とまでは思わないが、それでもケイトは彼の存在に慣れ、彼のいる生活を受け入れていた。コリンはケイトの孤独感を癒してくれる——そしてケイトのほうでもコリンの孤独感を癒している。人が一緒に時間を過ごす主な理由は、まさにそれではないだろうか。

ごめん、でも無理、とケイトは返信した。こっちはかなりバタバタしてて、実はもう仕事を始めてるの。また今度ね！

送信ボタンを押してから、時計を見た。リーズに来たからには、マンチェスターまであと少しだ。このまま向かおうか。ソフィア・ルイスの以前の勤務校の校長と会えるかもしれない。ケイトはヘレン・ベネット巡査部長に電話をかけた。ヘレンに校長との約束を取りつけてもらおう。それに、〈ハッピーエンド〉に電話をして、クセニアとジェイコブ・パジェットの結婚を仲介したかどうかを確かめてもらう必要もある。仲介所が電話での情報提供を拒むなら、マンチェスターの後にそのままリヴァプールに向かえばいい。マンチェスターからならリヴァプールまでもすぐだ。

だがまずは、ジェイコブと話したことによる心理的ダメージから回復せねば。ジェイコブのことを考えるだけで鳥肌が立った。

独身でいるのも最悪の選択肢ってわけじゃないかも、とケイトは思った。

3

子供たちは恐る恐るその車に近づいていった。八歳の末っ子トミーはその場に留まった。姉のレベッカと兄のニールは勇敢に前進しているが、レベッカは十二歳、ニールは十四歳なんだから、当たり前だ。きょうだい三人はサイクリング中だった。ウェスト・モンクトンを南口から出て、通りがかりのパン屋で袋いっぱいのマフィンとベーグルを買い込んだ。どこかでピクニックをして時間をつぶすつもりだった。いまは夏休み。外は暑く、友達はみんな旅行に行っている。彼らの家族はいつものように金欠《きんけつ》で、どこにも行けない。不公平だ。それに退屈。しょんぼりした三人は、ずっと気晴らしになりそうなものがないかと探していた。その車を見つけたのは、末っ子のトミーだった。

「見て！　あの車、もうずっと前からあそこにあるんだよ！」

それは白のプジョーだった。狭い田舎道の端、牛の放牧地を隔てる柵の真横にある停車場所に停まっている。周りに背の高い藪が繁茂しているせいで、すぐには目に入らない場所だ。

「農家の人の車でしょ」レベッカが言った。

「先週もあそこにあったんだよ」トミーは言った。「それに一昨日も見たよ。いまとまったく同じところにあった」

「つまり、ずっとあそこから動いてないってことか？」ニールが眉間にしわを寄せて訊いた。

トミーは熱心にうなずいた。「そう！」

トミーはきょうだいたちよりずっと頻繁にあたりを自転車で走っている。自転車が体の一部だと言ってもいいほどだ。じっと座っていることができなくて、いつも動き回っている。だからこのあたりのことに詳しいのだ。

「変ね」レベッカが言った。三人はすでに自転車から降りて、車から充分離れた安全な場所に立っていた。

「なかに誰かいるのかな?」ニールが言った。

「たぶん、いないと思うけど」レベッカが応えた。「でも……」目をぎゅっと細めてみる。「もしかして、いるかも。違うかな?」

「死体かな?」トミーは興奮してきた。

「馬鹿」ニールが言った。「なかに誰かいるとしたら、単に昼寝してるだけだよ」

「一週間前からずっと?」

「このへんで仕事してるんじゃないのか」ニールが言った。「で、昼休みにここに来て、休憩してるんだ」

「ちょっと行って、覗いてみない?」レベッカが提案した。

なにかとんでもないものを発見するというのは、この退屈な日に三人がまさに望んでいたことだ。それでも、なんとなく怖かった。三人きりで、あたりは牧草地と畑ばかり。見渡す限り人も車もいない。ただあの奇妙なプジョーだけ。トミーによればもう何日も前から置きっぱなしのプジョー……太陽の光が車の窓に反射して、奇妙な陰影を作り出している。つい先ほどは一瞬、誰かが車内にいるように見えたというのに、いまはまた空っぽに見える。

「よし、行くぞ!」ニールが号令をかけた。

三人は自転車を道端の草むらに置いて、ゆっくりと歩いて車に近づいた。どうしてそうしたのか、自分たちにもわからなかった。それは暗黙の了解のようなものだった。自転車なしのほうが目につきにくく、静かに目立たず進めるような気がしたのだ。

最初に車に到達したのはニールだったが、すぐにレベッカが続き、ためらって立ち止まった兄より一歩前に出て、勇気を奮い起こすと、車のなかを覗き込んだ。

「誰もいない！」がっかりして、レベッカは言った。

そこでニールも勇気を出して前に出た。「本当か？」

「本当よ」

子供たちは内心では安堵していた。とはいえ、なにか非常におぞましい発見があれば、もちろん喜んだことだろう。夏休みの後、学校でおおいに自慢できる。

レベッカが試しに運転席のドアノブを引っ張ってみた。するとドアが開いた。

「鍵がかかってない」レベッカは驚いて言った。

「エンジンキーが差さってるぞ！」ニールが叫んだ。

「じゃあこの車で出かけられるね！」トミーが歓声をあげた。

ニールがすぐに釘を刺した。「馬鹿言うな。誰も車の運転なんかできないじゃないか。まだ運転できる歳じゃない」

「でもなんか変だよね」レベッカが言った。「鍵もかけずに何日もここに置きっぱなしなんて。エンジンに鍵が差さってて……誰かがちょっとトイレに行ってるだけってわけじゃないよね」

「じゃあ運転してた人は殺されたんだと思う？」トミーが目を見開いて訊いた。

皆が黙り込んだ。

「警察を呼んだほうがいい」やがてレベッカがそう言った。

4

携帯電話が鳴って、クセニアは震え上がった。携帯電話が戻ってきたのは夕方になってからだった。バッグと鍵と語学コース用の教科書と一緒に届けられたのだ。すべて鑑識から戻ってきたもので、かなり不機嫌なリーズの警察官がスカボローまで車で来て、手渡してくれた。夜中に長い道のりをここまで運転せねばならなかった女性警官もやはり不機嫌だった。誰もが、クセニアにはリーズにいてほしい、つまり自宅に帰ってほしいと思っているようだった。まともな主婦ならそうするものだと。おそらくケイトも同じだろう。夜中に急に人を泊める羽目になったことを喜んでいるようには見えなかった。

もちろんジェイコブにとってもそのほうがよかったのは間違いない。

携帯電話には、ジェイコブからの電話が山のように記録されていた。留守番電話に吹き込まれたメッセージも無数にあった。昨夜のどこかで、ジェイコブはこれから家に帰るというクセニアのメッセージを読み、彼女が帰ってこないことを不思議に思ったのだろう。だがメッセージからは、心から心配している様子は感じられなかった。留守番電話の声は苛立ちから怒りへ、そして憤怒へと変わっていた。最後にはあまりの罵《ば》詈《り》雑《ぞう》言《ごん》に、クセニアは耐えられなくなり、衝動的にそこから先のメッセージはすべて聞かず消去した。汚い脅しや誹謗の言葉を、わざわざこれ以上聞く必要があるだろうか？

戻れない——絶望的な気持ちで、クセニアは思った。とにかくあの人のところには戻れない。もう耐えられない。

ケイトの家で手持ち無沙汰の時間を埋めるために、クセニアはいまだに壁際に山積みになっているたくさんの段ボール箱の中身を整理し始めていた。こんなことをしてもケイトが怒らず、逆に喜んでくれることを願った。まずは台所用品から始めることにして、皿やカップ、ボウル、カトラリーを、キッチンの棚に収納していった。後からケイトが自分に合った収納場所を考えればいい。少なくともこうしておけば、段ボール箱は片付けられる。クセニアは空になった段ボール箱をたたんで、キッチンから続くテラスに重ねて置いた。外は素晴らしい天気で、暖かい。目の前には花の咲く静かな庭。リンゴの木に登ったメッシーが、誇り高く、同時に少し臆病な目で、曲がった枝に鎮座している。クセニアは今日という日の平穏を、このささやかな場所の平和を、文字どおり全身で感じた。心のなかであまりに長いあいだこわばっていたなにかが、ほどけていくかのようだった。心にのしかかるものがなにもないとき、どんなふうに感じるものか、もうすっかり忘れてしまっていた。自由に呼吸できることが、どんな感じか。もちろん恐怖も心労も、いまでもすぐそこで待ち構えている。それでもいまこの瞬間には安心できる島を見つけた。ケイトの家という平穏を。

ジェイコブからの電話が携帯の画面に表示されても、すべて無視してきた。だがいまかかってきた電話に思わずまたびくりと震えた後、画面を見ると、そこにはケイトの名前があった。

クセニアはすぐに電話に出た。

「リンヴィル刑事？　ケイトさん？」

「もしもし、クセニア。問題ない？」

「ええ、大丈夫。ケイトさんのお宅、本当に快適で」

「それならよかった」とケイトは言ったが、どこか無理をしている声だった。

この家で私が寛《くつろ》ぎすぎるのがいやなんだ、とクセニアは思った。

「どこにいるんですか？」と尋ねる。「帰りはいつになりそうですか？　ご飯作っておきましょうか」

「それは素敵」ケイトが言った。「でも残念ながら、私はいらない。いまマンチェスターにいるの。今日はここに泊まって、明日の朝早くにバーミンガムまで行くことになった。いったん家に帰ると遠回りだから」

「あら」クセニアはがっかりした。ひとりでいるのは心細い。ケイトがいてくれれば安心できたのに。

「でも冷蔵庫にあるものを好きに使って、なんでも作ってね」ケイトは言った。「それから、メッシーに餌をやってくれる？　キャットフードの缶はキッチンの棚にあるから。あと、ボウルに新鮮なミルクも入れてやってくれると、とても助かるんだけど」

「もちろん、喜んで」クセニアは言った。安全な島にいるという感覚が消えていくのを感じた。いまは夜といってもまだ早い時間で、外は明るい。けれどいつかは暗くなる。そして自分はひとりきりだ。一緒にいるのは猫一匹だけ。

でも私がここにいることは誰も知らないんだから、とクセニアは考えた。

「明日の夜には帰るから」ケイトが言った。

一晩くらい大丈夫、とクセニアは思った。

電話を切ると、クセニアはテラスに座り、先ほどまで感じていた心の平安を取り戻そうとしてみた。だが、平安はもうどこにもなかった。魔法は解けたのだ。恐れが再びクセニアをとらえていた。堅く冷たいその指で。

いつになったら終わるんだろう?

いや、終わらない、とクセニアは思った。決して終わらない。

でも、もし全部話したら？　あのことをケイトに打ち明けたら?

そうしたら、刑務所に行くことになるだろう。ジェイコブはこれまでクセニアに繰り返しそう言ってきた。そしてジェイコブの言うとおりだと、クセニア自身も確信していた。

ときどきイギリスを出ることを考えてみることもある。ロシアに戻ることを。ロシアにはまだ家族がいる。昔からの友達も。故郷のキーロフは寒くて、荒涼としていて、貧しくて、ずっといやでたまらなかった。けれどあそこでは、少なくとも自由だった。クセニアを頭ごなしに怒鳴りつけたり、脅して抑えつけたりする人間はいなかった。当時のクセニアは、いつか結婚して、高層団地のちっぽけな部屋に夫と三人の子供と一緒に暮らし、やがて狭苦しさと未来への展望のなさのせいで結婚生活が壊れていく、そんな人生を恐れていた。でも、代わりに手に入れた生活はどうだろう？　リーズ郊外の陰鬱なテラスハウスで、大嫌いな男と一緒に暮らしている。おまけにその男が自分と暮らす理由は、自分がこれまでのほかの女たちのように彼から逃げられなかった最初の女だからという、それだけだ。家には埃ひとつ落ちていてはならず、庭には雑草一本あってはならない。クセニアは夫の監視と命令に従い、朝から晩まで拭いて、掃いて、雑草を抜いている。自分本来の性質にまったく反して。そのせいで自分の体はいつか病気になるだろう。

そのとき突然インターフォンが鳴って、クセニアは小さく悲鳴をあげた。椅子から慌てて跳び上がったせいで、一瞬めまいがした。落ち着こうと努めた。隣人が来ただけかもしれない。宅配便かもしれない。パニックを起こす理由はない。

キッチンと廊下を通って家の正面に回り、玄関ドアの横にある小さな窓から外を覗いてみた。だが訪問者は右寄りに立っているようで、窓からは見えなかった。

「どなた？」クセニアは訊いてみた。

答えはない。

「どなたですか？」少し声を大きくした。

だが返ってくるのは沈黙だけだ。

インターフォンなど鳴らなかったのかもしれない。空耳だったのかも。

それでも、なぜか嫌な予感がした。きびすを返して、奥に駆け戻った。突然、テラスのドアが開けっ放しだったことを思い出したからだ。閉めたほうがいい。

キッチンに戻ると、ちょうど外から入ってきたジェイコブにぶつかった。

「ああ、やっぱりな」ジェイコブが言った。「ここにいると思ったんだ」

クセニアは戦慄《せんりつ》しながら夫を見つめた。「こんなところでなにしてるの?」震える声をなんとか絞り出す。

ジェイコブは車のキーを振ってみせた。「おまえを迎えに来たんだ」

私がここにいることを、どうして知っているんだろう? ケイトが話したとは思えなかった。まるでクセニアの頭のなかを読んだかのように、ジェイコブが言った。「あのリンヴィルって刑事が、今日の午後うちに来たんだ。おまえの過去のことで質問攻めにされたよ。あの女は馬鹿じゃない。なにかあるって嗅ぎつけたんだ。残念ながら、そう簡単には諦めそうもないな……」

「でも……」

「で、リンヴィルが帰ったあとに、俺は考えたわけだ。おまえが列車の事件のことでリンヴィルの話をしてたことをな。おまえはあの女を聖人みたいに崇《あが》めてた。あの女はおまえの救世主で、守護神だった。だから思ったんだ、あの女のところにいるんじゃないかって。夜中に恐ろしい目に遭った後なんだから」

「夜中のあれは、実は……」

「わかってる。なんでもなかったんだろ。おまえがいつものヒステリーで大げさに騒いだだけで。みんなをてんてこ舞いさせて、車まで壊して」

「ごめんなさい」

「ああ、おまえはいつも後になってから謝るんだ」ジェイコブは軽蔑の念のこもった冷たい目でクセニアをにらんだ。「なにかを壊してごめんなさい、夫がもう手を触れる気にもならないほどデブでごめんなさい、普通の人間ならとても食べられないようなまずい食事を毎日食べさせてごめんなさい。なにもかも、いつもごめんなさいだ。でもな、おまえのなにが頭にくるか、わかるか？　いつも哀れっぽく謝って終わりだってことだよ。ごめんなさい、ごめんなさい。でもおまえはちっとも変わらない。変わる気がないんだ」

「私だってやろうとは……」

「やろうとなんてしてない。でもまあ、そんなことは後からでいい。とにかく家に帰るぞ」

「ケイトの住所がどうしてわかったの？」クセニアは訊いた。声が先ほどよりも激しく震えている。この男と一緒に帰らなければならないと考えると、嘔吐しそうにさえなる。

　ジェイコブはにやりと笑った。自分のことをクールで賢いと思っている顔だ。「いま言ったように、あの女は今日うちに来て、スカボロー署犯罪捜査課の刑事だと名乗った。だからきっと近くに住んでるんだろうと思ったんだ。スカボローかその周辺に。それでインターネットで電話帳を調べた。リンヴィルって名前はふたつあった。ひとつはスカボローの街なかで、もうひとつはR・リンヴィル、住所はスカルビーのここになってた。俺はまず街なかのリンヴィルのところに行ったんだ。でも出てきたのはどう見ても八十歳にはなってる女で、ケイトなんて人は知らないって言う。それでこっちの住所に来てみたんだ。イニシャルのRってのがよくわからなかったがな。あの女、結婚してるのか？　まあ男のなかには変わった趣味のやつもいるしな」

「してない」クセニアは言った。「Rっていうのは、ここに住んでたお父さんの名前」ケイトから父親の家を相続したことは聞いていた。

クセニアの頭のなかでさまざまな思いが、まるで閉じ込められて絶望した鳥のようにバタバタと羽をはためかせていた。ジェイコブと一緒に帰るわけにはいかない。この男のもとに戻ったら死んでしまう。この男に心を壊されて死んでしまう。

「ま、そんなことはどうでもいい」ジェイコブが言った。「とにかく、おまえを見つけたんだからな。急げ。家に帰りたい。それに腹が減ってる」

「私は帰らない」クセニアは、そう言う自分の声を聞いた。

ジェイコブがまじまじと見つめてきた。「なんだって？」

「帰れない」

「帰れない？」

「そう。もうこれ以上無理」

ジェイコブはすっと目を細めた。「完全にどうかしちまったのか」

「かもしれない。でもとにかくもう無理」

ジェイコブの表情が凍りついた。「そうなると、俺がなにをしなきゃならんか、わかってるんだな？　ずっと言ってきただろう？」

クセニアは黙っていた。

「俺は警察に行かなきゃならなくなる」ジェイコブは言った。

クセニアはそれでもなにも言わなかった。心のなかは、限界まで引っ張ったゴムのように張りつめていた。

「そうか」ジェイコブが言った。「どうしても刑務所に行きたいっていうなら……それにマスコミの餌食にもされるだろうな。当時、とんでもない話だったもんなあ。あれが世間に知られたら、おまえは終わりなんだぞ」

そのとき、その晩二度目のインターフォンが鳴った。

「くそ」ジェイコブが言った。「誰なんだ？」

ジェイコブがなんらかの行動に出る前に、クセニアはキッチンから走り出て、玄関ドアに向かった。

そしてドアを勢いよく開けた。目の前にいたのは知らない男だった。

クセニアは驚いて男を見つめたが、男のほうも同じように驚いた顔で見つめてきた。

「どなたですか？」数秒後、男はそう訊いた。

「クセニア・パジェット」

「はあ。僕はコリン・ブレア」男はクセニアの肩越しに家のなかを覗き込んだ。「で、ケイトはどこ？」

5

ケイトはマンチェスターの街なかの小さなパブにいた。部屋を取ったホテルのすぐ隣の店だ。ホテルもその部屋もこれ以上はないというみすぼらしさだったが、そのおかげか驚くほど安かった。ケイトは、スカボロー署犯罪捜査課で働き始めるやいなや高額の出張費を請求することになるのを避けたかった。このホテルになら、スチュワート警部補も文句は言えないはずだ。ソフィア・ルイスの故郷であるバーミンガムまでは、スカボローからよりここマンチェスターから向かうほうがずっと近い。だから夜にいったん家に帰って、翌日再びマンチェスターに向けて出発するなんて馬鹿ばかしい話だ。それに、家にはたまたまメッシーの面倒を見てくれる人がいる。その意味では好条件が重なったと言えた。

ヘレン・ベネット巡査部長が昼に、マンチェスターのチョールトン・ハイスクールの校長を調べ出し、連絡を取って、ケイトのために約束を取りつけてくれた。夏休み中のいま、決して簡単なことではなかったが、リディア・マイヤーズというその校長は幸いなことに旅行中ではなく、ケイトが自宅を訪ねることを許可してくれた。だが結局、この線での捜査はほぼ空振りに終わった。というのもリディア・マイヤーズは、息子の成績のことで怒った両親のことは憶えていたものの、その家族の誰かが怒りのあまり犯罪に手を染めた可能性ははっきりと否定したからだ。

「それに」とマイヤーズ校長は付け加えたのだった。「あの家族はもうかなり以前からイギリスにはいないんですよ」

「え?」

「あのことがあってから割とすぐに、ドバイに移住したんです。お父さんが飲食業界の人で」

「それで、いまでもドバイに暮らしているんですか? 息子さんも?」

「私の知る限りでは、そうです。でも改めて調べてみることもできますよ。うちの教師のひとりがずっと連絡を取っていたので」

「ええ、そうしていただけると助かります」厄介な事件だ。手がかりになりそうなものがなにひとつない。「ほかにもなにか憶えておられることはありませんか? ソフィア・ルイスのせいで誰かが卒業できなかったとか。ソフィア・ルイスが悪い成績をつけた生徒から脅されたとか。ソフィアはなにかを怖がっていたという証言があるんです。はっきりと口に出したわけではないそうですが、元恋人によれば、なにかがあったようだと。大慌てでスカボローに引っ越して、新しい学校で教えることになった原因となるなにかです」

リディア・マイヤーズは見るからに懸命に考えてくれたが、結局ステイントン・デイルでの事件につながりそうな出来事はなにも思いつかなかった。教師たちともう一度この件で話し合ってみると約束はしてくれたものの、それも夏休みが終わってからになるとほのめかした。

ケイトがするべき質問はあとひとつだけだった。全員にする質問だ。「クセニア・パジェットという名前に心当たりはありませんか？　または、ソフィア・ルイスがこの名前を口にしたことは？」

「いえ。聞いたことのない名前です。誰ですか？」

「ソフィアとつながりがあるかもしれない人物です。ですが、どうも空振りのようですね」ケイトは協力的な校長に感謝を述べて、別れを告げ、ホテルを探し、その後、朝食以来最初の食事をするためにパブに入った。そしてフライドポテトと黒ビールを注文した。

　なんとも健康的な食事ねえ、と自分をからかってみる。

　ウェイターが食事を運んでくるやいなや、ケイトの携帯が鳴った。ヘレン・ベネット巡査部長からだ。声には興奮が感じられた。

「リンヴィル巡査部長、いま〈ハッピーエンド〉の社長と電話で話したところです。あの結婚仲介所の」

「ええ、憶えてます」ケイトは言った。「それで？」

「それがなんと」とヘレンは切り出した。「ジェイコブとクセニアのパジェット夫妻は、本当のことを話していないみたいですよ。ふたりはあの仲介所で知り合ったんじゃないんです」

「え？」ケイトは啞然として訊き返した。

「そうなんです。ジェイコブはかなり前からあの会社に会員登録されているんです。以前は何人も女性を紹介されたそうですよ。それに二回も女性に会いにロシアに行ったそうです。でも難しいタイプの男で、成婚には至らなかった。社長はジェイコブのことを憶えていました。私が彼の名前を出したら、深くため息をついてましたよ。『本当に難しいクライアントでした』って」

「それで?」

「ええと、あとジェイコブに会いにイギリスに来たロシアの女性がひとりいたそうです。でも名前はクセニアじゃありませんでした。念のため社長にクセニアの写真を送りましたけど、絶対にこの人じゃないと言ってました。とにかくその女性は二週間イギリスにいただけで、また帰っていったそうです。やっぱりジェイコブに耐えられなかったそうで」

「でしょうね」ケイトは言った。

「ええ、それで、それからも仲介所のほうでは何人もの女性を紹介したけど、ジェイコブは即座に断わるようになったんだそうです。それにもうロシアにも行かなかったし、そのうち連絡してもまったく返事が来なくなったんですって。それで仲介所のほうでも、結婚したいロシア人女性たちの写真や履歴書をジェイコブに送るのをやめたそうです。そういうわけで、あの会社がジェイコブの結婚を取り持ったわけじゃないんです」

「なんてこと」ケイトは言った。そして考えた。「たぶん、すごくお金にうるさい人ですよね、ジェイコブ・パジェットは。もしかして、クセニアとロシアで出会ったけれど、その場では断わって、後になってから自分で連絡を取ったとか? 仲介所の成婚料を節約するために。仲介所のほうでは、そういう事態を防ぐことはできないんじゃないかしら」

「あり得ますね」ヘレンが言った。「さっきは訊かなかったけど。そういうことは、やろうと思えばできるでしょうね」

「でも、もしジェイコブがクセニアにそうやって連絡を取ったんだとしたら……」

「……クセニアはあらかじめ仲介所に登録されていたはずですよね。キーロフ出身のクセニア・シドロワとして。社長はわざわざ調べてくれたんですけど、クセニアがあの会社に登録されたことはありませんでした」

「別の名前を使っていたとか？」

「それはありません。あの会社は身分証明書を提出させるので。というか、公証済みのコピーを送らせるんです。あそこは真面目な仲介所みたいですよ。もしクセニアが外国人の結婚相手を探していることを周りに知られたくなかったとして、インターネットのマッチングサイトになら偽名で登録できたでしょうけど――まあそれだって、写真を載せちゃえば無意味ですけどね。でもとにかく、あの仲介所なら絶対に本名を登録したはずです。でも彼女の名前は見つかりませんでした」

「パジェット夫妻はどうしてそのことで嘘をつくのかしら？」ケイトは考えた。

「どういうふうに知り合ったかを、どうしても知られたくないんですね」ヘレンが言った。

「そこに決定的な秘密があるのかもしれません」

「恐怖」とケイトは言った。「クセニア・パジェットの恐怖感の根源は、そこにあるのかもしれない」

私たちの息子が女の子を溺死させようとしたというプールでの出来事は、幼稚園の職員たちと園児の親たちとが大騒ぎしたせいで、とてつもない大事件となった。私が思うに、特に幼稚園の運営側は、この事件を厄介者のサーシャを追い出す好機と見たのだろう。緊急会議が開かれ、アリスも私も参加するよう言われた。ほかには被害者である女の子の親と、保護者代表、それに幼稚園長とが参加するという。だがアリスは出席を拒否した。

「こんなの弾劾《だんがい》裁判よ。責め立てられてどん底に突き落とされるなんてまっぴら」

いずれにせよ、アリスがどん底に突き落とされる可能性は限りなく低かった。すでにもうどん底にいたからだ。これ以上落ちることなどあり得なかった。ちょうどほんの少し這い上がりかけたところだった——少なくともきっかけをつかみかけたところだった——アリスは、あの事件で再び奈落の底に落ちてしまった。

いったいなにがあったのだろう?

暑い日だったため、保育士たちは幼稚園の庭に水浴び用のビニールプールを設置した。ちっぽけな、非常に浅いプールだ。あのプールで子供が溺死するなど、実際のところあり得なかった。なにしろ水はほとんどの子のくるぶしまでの深さしかなかったのだ。せいぜいバシャバシャと水をはね散らし、体を冷やして、プラスチックの小さな動物をぷかぷか浮かせたり、ほかの子たちに水をかけたり、といったところだろう。それに保育士たちが常にその場にいてきちんと目を配っていたと、園長は強調した。

保育士たちの報告によれば、サーシャはこのプールに大喜びだったという。プールのなかに座り込んで、動こうとしなかったらしい。カップを持っていて、それに水を満たしてはまたプールにこぼしながら、満面の笑顔でわけのわからないことを叫んでいた（その報告を聞いて、私は再び落ち込んだ。七月のあの日、サーシャは四歳だった。九月には五歳になる。彼の発達が遅れていることは、もはや否定しようがなかった）。そのうち、キャリーンという名の三歳にもならない小さな女の子が、サーシャの隣に座った。すべてが和《なご》やかに見えた。

やがて、男の子のひとりが登っていた遊具から落ちて、耳をつんざくような悲鳴をあげたため、深刻な怪我がないか確かめに、保育士全員がその子のもとに駆け寄った。幸いにもその子は膝をすりむいただけだったが、傷からはひどく出血していたので、急いで絆創膏《ばんそうこう》と消毒液を取りに行ったりと、ちょっとした騒ぎになった。そのせいで——と皆が強調した——数分のあいだ、ほかの子供たちに充分目が行き届かなかった。皆がまだ怪我をした男の子を取り囲んでいたとき、突然、ひとりの女の子が興奮した様子で駆け寄ってきた。

「サーシャがキャリーンを溺れさせてる！」その子はそう叫び、腕を振り回した。

すぐに全員が、血のにじむ膝を抱えた男の子を放置して、サーシャが朝からずっと座り込んでいたプールへと向かった。キャリーンはどうやら逃げ出せたようで、プールのすぐ外にいた。だが髪は濡れていて、顔は真っ赤で、まるで悪魔に取り憑かれたかのように大泣きしていた。

サーシャはいまだに水のなかに座り込んで、カップを握りしめていた。サーシャもまた泣いていたが、声は出さず、静かに涙を流すだけだった。保育士たちにプールから引っ張り出されても、サーシャは抵抗しなかった。

それに、その出来事についてもサーシャはなにも話さなかった。ひとことも。

結局、あったのは助けを呼びに来た女の子とキャリーン自身の証言のみだった。ほかには異変に気づいた子供はひとりもいなかった。もちろん、そこにはなんの意味もない。子供たちはみな遊んでいたのだし、いつもどおり「のろまのサーシャ」のことなど誰も気にしていなかったからだ。どうやらキャリーンは、カップに水を汲んでは戻すサーシャのひとり遊びに魅了されて、自分でもやってみようとサーシャのカップに手を伸ばしたらしい。ところがサーシャはカップを渡そうとしなかった。もみ合ううちにカップは水に落ち、キャリーンが拾った。するとサーシャはキャリーンに飛びかかり、彼女の体の上に倒れて、彼女を水中に沈めた。

「それならわざと溺れさせようとしたわけじゃない」私はアリス抜きで参加した緊急会議でそう抗弁した。「サーシャはカップを取り戻そうとして、うっかり体勢を崩しただけです。確かにそれでも危険なことには変わりありませんが、わざとでなかったのは確かです。小さな女の子を溺死させようなんて、絶対に考える子じゃありません」

だがキャリーンの母の意見はまったく違った。「娘は顔を水中に沈められたんですよ。激しく抵抗したんです。なのにお宅の息子さんは娘を押さえつけたまま、体重をかけ続けたんです。申し訳ないけど、そんな行動を〈溺死させようとした〉以外に、なんて呼べばいいんですか?」最後のほうはほとんど絶叫に近かった。彼女は最初からずっと、全身がはちきれそうなほどの怒りを見せていた。夫が彼女の腕に手を置いたが、彼女はそれを振り払った。「お宅の危険な馬鹿息子が園に残る限り、娘は退園させます。それにこの話はマスコミにも持っていきますから。大騒ぎにしてやりますからね、お約束します!」

園長は恐怖の表情を見せた。

「ミスター・ウォルシュ……」彼女は私のほうを向いた。

この勝負はとうに負けだと、私は悟っていた。おそらく彼らにはサーシャを追い出す権利はなかっただろう。どうしてもとなれば、サーシャが幼稚園に通い続ける権利を法廷で勝ち取ることもできただろう。この件が公になることを園長が恐れているのは明らかだった。実際、キャリーンは本当に溺死していても不思議ではなかった。保育士は誰ひとり異変に気づかなかった。そもそもプールを設置するのが危険すぎたのでは? なんでもないちょっとしたもみ合い——そう、今回のサーシャの場合はまさにそれだったと私は確信していた——が最悪の事態に発展してしまう可能性があったのだから。遊具から落ちた子供に皆がかかりきりになるなか、せめて保育士のうちひとりくらいは、ほかの子供たちから目を離さずにいるべきだったのでは? 私のほうから幼稚園側に突き付ければ彼らを窮地に追い込むことになりそうな問いは、いくらでもあった。だが、そんなことをしてなんになるだろう? サーシャはこの園ではもう決して幸せに過ごせないだろう。最初から歓迎されていなかったうえ、いまとなっては厄介者だ。園側はサーシャにいなくなってほしいのだ。保育士たちも、園児の保護者たちも。誰ひとり事態を正確に見ようとはしない。たったいまから、サーシャは年下の女の子を溺死させようとした問題児だ。そんな場所で、サーシャがごく普通の生活を送ることなどできるだろうか？

こうしてサーシャはもう幼稚園には通わず、アリスとともに家で過ごすようになった。アリスの鬱状態はひどくなり、私は心配をつのらせた。彼女がぼんやりと歩き回る様子はまるで影のようだった。なんの喜びもなく淡々と義務をこなす機械のように、アリスはこれまでどおりサーシャを連れて言語療法、オステオパシー、ありとあらゆる種類の代替療法に通ったが、もう人生になにひとつ期待などしていないように見えた。

それもこれも僕たちが子供を欲しがったばっかりに、と、私はたびたび考えた。家庭を築きたいというごく普通の望みを持ったばっかりに。

十月のある雨の晩、家に帰った私は、いつもどおりの光景を目にするものと疑っていなかった。アリスはぼんやりとソファに横になり、サーシャはテレビの前にいるのだろうと。サーシャは家ではほぼずっとテレビの前にいた。サーシャと遊ぶだけの気力がアリスにはもう残っていなかったからだ。あまりにもくだらない低俗な番組を延々と見続けるサーシャ。もしこの子の発達が遅れていなかったとしても、こんな番組ばかり見ていれば遅かれ早かれ同じことになる——私はよくそう考えたものだった。

帰宅の途中で私は食料品を買ってきていた。まずは家族皆のために料理をするつもりだった。アリスはもうとうに食事の準備もできる状態ではなかった。

ところが驚いたことに、アリスはソファに寝そべってはいなかった。ちょうどバスルームから出てきたところだった。染みだらけのスウェットを着ており、髪も洗っていなかったが、それでも顔色はいつものように灰色ではなかった。頬はピンク色に染まっており、熱があるのかと思うほどだった。

「アリス」私は驚いて言った。「どうしたんだ?」

アリスは私をじっと見つめ、「信じられない」とつぶやいた。

「なにが?」

そのとき初めて、アリスが手に持っている白いスティックに気づいた。妊娠検査スティックだ。これのことなら知りすぎるほど知っている。これまで何度このスティックをふたりでじっと凝視してきたことだろう。結果はいつも失望だった。

アリスはスティックを私の目の前に掲げてみせた。赤い線がくっきりと見えた。

私は空気を求めて喘いだ。「アリス……」

「私、妊娠してるみたい」アリスは言った。

アリスは呆然としているようだった。幸せというより、信じられないといった表情だった。

翌日、病院に行って確認が取れた。アリスは妊娠二か月だった。来年五月、私たちの子供が生まれるのだ。

七月三十一日水曜日

I

浅く落ち着かない眠りから急に引き戻されたクセニアは、最初なにが原因で目が覚めたのかわからなかった。寝ていたマットレスのすぐ横の床に置いていた携帯を手探りでつかみ、時間を確認してみた。まもなく夜中の一時だ。

クセニアはため息をついた。早く明るくなってほしい。そうすればこの不安も少しはましになるかもしれない。とはいえ、問題が消えてなくなるわけではない。結局はより鮮明になって戻ってくるだけだろう。

携帯のモニターが発する光で、足元で眠っていた猫を探した。メッシーは姿を消していた。

クセニアは起き上がると、携帯の明かりを部屋のあちこちに向けてみた。メッシーはドアの前に座っていた。背筋を伸ばし、頭を上げ、毛を逆立てて。耳は前方に向けられている。全身を緊張させて、なにかに耳を澄ましているようだ。

クセニアは立ち上がると、猫の隣に移動し、しゃがみ込んだ。

「どうしたの?」小声で訊いてみた。手の下で猫の小さな体がぴりぴりと震えているのが感じられた。メッシーはうなり声をあげた。

なにか変だ。

ジェイコブが戻ってきたのだろうか。この家に侵入しようとしているのかも。

先ほどクセニアは、コリン・ブレアの突然の登場によって救われた。コリンはケイトの友人で、ケイトの仕事がまだ始まっていないと考えて訪ねてきたのだった。どうやらケイトのスカボロー署犯罪捜査課での仕事始めは、本来八月一日だったようだ。ジェイコブは見知らぬ男が登場したことで動揺した。夫はいざとなったらクセニアを無理やり引きずってでも車に乗せたかもしれない。だが見知らぬ他人の前では、さすがにそんなことはできなかったようだ。

「帰るのか、帰らないのか?」コリンがリュックサックを玄関先の廊下に置き、ケイトがいないというだけの理由では帰ろうとしないことがわかると、ジェイコブはクセニアにそう訊いた。

ジェイコブの目には宣戦布告だと映ることを承知のうえで、クセニアは言った。「帰らない」

「後悔するぞ」ジェイコブは吐き捨てるようにそう言った。「死ぬほど後悔することになるぞ!」

ジェイコブは車に乗り込み、エンジン音を轟《とどろ》かせ、タイヤをきしませながら走り去っていった。

コリンはそれを、わけがわからないという顔で見送っていた。「なんだあれ? 僕、まずいタイミングで来ちゃったのかな?」

クセニアは首を振った。「まさにぴったりのタイミングだった」

コリンがあの銃撃のあった列車にケイトとともに乗っており、クセニアが誰かを知っていたことがわかって、ふたりのあいだの氷は完全に溶けた。コリンはクセニア本人に会えて大喜びだった。クセニアはすぐに、目の前の男が素人探偵で、ＩＴ専門家としてロンドンの会社で働いているものの、その仕事には死ぬほど退屈しており、ケイトの職業に感嘆の念を抱いていることを知った。

「ただ残念なことにさ」とコリンは悔しそうに言った。「ほとんどなんにも聞かせてもらえないんだよね。職業柄、話しちゃだめなんだって」

コリンとケイトは二年前、〈パーシップ〉というマッチングサイトを通して知り合ったという。恋は芽生えなかったものの、それ以来ふたりは一種の友情で結びついているとのことだった。その友情は、どうやらケイトではなくコリンの強引さによって保たれているようだった。ケイトがインターネットでパートナーを見つけようとしていたこと——もしかしたら、いまでも見つけようとしていること——を知って、クセニアは驚いた。どういうわけかこれまでずっと、ケイトは自分で選んで独身でいるのであって、刺激の多い職業を持ち、美しい家に住み、猫と暮らす人生に満足しているのだと思い込んでいた。コリンの話を聞いて、クセニアはようやく思った——なんて馬鹿だったんだろう、と。ケイトだって普通の人間だ。パートナーが欲しいに決まっている。

その晩は楽しかった。コリンはケイトのキッチンにある乏しい材料から、驚くほどおいしい料理を作ってくれた。クセニアはテーブルの前に座って、彼が料理するのを眺めていた。そして列車での出来事を改めて語り、さらに昨夜のことも話した。道を塞いでいた車を見てパニックに襲われたことを。さらに、日を追うにつれて地獄と化す結婚生活のことも話した。そのすべてにコリンはじっと耳を傾け、適切な質問を差しはさんだ。クセニアはコリンに好感を持った。ジェイコブには一度も抱いたことのない好感を。

やがてクセニアは客間に引き上げた。部屋の家具はいまのところ、床にじかに置かれたマットレスと、隅に置かれた椅子のみだった。それにまだ荷ほどきの済んでいない段ボール箱が山ほど。

コリンはリビングルームの小さなソファで寝ている。クセニアは彼が家にいてくれて嬉しかった。ひとりではいまよりずっと心細かったことだろう。

メッシーがはっきりとうなり声を発した。

階下で物音がしたような気がする。キッチンからテラスに出るドアだろうか？

ジェイコブが来た？　彼なら家のなかに押し入ろうとしても不思議ではない。敗北を黙って受け入れる人間ではない。昨晩、クセニアを連れずにひとりで立ち去らねばならなかったことで、自尊心を傷つけられたことだろう。あのまま黙っているとは思えない。

だが、可能性はもうひとつある。列車のあの男だ。あの男はまだ目的を遂げていない。

クセニアは立ち上がり、そっと部屋のドアを開けた。メッシーが光の速さで駆けだしていき、暗闇のなかに消えた。クセニアは再び耳を澄ました。なんの物音も聞こえない。普通なら空耳だったと考えるところだ。けれど猫の様子は変だった。メッシーがなにかを知覚していたのは間違いない。

キッチンにネズミがいただけかも、とクセニアは考え、笑おうとしてみた。だがうまく行かなかった。

階段を降りてみる。暗闇にも目が慣れた。雲に隠された青白い月の光と街灯の明かりで、実はそれほど暗くはない。ここ数日の輝くような夏らしい天気も終わりのようだ。階下もやはり静まり返っていた。聞こえるのはリビングからのかすかないびきだけ。コリンはかなり窮屈な体勢にもかかわらず、ぐっすり眠っているようだ。

「メッシー？」クセニアは小声で呼びかけた。

反応はない。忍び足でリビングに向かった。

「コリン？」とささやきかける。

コリンは飛び起きると、すぐさま横にあったフロアランプをつけて、ソファにまっすぐ座った。髪があらゆる方向にはねている。

「どうしたの？」コリンは驚いてそう訊いた。

「誰かがいるの」クセニアはささやいた。「キッチンのドアのところに」

「キッチンのドア？　本当に？」

「メッシーも気にしてるみたいだし」

コリンはソファから立ち上がると、Tシャツとボクサーショーツ姿でキッチンに行き、明かりをつけた。メッシーがドアの前に座って、鳴き声をあげた。

「単に外にネズミ狩りに行きたいだけじゃないかな」コリンは言った。そしてドアを開けようとしたので、クセニアは即座に叫んだ。「だめ！　開けないで！」

「なんで？」

「誰かがいるかもしれないでしょ」

「誰かって？」

「夫かも。それか、列車の犯人」

コリンはためらった。ジェイコブ・パジェットという妙な男とは今日出くわしたし、列車の事件にも居合わせた。だからクセニアの反応を考えすぎだともヒステリックだとも思わなかった。クセニアの恐怖心が理解できた。

「警察を呼ぼうか？」

「だめ！」クセニアは戦慄の表情を見せた。

「なんでだめなの？」

「だって、ここ警察官の家でしょ」クセニアはそう言って、涙が浮かんできたのを見られないように、顔をそむけた。

「いや、そうだけど、でもケイトはいまここにいないし」コリンはクセニアの腕をつかんだ。

「クセニア、なにがそんなに怖いの？」

「私、銃で殺されるところだったのよ。あなただって、あんな目に遭ったら怖いと思うはず」

「うん、まあね。でも僕は警察のことは怖くないよ」コリンが言った。

クセニアは掌《てのひら》に爪を食い込ませた。体の痛みが心の苦しみをいくらかでも吸い取って、中和してくれるようだった。「私、逃げなきゃ、コリン。列車のあの犯人が私の居所を知ったんなら危ないし、ジェイコブが警察をここに送って、私を逮捕させるつもりかも」

「どうして警察が君を逮捕するんだよ?」コリンの声は悲鳴に近かった。「君は変な男に追われてるんであって、誰かを追ってるわけじゃないだろう!」

「ややこしい話なの」クセニアはささやき声で言った。「ねえ、ここから連れ出してくれない?」

「いますぐ?」

「いますぐ」

コリンは考えた。正直に言えば、好みのシチュエーションだ。コリンの人生における主な悩みは、刺激的なことがなにも起きないことだ。ところがいま、間違いなくなんらかの事件に巻き込まれている。いや、実のところ一週間半前のヨーク行きの列車のなかからもう巻き込まれていた。あの後再びロンドンでじっとおとなしくしていなければならず、ケイトからはなんの連絡もないまま、事件がどういう経過をたどったのか知らずにいるのは、本当に苦しかった。だからこそスカボローまでやって来たのだ。ケイトから時間がないというメッセージが来ても、ブレーキはかからなかった。わかった、ケイトはもう仕事を始めている。それでも別にかまわない。昼間はケイトの家で手伝いをしてあげればいい。荷ほどきをしたり、棚を壁に取り付けたり、そういった作業だ。そして夜、ケイトが帰ってきたら、少しは話を聞かせてもらえるかもしれない。

ところが思いがけず、期待していたよりずっと面白そうな状況が巡ってきた。列車での事件の被害者クセニアに出会ったのだ。そしていま、そのクセニアが助けてくれと自分に懇願している。コリンは、自分がとてつもない重要人物になったような気がした。そしてその感覚をこれ以上なく楽しんだ。

「でも、どこに逃げようか?」コリンは考えた。もちろんコリンのロンドンの自宅という手もある。だがロンドンはここからとても遠い。おまけに、そんなことをしたらケイトとの友情はどうなるだろう。いま自分が考えているような行動を取ることを、ケイトは絶対に認めないだろう。こういう場合には自分勝手な行動をせず、すぐに自分に連絡してくるべきだと考えるだろう。だが実際、クセニアがいる前でケイトに電話するのは難しそうだ。バスルームに行って鍵をかけ、こっそり電話をかけてもいいが、なんとなく気が進まなかった。クセニアはコリンを信頼してくれている。その信頼を裏切りたくなかった。

「わかった」コリンは言った。「怖いんだよね。よくわかるよ。でも、朝まで待てないかな?」

だがクセニアはすっかりパニック状態だった。「だめ。ジェイコブがいつ警察に連絡するかわからない」

「わかった、じゃあここを出よう。でも遠くには行かない。でないと僕がケイトからどれだけ怒られるか。どこかのベッド《B》・アンド《&》・ブレックファスト《B》を探そう。ただ、こんな時間にチェックインするわけにはいかないから、朝まで車のなかで待つことになるけど」

「わかった。それでいい」クセニアはただただ逃げたい一心のようだ。晩には落ち着いているように見えたのに。ドアのところで聞こえたという物音が――本当に物音が聞こえたとしてだが――クセニアのあらゆる恐怖心を呼び覚ましたようだ。コリンが見るところ、いまこの瞬間のクセニアはすっかり理性を失っているが、彼女を落ち着かせるためにできることがあるとも思えなかった。ジェイコブの手の届かない場所に行けば、クセニアも理性を取り戻すかもしれない。クセニアはいま、列車のなかで彼女を殺そうとした男より、ジェイコブと、彼の警察への通報のほうをより恐れているように見える。

メッシーはいつの間にかドアから外に出ようとするのを諦め、リビングルームのソファの上で丸くなっている。

「メッシーにキャットフードと水をたくさんあげておかないと」コリンは言った。「ケイトはいつ帰ってくるって?」

「明日」クセニアはそう言ったが、すぐに訂正した。「今日。もう今日ね」

「わかった。じゃあメッシーは大丈夫だ」コリンはクセニアを見つめ、はっきりと告げた。「でも、なにがどうなっているのか教えてほしい。これから出かけて、どこかに着いたら、全部正直に話してほしい。警察が怖い理由とか……いや、なにも君のことを連続殺人犯だとか思ってるわけじゃないよ。でもなにか変だ。このままじゃ僕までやばいことに巻き込まれるかもしれない。だからどうなってるのか、話してほしい。いいね?」

クセニアはうなずいた。そして「車までたどり着ければいいけど」とささやいた。

そう言われるとコリンも不安になってきたが、落ち着いた態度を保たなければ、と自分に言い聞かせた。「もう誰もいないよ。もしさっきまで本当に誰かいたとして、だけど。この家にはもう電灯がたくさんついてるから大丈夫。思い切ってやってみる価値はあると思うよ」

「ええ」クセニアはささやいた。

2

その朝、ロバート・スチュワート警部補は出勤したばかりだった。すぐにまた部屋を出てコーヒーを取ってこようとしたとき、机の上の電話が鳴った。小声で悪態をつく。一晩じゅう眠れずに寝返りを打ち続けたせいで、朝からくたくただった。誰かのなんらかの要求を聞くより先に、まずはコーヒーで力をつけたかった。

「ドクター・デインからです」受話器を取ると、取次の女性がそう言った。

一瞬にして目が覚めた。「つないでくれ!」

もしドクター・デインが、ソフィア・ルイスからの事情聴取が可能だと言ってくれれば、この日最高の、いやこの週最高の知らせだ。天からの贈り物だ。おそらくソフィア・ルイスはこの複雑怪奇な事件を解決するための唯一のキーパーソンというわけではないだろう。だがもうひとりのキーパーソンであるクセニア・パジェットに関しては、警察は手をこまねいている状態で、なんの進展もない。事態はなにひとつ動かない。そのせいでロバートは焦燥感のあまり夜も眠れないのだった。以前にも難しい事件はたくさんあったが、そのときはそんなことはなかった。最終的な責任を負うのが自分ではなかったからだ。責任はいつもケイレブ・ヘイルが背負っていた。

僕だってすぐに慣れる、とロバートは自分に言い聞かせた。少し時間が必要なだけだ。

残念なことにドクター・デインは、ソフィア・ルイスから話を聞きに病院に急行できるのではないかというロバートの期待を即座に打ち砕いた。

「彼女はまだ話せません」とドクターは言ったのだった。「でも容体はどんどん安定してきています。素晴らしい進歩ですよ」

話すことも動くこともできない人間の容体が以前より安定して見えるというだけでこれほど喜べるのは医者くらいのもんだ、とロバートは思った。ロバート自身にとっては、想像するだに恐ろしい悪夢だ。ベッドに寝たきりで動けず、話すこともできないなんて。呼吸だけ――そう、現実には彼女にできるのは呼吸することだけだ。ソフィアの人生は呼吸に収斂《しゅうれん》してしまった。息を吸って吐くことに。

これから永遠に、それ以外のことはできないかもしれない。

もしロバートが彼女の立場なら、おそらく呼吸もできなくなって死んでしまいたいと願うだろう。

「書くこともできないんですか?」念のためにそう訊いてみた。肯定的な答えを期待してというよりは、むしろ陰鬱な考えを追い払うために。

「ええ。腕を動かせませんから。ただ、反応らしきものは見られるんですよ。ですから、これから快方に向かう可能性は充分あります」

「でも、これからも……」

「ええ、昔の生活は二度と取り戻せないでしょう。体の麻痺は残ります。ですが理学療法とトレーニングを重ねれば、いまよりできることが増えるかもしれません。いずれにせよ、あまり過大な約束はできませんが。結局のところ、先のことはわかりませんからね」

「いつ頃事情聴取ができるかの予測はつきますか？　どれほど曖昧なものでもかまいません」

「残念ながら。ただ、今日お電話したのは、ソフィア・ルイスを別の施設に移送することになったからです。明日」

「移送？　どこへですか？」

「我々のほうでは、もうこれ以上の治療を提供することができないので。容体は安定していますから、今後はリハビリが必要になってきます。時間を無駄にするわけにはいきません」

「では、リハビリ施設に？」

「そうです、ハルの。ハルに非常に優れたリハビリ施設があるんです。最高の医学的サポートに、高度な教育を受けた優秀な理学療法士やセラピストたち。一流の機械。うちにはないものばかりです。うちはごく普通の病院ですからね」

「ハルですか」ここからだと一時間以上かかる。でもかまうものか。ソフィアがついに話せるようになったら、どこへでも行くまでだ。

「刑事さん、ソフィア・ルイスとはいずれ話ができるようになりますよ」ドクター・デインが言った。「それも間もなく。私は確信しています」

「それはよかった」とロバートは言った。実際、よかったと思う。だが、捜査中の刑事にとっての時間は医者のそれとは違う。医者は、治癒には病に応じた時間がかかること、ほとんどの場合時間は患者の有利に働くことを心得ている。だが犯罪捜査においては、わずかな例外はあるものの、まさに真逆なのだ。これといった進展もないまま過ぎていく時間は、ほとんどの場合犯人に有利に働く。犯行の痕跡は日に日に薄くなっていくからだ。

「わかりました」それでもロバートはそう言った。どうしようもない。いまドクター・デインに警察の仕事について説明したところで、彼が患者の回復を早めることができるわけではない。

「お知らせくださってありがとうございました、ドクター・デイン。じゃあ、ハルのほうの医師に連絡を取ってみます。ソフィア・ルイスの容体をこれからも知らせてもらえるように」

「わかりました」ドクター・デインが言った。「ああ、それからもうひとつ。警察の警備はこのまま続くんでしょうか？　いまソフィア・ルイスの病室の前にいる方は、明日ハルにもついていかれますか？」

ロバートは考えた。四六時中病院の廊下に座っているだけの警察官がひとり。実を言えば、人手も予算も足りないいま、そんな贅沢をしている余裕はない。それでも、ここスカボローの病院になら人を置く意味があると思えた。ソフィアが重傷を負ったことはメディアで報道されていたから、犯人が彼女の入院先の見当をつけてもおかしくはない。だから危険が見込まれるという理由で人員を割けた。だがこれからは事情が違う。犯人はソフィアの移送先を知らない。リハビリ施設はいたるところにある。

一瞬ロバートは、ケイレブならどうするだろうと考えた。だがすぐにそんな思考を頭から追い出した。いまはこの自分が責任者だ。自分に訊くんだ。前任者にではなく。

しかもアルコール依存症の前任者だぞ、と頭のなかで付け足す。そもそもケイレブが賢明な判断を下せる状態かどうかは、もうずいぶん前から疑わしかったのだ。だから、いずれにせよケイレブは判断基準にはなり得ない。

「警備は明日までそちらに置いておきます」ロバートは言った。「その後、引き上げさせます。移送にも同行させません。でも移送先のリハビリ施設の住所は極秘にしていただく必要があります」

「わかりました」ドクター・デインが言った。

ふたりは別れの挨拶を交わして、通話を終えた。受話器を置くやいなや、今度は携帯電話が鳴りだした。どうもすぐにはコーヒーにありつけそうにない。

「もしもし?」苛立ちつつ、ロバートは通話を受けた。

かけてきたのはマンチェスターにいるケイトだった。ヘレンが見つけ出した新事実を報告する電話だった。ジェイコブとクセニアのパジェット夫妻は結婚仲介所で知り合ったのではなかった。少なくともジェイコブが名前をあげた結婚仲介所では。

「なるほど、それで?」ロバートは訊いた。ふたりがどこでどう知り合ったかなど、重要だとは思えなかった。ケイトは時間の無駄にも等しいことに大騒ぎしているようにしか見えない。

「あの夫婦がどうして嘘をついたのか、調べてみるべきです」ケイトは言った。

「そうだな。クセニアはまだお宅にいるの？」

「はい。でも実は、今朝はまだ連絡が取れていないんです。固定電話にも携帯にも出ないので。庭にいて、電話が聞こえなかったのかもしれません。もしよければ、ちょっと寄ってみてもらえませんか？」

「ああ、行ってみる」無駄な仕事だ。でもここでぼんやり座っているよりはましだ。

なんでもかんでも行動すりゃいいってもんじゃないのに、とロバートは思った。

「ありがとうございます。私はこれからバーミンガムに行って、ソフィア・ルイスの父親と話をしてみます。帰りにもう一度リーズに寄って、ジェイコブ・パジェットを訪ねてみます。どうして私に嘘をついたのか、聞き出してきます」

「わかった。あ、そうだ。ソフィア・ルイスは明日ハルのリハビリ施設に移ることになったよ。まだ事情聴取は無理だけど、医者が言うには回復に向かってるって」

「それは嬉しいニュースですね」ケイトは言った。

3

ミア・キャヴェンディッシュ巡査が訪ねていくと、玄関ドアを開けたコンスタンス・マンローの目は腫れ、顔は寝不足で灰色がかっていた。一晩じゅう眠らずに泣いていたのは明らかだ。キャヴェンディッシュ巡査は昨晩もコンスタンスを訪ね、慎重に言葉を選びながら、彼女の車がサマセット州トーントンの町から少し離れたところで見つかったことを話した。無人で、ドアはロックされておらず、エンジンキーは差しっぱなしの状態だったと。コンスタンスは驚愕し、ショックを受けていた。早く一日の仕事を終えたいと思っていたキャヴェンディッシュ巡査だったが、結局コンスタンスの家で二時間過ごし、彼女が鎮静剤を飲んで少し落ち着いたのを見届けてから、ようやく家に帰ったのだった。今朝、巡査はもう一度コンスタンスを訪ねてみることにした。昨夜のコンスタンスは本当に具合が悪そうだった。だからもう一度顔を見なければ安心できなかった。

コンスタンスはミア・キャヴェンディッシュ巡査をリビングルームに案内し、ソファに座るよう勧めて、お茶を出してくれた。彼女の声は震えていた。「ねえ巡査、今回のことが丸く収まるとは、私にはとても思えないんですけど。だって……道端に車を乗り捨てていく人なんていますか？　鍵もかけずに。キーも差しっぱなしだなんて！　なにかおかしいですよ。アリスはどこに行ったっていうんですか？」

「セミナーに向かうとき、アリスさんは荷物を持っていきましたよね？」

「ええ。スーツケースに着替えを少し入れて」

「車内にスーツケースはありませんでした。ハンドバッグも」

コンスタンスはミアを見つめた。「ええ。ということは？」

「もし強盗だったなら……バッグは持っていったかもしれません。なかにお金が入っているだろうと考えて。でもどうして荷物を全部持っていく必要があります？」

「誰かに誘拐されたんだとしたら？」

「アリス・コールマンを誘拐する理由なんてありますか？」

「わからないけど」

ミアはコンスタンスの腕にそっと手を置いた。「コンスタンス、アリスさんがもともとあなたに話したのとはまったく別の方向に向かったのは明らかです。ということは、アリスさんは最初からそのセミナーに参加するつもりはなかったんじゃないでしょうか」

「そう思います？」

「そう見えませんか？　もしかして誰かがアリスさんを迎えに来て、どこかに連れていったのでは？　車が見つかったところが待ち合わせ場所だったのかもしれません」

「でもどうして……？」コンスタンスは言葉に詰まり、目を見開いた。「つまり、アリスが私を捨てたっていうんですか？　別の誰かと知り合って？」

「可能性がまったくないと言えるでしょうか?」

コンスタンスはうなだれた。涙がとめどなく流れ落ちる。「いえ」しゃくり上げながら、コンスタンスは言った。「私たち、もうずっと喧嘩ばかりだったから。ねえ巡査、私、自分が許せないんです。アリスの精神状態を全然わかってなかった。鬱状態で苦しんでたのは知ってた。しょっちゅうめそめそするのも。あんなに心理セミナーだとか、家族関係セミナーだとか、自己啓発だとかに通ってばっかりだったのも、心に大きな悩みを抱えてるからだって。なのに、私がなにをしたと思います? 留守にしてばかりで私をひとりにするって、非難しかしなかった。アリスは心のなかで助けを求めて叫んでたのに、全然わかってなかった!」

「そんなふうに考えて自分を苦しめるのはやめたほうがいいですよ。私たちみんな、忙しい毎日を送る普通の人間なんですから。後から振り返ってみれば、いつどこでなにをすればよかったか、よくわかるものです。でもその場では難しいんですよ」

「わかってあげるべきだったのに……喧嘩ばかりするんじゃなかった……」コンスタンスはさらに激しく泣きじゃくった。

ミアはティーカップを置くと、同情を込めてコンスタンスの肩に腕を回した。ふたりはしばらくそうしていた。やがてコンスタンスは少し落ち着きを取り戻した。ティッシュペーパーを取り出して、鼻をかみ、目をぬぐった。

「警察にとっては、これで終わりなんでしょ?」コンスタンスは訊いた。

「そうでもないんです」ミアは答えた。「車はこれから鑑識が調べますし。でもまあ、なにか手がかりになりそうなものが見つかるとは思えませんけど」

「失踪届は引っ込めなくてもいいんですか？」

「もちろんですよ。ただ残念ながら、警察がアリスさんを捜索することはありません。犯罪の痕跡はひとつもないので。大人の女性が、おそらくは新しい人生を始めようと決めたんでしょう。コンスタンスさんにとってはおつらいと思いますけど、大規模な捜索を行なう理由にはなりません」

「なにも言わずに出ていくなんて。やっぱり理解できない。どうしても理解できない！」

「アリスさんと連れ添われて、どれくらいになるんですか？」ミアは優しく訊いた。

「七年弱です」

「じゃあその前は？　アリスさんはその前は誰とつき合っていたんですか？」

「男性と結婚してました。どれくらいかは知りません。離婚したのは二〇〇七年です。アリスによく離婚の理由を訊いたんですけど、詳しいことはなにも話してくれませんでした。もうお互い一緒にいても幸せじゃなかった、とかなんとか。だから私、離婚の理由は、アリスが自分は女性に惹かれるってだんだん気づいてきたせいだと思ってました。だからオリヴァーとはもう一緒に暮らせなかったんだろうって」

「オリヴァーというのは、アリスさんの夫だった人ですか？」

「そうです。オリヴァー・ウォルシュ。アリスはあまり彼のことは話さなかったけど、でもたまに聞く話には、憎しみはこもってませんでした。たぶんお互いに話し合って平和的に別れたんでしょうね。でも別れたあとはもう連絡を取ってませんでした」

「そのウォルシュ氏はどこに住んでいるんですか？」

コンスタンスは肩をすくめた。「夫婦だったときにはノッティンガムの近くに住んでいました。どこかの村です」

「じゃあ、アリスさんは離婚した後にコーンウォールに来られたんですね？」

「そうです。最初はトゥルーロに。それからレッドルースで仕事を見つけました。私たちが知り合ったのもレッドルースです」

「知り合われたきっかけは？」

コンスタンスはつらそうに微笑んだ。「ふたりとも劇場に定期的に通っていて、いつも席が隣同士だったんです。たまたまね。それで、休憩時間に一緒にシャンパンを飲んで、いろいろ話すようになって。で、まあ、そのうちそれ以上の関係になったってわけです」

「なるほど」ミアは言った。「アリスさんにはお子さんは？」

「いません」

ミアは考えた。「アリスさんは鬱気味だった……もちろんそのことはお話しされましたよね？　なにが理由なのか、突き止めようとなさったんじゃないですか？」

「ええ。でもなにも聞き出せませんでした。きっとアリス自身もよくわかってなかったんじゃないかしら」

「お子さんが欲しくてもできなかったのかもしれませんね」ミアは言った。「その後、結婚生活が破綻。それだけでも鬱になるには充分です」

「そうですね」コンスタンスは言った。「ただ私は、アリスは私と一緒で幸せだと思ってたんです。いろいろあったにしても」

「アリスさんに存命のご家族は？　ご両親やごきょうだいは？」

「いません。きょうだいはもともといないし、ご両親は亡くなってますから」

「そうですか」これは本当に警察が捜査するべき事件ではなさそうだ、とミアは思った。アリスはコンスタンスとの関係に不満があったのだろう。理解されていないと感じていたのだ。そして関係を終わらせることにした。容赦なく、相手の気持ちになどおかまいなしに。サマセットの寂しい田舎道で、七月のある暑い日に。

アリス・コールマンが人生のどこでなににつまずいたのかは、興味深い問題だ。

とはいえ、コンスタンスに言ったとおり、それを見つけ出すのは警察の仕事ではない。

4

M6号線のストーク・オン・トレントを過ぎたあたり、つまりマンチェスターとバーミンガムのちょうど中間にあるサービスエリアで、ケイトは心配になってきた。サービスエリアに駐車して、トイレに行き、コーヒーを買った後、唇をやけどせずに済むようボンネットにもたれてコーヒーが冷めるのを待つあいだ、何度もクセニアに電話をかけた。ケイトの自宅の固定電話と、クセニアの携帯電話に。今朝早くにも、マンチェスターを発つ直前にも、電話をした。だがクセニアは出なかった。いつも留守番電話だ。

朝早くに海に散歩にでも出たのかも、とケイトは考えた。だとしたら午前中は帰ってこないかもしれない。

ケイトの家のあるスカルビーからスカボローのノースベイの海岸まで、徒歩だと四十五分はかかる。クセニアはかなり運動不足に見えるから、もっとかかるかもしれない。それでも、ケイトは嫌な予感をぬぐい去れなかった。クセニアは怯えているようだった。あの様子では、家から出たりはしないはずだ。何時間も外出することなどあり得ない。

スーパーに行っている？　もしそうなら、いま頃もう戻ってきているはずだ。

ケイトはコーヒーをちびちびと飲みながら、雲が垂れ込めた空を見上げた。暑さはとりあえず去ったが、寒くもない。

携帯が鳴った。クセニアがかけなおしてきたのかと期待したが、スチュワート警部補だった。声に苛立ちがにじんでいる。

「巡査部長、いまお宅の前にいるんだけど」挨拶の言葉もなしに、スチュワートは切り出した。「クセニア・パジェットから話を聞こうと思って。でも誰もいないんだ。少なくとも、誰も出てこない」

「おかしいですね。私ももう何時間もクセニアに電話をかけ続けてるんですけど、出ないんですよ。うちの固定電話に出ないから、出かけているのかと思ったんですけど、そうだとしても携帯は持っているはずですよね？」

「充電が切れてるとか？」

「庭に回ってみてもらえますか？」ケイトは頼んだ。「なにか問題がないか、見てもらえませんか？　テラスからキッチンに続くドアのところも」

ロバートがため息をついた。電話越しに、家の裏手に回る彼の足が砂利を踏む音が聞こえる。それから再び声が聞こえてきた。「巡査部長？　なにも変わったことはなさそうだよ。ドアは閉まってるし、庭にも誰もいない。キッチンに猫が一匹いるだけだ」

「ああ、メッシーっていうんです」ケイトは懸命に頭を働かせた。次になにをするべきかをケイトが指示するのを、ロバートが待っている気配を感じる。

素晴らしいボスね、とケイトは思った。

そのとき、ふと思いついた。「隣の家のインターフォンを押してみてくれませんか。うちのお隣さん、どんな番犬よりも優秀なんです。私の家でなにがあったか、私本人よりもよく知ってます。あの人がなにか見たかもしれない」

ロバートはお世辞にも嬉しそうではなかったが、それでもケイトの提案に従ってみると約束してくれた。後から連絡するという。

ふたりは通話を終えた。ケイトはコーヒーを飲み干すと、車に乗り込んだ。これまでにも増して、ケイレブがまだチームにいてくれたら、と思わずにいられなかった。ケイレブの推理や行動がいつも正しかったわけではない。それにふたりは意見の違いのせいでよく言い争った。だがそれでもケイレブはいつもなんらかの考えを持っていた。なんらかの捜査方針を。常にどん欲に、積極的に、前進し続けた。だがロバートは、ケイトの目にはまるで睡眠薬を飲んだかのようだ。かつてケイレブとともに捜査にあたっていた頃のロバートは、さまざまな場面で自主性を発揮していた。だがいま、責任者という新しい役割を背負った彼は、すっかり萎縮している。間違いを犯すことを恐れるあまり、まったく動けなくなっている。

十分間ほど車を走らせたところで、ロバートから連絡があった。ケイトはハンズフリー機能で通話をした。

「もしもし?」

「実に注意深いお隣さんだね」ロバートは言った。〈馴れ馴れしすぎて好奇心丸出し〉を親切に表現するとそうなるかも、とケイトは思った。「昨日、クセニアをふたりの男が次々に訪ねてきたんだそうだ」

「ふたりの男?」

「うん。ひとり目のことはあまりよく見ていなかったけど、怒っていて、なにか断固とした決意を固めているみたいだったとか。不愉快な人物だったと、お隣さんは言ってる。クセニアの夫のことだろうか? ジェイコブ・パジェット」

「残念ながら、ジェイコブがクセニアの居所を探し出して、連れ戻しに来た可能性はありますね。まずかった。私が家にいるべきでした」

「二十四時間ずっと家でクセニア・パジェットを見張ってるわけにはいかないさ。クセニアをお宅に泊めるっていうのは、最初からいいアイディアとはいえなかったんだ」

じゃあもっといい案があったんですか？　という言葉が思わず口から出かかったが、なんとか呑み込んだ。スチュワート警部補は上司だ。

「もうひとりの男については、隣人はなんと？」ケイトは代わりにそう訊いた。

「ときどき来たことがあるって。前に、巡査部長がまだスカルビーに住んでなくて、たまにこっちを訪ねてきてた頃。ロンドンから来た男で、車は青のミニで、あと……」

「コリンだ」ケイトは言った。「それはコリンっていう人です。彼らしいわ。時間がないってメッセージを送ったのに、平気で来るんだから」

「友達？」

「というか、知り合いというか。ロンドン時代の。コリンはあの発砲事件があった列車に、私と一緒に乗っていたんですよ」

「へえ。まあとにかく、その彼も、いまはもうここにはいないみたいなんだ。車もどこにもない」

「隣の人は、コリンが車を出すのを見ていましたか？　ひとりだったか、クセニアと一緒だったか、わかりますか？」

「いや、見ていないって。車は昨日の夜遅くにはまだあったから、巡査部長の家に泊まるんだろうなと思ったそうだ。でも今朝起きたら車がなくなってたって。そのコリンって人は、夜中のすごく遅い時間か、早朝すごく早い時間に出ていったようだね」

クセニアと一緒に？　ケイトは考えた。もしそうなら、一番安心できるシナリオだ。コリンは鬱陶《うっとう》しいところはあるものの、無害な男だ。もし長時間ケイトの家にいたというのなら、クセニアが彼を招き入れたということだ。コリンは鍵を持っていないから。もしそうだとしたら、ジェイコブは――ひとり目の男がジェイコブだとして――クセニアを連れて帰ることができなかったということになる。もしかしたら、それもコリンの登場のせいなのかもしれない。ただ問題は、いまコリンとクセニアがどこにいるのかだ。それに、ふたりはなぜケイトの家を出たのか？

「わかりました。じゃあコリンに連絡してみます」ケイトは言った。「あと三十分ほどでバーミンガムに着きます。ソフィア・ルイスの父親と話して、なにかわかったら連絡します」

「了解」ロバートは意識して事務的なそっけない返事をしたようだった。まるで今日まだやるべき仕事は山ほどあり、急いで取りかからねばならないというかのように。

賭けてもいいけど、この人、次になにをするべきかもわかってない、とケイトは思った。

それからコリンの携帯に電話をかけた。何度も呼び出し音が鳴った後、留守番電話につながった。いったいどうなっているんだろう。コリンにもつながらない。

ケイトはクセニアの居所を尋ね、すぐに電話してほしいと頼んで電話を切った。いまはこれ以上できることはない。コリンがかけなおしてくれることを願った。コリンはもともと信頼の置ける人だし、ケイトを怒らせたくはないはずだ。

いまはソフィアの父親に集中するしかない。ヘレン・ベネットが住所を調べてくれてはいたが、父親に連絡はまだ取れていなかった。彼が家にいて、事件にわずかなりと光をもたらす話が聞けることを期待するしかなかった。

ジェフリー・ルイスは在宅で、思いがけない訪問を喜び、ケイトをすぐに居間に通すと、コーヒーを淹れにキッチンに行った。ケイトはカーナビに感謝していた。ロンドンに次ぐイギリス第二の都市バーミンガムは、車で移動する者に、その入り組んだ交通システムで挑戦状を突き付けてくる。かつては煙をもくもくと吐き出す煙突が立ち並び、空気が汚染されていた炭鉱地帯ウェスト・ミッドランドの、いわゆる〈ブラック・カントリー〉のど真ん中にあるバーミンガムは、いまでは多文化主義を特徴とするメトロポールに発展しており、同時にデモやストなどによる社会的混乱に繰り返し直面してもいた。ジェフリー・ルイスはウィンソン・グリーンという地域に暮らしていた。どちらかといえば貧困層の暮らす場所で、「恐怖の刑務所」と呼ばれるバーミンガム刑務所のある場所として全国的に知られている。この刑務所を運営するのは民間会社だったが、昨年、運営免許を取り上げられ、現在のところ運営は国が行なっている。受刑者たちが過密な房に押し込められ、想像を絶する非衛生的な環境のもとで暮らしていることが明らかになり、世間の驚愕を招いたことが原因だった。

ジェフリー・ルイスの家はグリーン・レインという延々と続く長い通りの、かなり荒廃した場所にあった。緑は少なく、天井の低い小さな家がひしめき合っている。家のなかの廊下は狭く、前庭はコンクリートで固められ、ゴミのコンテナや、壊れた食器洗浄機や古い犬用のケージなどが置かれていたりする。少なくとも自分の家くらいはある程度美しく保とうという気概を、ここの住人たちはとうになくしたようだった。

ジェフリー・ルイスの家の居間は身動きも取れないほど狭かったが、高齢のジェフリーがそれでも客を丁重にもてなそうとする様子に、ケイトは好感を持った。コーヒーを運んできたジェフリーは、ケイトに窓際の肘掛け椅子を勧めた。肘掛け椅子のバネは壊れていて、座ると体ごと床に沈み込みそうになった。ジェフリーは小さな陶器のカップにコーヒーを注いだ。一口飲んで、ケイトはむせた。これほど濃いコーヒーは飲んだことがない。スプーンをカップに刺したら立つのではないかと思うほどだ。

「ルイスさん、娘さんのソフィアさんのことで来ました」ケイトは言った。

ケイトは先ほど玄関先で刑事だと名乗ったが、いまジェフリーは娘のことだと聞いても特に驚いた様子を見せなかった。

「ソフィア」とジェフリーは言った。「それはいい」

「ソフィアさんは事故に遭われました」

「ほう……」

ケイトは徐々に理解し始めた。ジェフリー・ルイスは一見したところただの感じのいい男だ。少しばかりぼんやりしていて、孤独に暮らしているせいで他人への対応に慣れていない老人。だが実際、すでに認知機能に問題が出てきているに違いない。ケイトの目の前に座って、微笑み、誰かがおしゃべりに来てくれたことを喜んではいるが、話の内容を完全には理解していない。少なくとも話の筋道を部分的にしか理解していない。ケイトの希望はしぼんでいった。この人から有益な情報を聞き出すのは難しいだろう。

「ソフィアさんはまだ入院中です。実は、正確に言うと事故ではないんです。誰かが意図的にソフィアさんが転倒するよう仕組んだんです」

ジェフリーの表情に混乱が見えた。「意図的に？ それはよくないな」

ケイトはソフィアの生涯にわたる四肢麻痺のことを考えた。「はい。確かによくありません」

「この世界はいいところじゃないね」ジェフリーはそう言って、濃すぎるコーヒーをまるで水かなにかのようにごくごくと飲んだ。

「ソフィアさんに最後にお会いになったのはいつですか？」

ジェフリーは考え込んだ。「よくわからないな。まだ冬だったよ。雪が積もってたからね。二月かな？」

「今年のですか？」

「そう。娘はたまに訪ねてきてくれる。私はとても寂しいんだよ。妻を九年前に亡くしてね」

ジェフリーの孤独はこの瞬間、まるで手で触れられる大きな物体のようにそこにあった。おそらく、たまにでも様子を見に来てくれる人は娘以外にはいないのだろう。そしてその娘も、もうこれからは父親の面倒を見ることなどできない。ケイトは突然、胸を刺すような深い悲しみと痛みを覚えた。ソフィアをあんな目に遭わせたのが誰であれ、その誰かはこの老人にもまた害をなしたのだ。

「そのときにはどんなことを話しましたか?」同情心に呑み込まれてはだめだ。大切なのはプロに徹することだ。

ジェフリーは懸命に考えた。「天気のことだ、うん。すごく寒かったから。本当に凍えるようでね」

「ほかには? ソフィアさんは自分の話をなにかしていませんでしたか? たとえば、なにかが怖いとか、誰かが怖いとか」

「怖い?」

「ええ。または敵がいるとか」

「ソフィアに敵なんていないよ」ジェフリーは確信に満ちた口調で言った。「誰にでも好かれる子なんだ」

それはケイトがあらゆる方面から聞くソフィア像と一致していた。愛されるソフィア。どこに行っても歓迎される。けれど、どこかに彼女を憎んでいる人間がいるはずだ。それも心の底から。

「誰かが道に針金を張り渡したんです。ソフィアさんが毎朝自転車で通る道に」ケイトは言った。「そんなことをする人間は、きっとソフィアさんを嫌っていたはずです」

「ソフィアを狙ったんじゃないのかもしれないよ」ジェフリーはそう言った。その言葉で、頭が冴えているときもあることがわかる。「誰でもよかったんじゃないかな。いたずらだったんじゃ」

「そうかもしれませんが、警察ではその可能性はとても低いと見ています。あの時間にあの道を通るのは、いつもソフィアさんだけだったからです。たくさんの人がそのことを知っていました。それに、転倒したソフィアさんに向かって銃が発砲されているんです」

「ほう……」ジェフリーが再びそうつぶやいた。

「ですが弾は狙いをそれました」

「よかった」

この会話はなかなか難しい。「ソフィアさんはこの家で育ったんですか?」ケイトは訊いた。

ジェフリーは首を振った。「いや。ウェスト・ブロムウィッチで。バーミンガムからちょっと離れたところだよ」

「そうなんですか。そこではどうでしたか? ええと、つまり、ソフィアさんの子供時代はどんなふうでしたか? そこでもやっぱり好かれていましたか? 十代の頃は?」

「うん。たくさん友達がいたよ。みんなに好かれていた。それにスポーツがすごく得意でね。ハンドボールをやっていたし、ジョギングもしてた。ハンドボールのチームに入っていたんだ。そこでもみんなに好かれていたよ」

絶望的だ。誰からも好かれていたソフィアが、いったいいつ、どこで、どんなふうに誰かを怒らせて、体を動かすこともできずに病院のベッドに横たわることになったのだろう。

「敵はいないんですね? 昔も?」

「そういえば、同じ通りに」ジェフリーが言った。「いつもソフィアを怒らせてる男の子がいたな。五歳のときからだ。それにもう少し後にはほかにも……」

「ほかにも?」

「ハンドボールクラブに、ソフィアにほれ込んでた子がいてね。でもソフィアのほうでは興味がなかった」

「その男の子はしつこかったんですか?」

「しばらくのあいだ、うちの玄関前をしょっちゅううろうろしてたよ。ソフィアは怒ってたな。でもそのうち彼も諦めたみたいだった」

「なんという名前だったか、憶えていますか?」

ジェフリーは考えた。「サムだったかな?」と、ためらいがちに言う。

「サム? 苗字は?」

ジェフリーは首を振った。「わからない。サムだったかどうかも確かじゃないんだ。でも、そのうち引っ越していったような」

ハンドボールチームにいて、ソフィアに恋をしていたサム。ソフィアをストーカーしていたのだろうか? 問題は、たとえ用心深く尋ねても、ジェフリーがすぐに緊張して堅くなってしまうことだった。彼が名前を思い出せる可能性は低い。思い出すためには落ち着いてじっくり考える時間が必要だろう。とはいえ、時間がたてばむしろ質問の内容自体を忘れてしまうような気もする。

「そのハンドボールクラブの名前はわかりますか？」ケイトは慎重に尋ねた。

ジェフリーは眉間にしわを寄せた。「わからない。とにかくウェスト・ブロムウィッチのチームだよ」

ウェスト・ブロムウィッチにそれほど多くのハンドボールチームがあるとは思えない。少なくとも、謎のサムとかいう男はひとつの手がかりではある。とはいえ、おそらくどこにもたどり着かない手がかりだろう。ふられたことを根に持った少年が、十年以上たった今になってあんな猟奇的な復讐を企てるとは思えない。

他方でケイトは、そういった犯罪をこれまで散々目にしてきてもいた。

「ほかには誰かいませんか？」ケイトは訊いた。「娘さんはなにもおっしゃっていませんでしたか？　最後にここにいらしたときか、その前でもかまいません。なにか悩みがあるとか、なにかが怖いとか。あるいは誰かの名前を口にしませんでしたか？」

ジェフリーは必死で考えているようだった。ケイトの力になりたいと懸命に努力している。だがジェフリーの頭のなかには部分的に濃い霧が立ち込めているに違いない。記憶はある。映像や思考の形で。ただそれらを適切に組み合わせることが難しいのだろう。それに独りでいる時間が長すぎるのもあるに違いない。おそらく何週間にもわたって誰とも話をしないこともあるのではないだろうか。スーパーのレジ係と二言、三言交わすくらいで。それもまた頭が錆びつく原因のひとつだ。

そのとき、ジェフリーの顔がぱっと晴れた。「そうだ！　ソフィアは話してた！　とある男のことだ。その男のことをたくさん話してた」

「その男の名前は？」

「ニックだ」

「ニコラス・ゲルベロ？」

「そう、それだ。その名前をよく口にしてたよ」

「ソフィアさんの元恋人ですね。彼とのあいだになにか問題があったんでしょうか？」ソフィアの事故のことを聞いたときのニックは、驚愕したなにも知らない男に見えた。だがケイトは、ニックを容疑者候補から完全に外すわけにはいかないことをよくわかっていた。事実、暴力的犯罪のほとんどは近親者のあいだで起こる。特にパートナーのあいだで。裏切られた愛情、傷つけられた感情。ニックはソフィアに容赦ない形でふられた。それも本当の理由さえ知らされずに。それでも、ケイトはこれまでいつも自分の勘を信頼してきた。その勘が、ニックは犯罪を犯すことのできる人間ではないと告げていた。悲しんではいるだろうし、いまだにソフィアとよりを戻したいと望んでもいるかもしれない。だがニックは、危険な行動に出ることなく、自身の傷ついた感情と折り合いをつけられる人だ。ましてや犯罪など犯す必要はない。

それでもニックはソフィア・ルイスになんらかの形で関わったあらゆる人間と同様、リストの一員ではあった。

ジェフリーは驚いたようにケイトを見つめた。「問題？　どうして問題なんかある？」

ジェフリーに大きな期待を寄せても無駄だ。ことの次第を彼があまり理解していないのは明らかだった。

ケイトは最後の質問をした。「クセニア・パジェットという名前を聞いたことはありませんか？」

ジェフリーは首を振った。「ないね。一度も」

5

ふたりが向かったのはウィットビーだった。スカボローからはほんの三十分たらずの距離だが、それでもクセニアは先ほどよりずいぶん落ち着いて見えた。夜のあいだは、海を望む駐車場に停めた車のなかで過ごした。狭苦しいシートのせいでまったく眠れなかったコリンとは正反対に、クセニアはやがて疲れ切って深い眠りに落ちた。かなりボリュームのある体をなんとか丸めることに成功し、コリンの隣で、まるで大きくてもちもちしたパン種のような姿で、深い寝息を立てていた。夜が明けて、朝が来た。空には雲が垂れ込めており、太陽はときどきしか顔を覗かせない。なにかの塊《かたまり》のような海が鈍重に揺れていた。コリンはそのうち車を降りて、痛みにうめきそうになるのを我慢しながら手足を伸ばし、それから街道をしばらく歩いた。やがてコーヒーショップを見つけたので、Lサイズのコーヒー二杯にチーズサンドイッチをふたつ買って、車に戻った。クセニアももう目を覚ましていた。車を降りて、駐車場の端に立って海を眺めている。遠くからその姿を見たコリンは、本当に不格好な女性だなと思った。地面に届きそうなぞろりとした幅の広い民族衣装風のワンピースで贅肉《ぜいにく》を隠そうとしているが、まったく成功していない。だが近づいてみて初めて、クセニアの美しい顔に気づいた。大きくて美しい目と、輝くような黒い髪に。

十五キロ落とせばすごい美人になるな、とコリンは思った。

海を見渡せるベンチに座って、ふたりは一緒にコーヒーを飲み、サンドイッチを食べた。それからゆっくりと散歩をした。どちらの携帯電話も幾度となく鳴ったが、ふたりとも無視した。かけてきているのはケイトだとわかっていた。いつかこちらから連絡しなければならないことも。けれどいまはまだ、ケイトになんと言っていいのかわからず、彼女の非難から逃げていた。コリンには、自分の取った行動をケイトが責める様子が手に取るように想像できた。彼女がどんな容赦ない言葉で非難してくるかが。それを考えただけで、思わず首をすくめてしまう。それでも、もう自分はこの件に巻き込まれている。ここでクセニアを見捨てるわけにはいかない。

その後ふたりはウィットビーの街に入り、安いB&Bを見つけた。交通量の多い道路の端にある、気が滅入るほどみすぼらしい宿だ。部屋をふたつ取ったが、眠るとき以外にはとても留まる気になれず、すぐにまた宿を逃げ出して、港のパブに入った。そしていままですでに一時間弱、そこに座ったままでいる。昼時で、店にはぽつぽつと客が入っていた。周辺の会社で働いている人たちが昼食をとりに来たのだ。クセニアとコリンは窓際のテーブルについて、コーヒーを注文していたが、食事は頼んでいなかった。ふたりとも空腹ではなかった。

コリンは何度も携帯電話をチェックしていた。いまではケイトからの電話は五件にのぼり、そのうち二回は留守番電話にメッセージが吹き込まれていた。すぐにかけなおしてほしいというメッセージの声は、次第に苛立ちをつのらせていた。さらにメッセージアプリにもメッセージが入っていた。

もしクセニアと一緒にいるなら、すぐに連絡して。遊びじゃないんだからね。冒険ごっこでもない。クセニアがどこにいるか、知る必要があるの！

冒険ごっことは！ 残念ながら、ケイトはしょっちゅうコリンを子供扱いする。とはいえ、コリンのほうでもだんだん落ち着かなくなってきていた。もしかしたら自分の手には余ることに首を突っ込んでしまったのでは。

「ケイトから？」クセニアがコリンの携帯のほうを見ながら言った。

コリンはうなずいた。「すごく怒ってるみたいだよ。君の居所をどうしても知りたいって」

「どうして私がコリンと一緒にいることを知ってるの？」

それはコリンも疑問に思った。とはいえ、考えてみれば魔法でもなんでもない。「僕はケイトの家に行くってあらかじめ連絡してたから。それにきっと隣の人が僕を見てたんだ。とにかくなんでも見てる人なんだよ。ケイトは一と一を足して答えを出したんだよ。僕が君と一緒にいるとはっきり知ってるわけじゃないけど、たぶんそうだろうと思ってるんだ。それに僕がケイトからの電話に出ないから、ますます確信を強めてるんじゃないかな」

「私にも電話してきた」

コリンはうなずいた。「クセニア、このままずっとこうしてるわけにはいかないよ。これじゃあ本当にケイトに申し訳ない。それに、このままだと犯罪になっちゃうかもしれない」

「犯罪？　私たち自由な人間でしょ。一緒にどこにだって行けるはずでしょ」

「うん、そりゃそうだけど、でも君は警察が捜査してる事件の関係者じゃないか。それにケイトは君を家に泊めてくれて、君のことを信頼してくれたんだろ。僕たちがいまやってることは仁義にもとるんじゃないかな」

「そうね」クセニアも認めた。

コリンは身を乗り出した。「なにがどうなってるのか、話してくれるって約束したよね。どうして警察が怖いの？　旦那さんにどんな弱みを握られてるの？」

クセニアは目をそらした。「別に知りたくなんかないんでしょ」

「まさか。知りたいから訊いてるんだよ」

「どうして話さなきゃならないの？　あなたのことなんて、ほとんど知らないのに」

「君は僕と一緒にケイトの家から逃げた。君は僕に協力を頼んだ。君のせいで、僕は友達って呼べるたったひとりの人間に縁を切られるかもしれない。ここまでやったんだから、せめて理由が知りたいよ」

クセニアはため息をついた。その表情から、内心でどれほど葛藤しているかがわかる。

やがてクセニアは小声で言った。「わかった。でも……でも、すごくひどい話なの。聞いたら、たぶん私のことを憎むようになる」

「それはないと思うな」コリンは言った。

クセニアはあたりを見回した。声が聞こえる範囲には誰もいない。ついにクセニアは大きく息を吸い込んだ。

そして「実はね……」と話し始めた。

6

自分がなぜソフィア・ルイスが育った家を見るためにわざわざウェスト・ブロムウィッチへ向かったのか、自分でもよくわからなかった。ウェスト・ブロムウィッチは、結婚仲介所についてジェイコブ・パジェットに問いただすためにリーズへ行く途中にあり、ふと思い立ってケイトはハンドルを切ったのだった。ソフィアの父ジェフリーは、記憶していた住所をケイトに教えてくれていた。彼の記憶は部分的にはまだ問題なく機能するのだ。

スコットランド・ヤード時代から、一見捜査には重要でないと思われる場所でも訪ねていって、雰囲気を体にしみ込ませる習慣がケイトにはあった。なんの役にも立たないことも多かったが、ときどきそのおかげで事件関係者の内面に大きく近づき、彼らの人生を身近に感じ、彼らをよりよく理解できることがあった。当時の上司はそのことでよくケイトをからかったものだった。ケイトが具体的な成果を持って帰ってくることは稀だったから、なおさらだった。だが、そういった訪問はケイトの直観になにかを与えてくれた。難しい事件において、直観的な思いつきはよく捜査を前進させてくれた。それが突破口を開くことさえあった。とはいえ、周りの人間たちは理解できないと首を振るばかりで、ケイトの成果を認めざるを得ないときも、渋々なのがまるわかりだった。

だが今回、ソフィアがかつて両親と暮らした家の前に立ったケイトは、こういった類の訪問が実際いつも成果を上げるわけではないのを認めないわけにはいかなかった。ソフィア・ルイスの父親の現在の住まいとまったく同じで、この家もまた天井の低い狭苦しいテラスハウスで、やはり貧困層の暮らす地域にあった。正面壁の漆喰《しっくい》はところどころはがれていて、雨どいは錆びつき、真っぷたつに折れていた。雨が降れば、窓のすぐ前を水が流れ落ちることだろう。土砂降りなら滝と同様に違いない。

ただひとつだけ、その家がケイトに教えてくれたことがあった。ソフィアは貧困地域の出身でありながら、努力して驚くほどの飛躍を遂げたのだ。お世辞にも恵まれた生まれとはいえなかった。学校では懸命に勉強に励んだに違いない。それにスポーツで成果を上げて、勤勉に努力できる人間であることを証明したのだ。ケイトは、ソフィアが重傷を負うまで暮らしていたステイントン・デイルの美しい家のことを考えた。彼女が同僚や生徒たちに好かれていたことを。ソフィアはこれまでの人生で多くのことを成し遂げてきたのだ。このような地域で育った子供であれば、薬物に依存したり、よくない仲間に引きずり入れられる可能性もあったのに、決してそうはならなかった。

よくない仲間。

ソフィアをよく怒らせていたという近所の少年。それに、のちにソフィアに恋をして、もしかしたら面倒な行動に出たかもしれない別の少年。ここからなにかの手がかりが得られるだろうか？

手がかりがなさすぎて、なんにでも飛びつきたくなってる、とケイトは考えた。どれほど突拍子のない話であっても、どれほどありそうもない話であっても、とにかくどんな糸にもすがりつきたい……捜査が完全に行き詰まっているときの典型的な現象だ。霧のなかを大きな期待もないまま手探りしているときの。

ケイトは車に戻った。少し足を引きずっていた。少し長い距離を歩くと、銃弾を受けた脚がいまでも痛みだす。まるで警告のようだ——おまえが追っているのは危険な相手なんだぞ、という。これからまたあの感じの悪いジェイコブ・パジェットを質問攻めにしなければならない。クセニアとどこで知り合ったのか、本当のことを話してもらわなくては。それに、なぜそのことで嘘をついたのかも。

リーズに向かう途中にも、ケイトはクセニアとコリンに何度も電話をかけた。

だが留守番電話につながるばかりだった。毎回。

ジェイコブ・パジェットは昨日ほどには傲慢でも偉そうでもなかった。ケイトが訪問したときには家にいて、嫌々ながらもケイトを居間に通し、「今度はなんだ？」と文句を言った。

ケイトが訪問の理由を明かすと、ジェイコブは意表を突かれたようで、戸惑いをあらわにした。

「クセニア・シドロワは〈ハッピーエンド〉に登録されていませんでした」ケイトは言った。

「あそこは非常に真面目できちんとした会社のようですが」

「もちろん真面目な会社に決まってる」ジェイコブは憤慨したように言った。「でなきゃ私だって登録しなかった」

ケイトは無表情でジェイコブを見つめた。「奥様とはどこで知り合われたんですか、ミスター・パジェット？」

「そんなことが重要なのか？」

「はい」

ジェイコブは両手を振り回した。「どこでだろうと、とにかく知り合ったんだ」

「どこでですか？　ミスター・パジェット。〈ハッピーエンド〉を介してでないのは間違いありませんね。パジェットさんはずいぶん熱心な会員だったそうですね。たくさんの女性を紹介してもらったとか。ですがそのなかにクセニア・シドロワがいなかったことははっきりしています」

ジェイコブはケイトを怒鳴りつけた。「それはもう聞いた！」

「では、どこで知り合われたんですか？」

「偶然出会ったんだ」結局、ジェイコブは渋々ながら話し始めた。「私は不動産管理会社に勤めていて、リーズとブラッドフォードとヨークの物件の管理を担当してる。とあるマンションで……」

　ここでジェイコブは言いよどんだ。

「続けてください」ケイトは言った。

「新築のマンションだった。うちの会社は、キッチンだの照明だのといった内装の検査を請け負ってた。そのマンションの半地下の部屋で、クセニアを見つけたんだ。毛布を敷いて、そこで暮らしていた。ガスコンロを持ち込んで。お世辞にも快適な環境とは言えなかった。ひどいなりだったよ。建設会社はすぐに警察を呼ぼうとしたんだが、少し待ってくれ、私がなんとかするから、と言って止めたんだ」

　ケイトはその光景をありありと想像できた。長年パートナーとなる女性を探してきたジェイコブはきっと即座にチャンスだと考えたに違いない。自分が文字どおりごみ溜めから拾い上げた女なら、自分を救いの騎士だと考え、感謝の念から自分の思うままになるだろう――これ以上の機会があるだろうか？　自由意思でジェイコブのもとに留まる女性はいない。だが、ジェイコブ以外に誰ひとり頼る者のない女ならば、話は違うのではないだろうか。

「クセニアさんはどうして空っぽの新築マンションに隠れていたんですか？」ケイトは訊いた。

「それから、それはいつのことですか？」

「二〇〇六年だ。二月だった。それから、家内は隠れていたんじゃない。単に住む場所が必要だっただけだ」

「いったいなにがあったんですか？　イギリスにはどうやって入国したんですか？　仕事はしていなかったんですよね？」

「観光ビザで入国して、そのまま帰らなかったんだ。帰りたくなかったんだと。ロシアには将来の希望がないと言っていた」

「それで、イギリスではなにをしていたんですか？　いまおっしゃったような環境で暮らすことが、ロシアに留まるよりもいい選択だとは思えませんけど」

「なにをしていいのか、よくわかっていなかったんだ。ただロシアに帰ることだけは考えられなかったと」

「英語はもう話せたんですか？」

「今ほど達者じゃないがな。でもかなりうまかったよ」

「生活費はどうやって？」

ジェイコブは肩をすくめた。

日雇いのアルバイトなどだろうか、とケイトは考えた。それとも物乞いをしていた？　窃《せっ》盗《とう》？　だからあれほど警察を怖がるのだろうか？　十年以上前にスーパーで多少の食料品を盗んだから？　それとも無人の新築マンションに一時的に不法滞在していたから？

あり得ない。クセニアは馬鹿ではない。その程度の軽犯罪について知られたからといって、ジェイコブのような男の言うがままになるような人ではないはずだ。

「それではなぜ、私やほかの刑事に、奥様との出会いについて嘘をついたんですか？」ケイトは訊いた。

ジェイコブは常よりさらに不機嫌な顔になった。「そのほうが聞こえがいいからだ。新築マンションに住み着いていた路上生活者同然の女を拾って妻にしたとは言いたくなかったからだよ」

「信じられませんね」ケイトは言った。「むしろそれより前にクセニアさんになにかあったんじゃないんですか。生活基盤を失って、路上生活同然の境遇に陥る理由となったなにかが。それをあなたは知っている。だから奥様との出会いをごまかした。きっといまでも完全に本当のことは話してくれていないんじゃないですか。それに、それがなんであれ、クセニアさんの身に起きたなにかのことで、彼女を脅しているでしょう」

ジェイコブは悪意ある笑みを浮かべた。「それはあんたの勝手な主張だ！」

「奥様は殺されそうになったんですよ。私もすぐそばにいました。犯人はいまだに自由の身で、あたりをうろついています。誰なのかもわかりません。あの事件と関係があるかもしれない事実をなにかご存じなのだとしたら、それを隠すことは捜査妨害と見なされます。犯罪行為ですよ」

「知ってるなら、もうとうに話してる。だがどうしてクセニアが狙われたのか、私には本当にさっぱりわからんのだ。もしかして犯人はロシア人で、クセニアの過去となにか関係があるんじゃないのか」

「あなたは十三年間、クセニアさんと結婚生活を送っているんですよ。そんな過去があるなら、クセニアさんから聞いたことがあるはずです」

「誰かに命を狙われる理由になりそうな話は知らないね」

　この男はなにも話さないだろう。彼がなにかを知っていることを、ケイトは確信していた。だがジェイコブ・パジェットはなにひとつ打ち明けはしないだろう。クセニアを空っぽのマンションの部屋で見つけたというのは本当なのかもしれない。だがまったくの作り話である可能性もある。問題は、ジェイコブ自身がなんらかの不法行為にどこまで関わっているかだ。それとも、あまりに長いあいだ知っていながら黙っていたせいで、いまさら正直に打ち明けることができない状況なのだろうか？

「わかりました」ケイトは言った。「協力してはいただけないようですね。でももう一度よく考えてみてください。ご自身のためです。私にはいつお電話くださってもかまいませんので」

　前回の訪問時にすでに名刺は渡してあったが、念のためもう一度手渡した。ジェイコブはそれを受け取り、黙ったまま横にあるテーブルの上に置いた。

「家内はいつ帰ってくる？」

「それは奥様ご本人にお訊きになってください」ケイトはそう言って、玄関ドアに向かった。

前回同様、この男のそばにいると、とにかく早く離れたいとしか思えなくなる。

いったいクセニアはこれほど長いあいだ、どうやって耐えているのだろう？

いつか答えを見つけてみせる、とケイトは思った。

二〇〇三年五月、娘のレーナが生まれた。困難な体験を山ほどしてきたアリスだったが、妊娠期間中は驚くほど順調に過ごした。私が密かに恐れていたような問題はなにも起こらなかった。だがアリスは妊娠中ずっと鬱に近い状態だった。ついに妊娠できたというのに、もはやすべてがうまく行くとは信じられなくなったかのようだった。

「たぶんダメになっちゃう」アリスはしばしばそう言った。ぼんやりと宙を見つめたまま。その目には絶望があった。あの絶望の色が消えてくれることを、私がどれほど願ったことか。アリスは定期健診に出かけ、酒は飲まず、栄養バランスの取れた食事をし、たくさん散歩をした。

サーシャの面倒も見た。彼は秋には一年生になる予定で、その日が近づくにつれて私の緊張は高まった。サーシャの発達の遅れは、彼が成長するにつれてはっきりしていった。普通学級でやっていけるとはとても思えなかった。サーシャの小さな体は以前にもまして目立つようになったし、落ち着きのない視線や、殻に閉じこもった奇妙な態度も目立った。一方では周りの出来事をすべて理解したいと思っているようで、視線をあちこちにさまよわせる。まるで視線ですべてを拾い上げて、その後ゆっくり吟味しようとするかのように。だが同時にサーシャはいつも己の内なる声に耳を澄ましているようでもあった。外の世界を理解するために必要ななにかを自分のなかに探すかのようだった。ときには何時間もひとことも話さずにいたと思うと、突然なにか言う。聞いた瞬間はなんの意味もなさそうな言葉なのだが、たいていの場合、あとになってから、それが数時間前に起こったなにかに対する驚くほど賢明な見解であることがわかるのだった。サーシャの語彙力は同じ年頃の子供の平均には届かなかったが、心配せねばならないほど少なくもなかった。サーシャは障害と、遅滞と、意外なことにきらめくような知性とを隔てる奇妙な線のうえでバランスを取っているように見えた。サーシャという存在の秘密を、私は解明できずにいた。その点は神経科医も精神科医も同じだった。

「ありのままに受け止めてあげてください」医者のひとりはそう言った。「プレッシャーを与えないで。お子さんはお子さんなりに成長しています。必要なだけの時間をあげてください」

娘のレーナが生まれた。出生直後の検査で、彼女は健康な子供であることがわかり、私は深く安堵した。とはいえ実のところ、どこか悪いところがあるかもしれないと懸念を抱く理由など、もともとなにもなかったのだが。ただ、レーナは非常によく泣く子だった。

「よく泣く子ですね」この問題について相談した小児科医は、同情の表情でそう言った。私たちの疲れ切った顔、目の下の隈などを見て、「あまり眠れないんですね?」と訊いた。

私たちはうなずいた。レーナは一晩じゅう泣きわめき続け、私たちは彼女を抱いて何時間も家じゅうを歩き回りながら、泣き止ませようと延々と話しかけた。だが、なにひとつ効果はなかった。やがてレーナはひとりでに眠り込むのだが、たいていの場合、一時間後にはまた目を覚まして、再び泣きわめくのだった。私たちは疲れのあまり、幽霊にも似た有様だった。私はデスクの前で居眠りしているところを二度も秘書に見られた。夕方、家に帰った私を迎えに出てくるアリスの足取りは、歩いているとはとても呼べないほどふらついていた。

だがもちろん、寛いだ楽しい時間もあった。私は晩にはずっとソファに座ってレーナを抱きしめていた。レーナが私に笑いかけると、私も思わず笑顔になった。泣きわめいているときを除けば、レーナは朗らかな赤ん坊だった。それにとてもかわいらしかった。実際のところ、私たちの夢はかなったのだ。本物の四人家族になれたのだから。発達障害のある養子の息子と、少しばかりよく泣く娘。赤ん坊がよく泣くのは珍しいことではないと、小児科医は強調した。

「そういう子もいるんですよ。いつかは終わります。心配しないで」

だが翌年の一月、レーナが八か月になった頃には、家族全員が危機的状況に陥っていた。アリスにはあまりに大きな負担がのしかかっていた。睡眠不足、赤ん坊の世話、それに加えてサーシャ。サーシャはようやく小学校に入学したものの、当然、勉強にはついていけなかった。サーシャに読み書きを教えながら、同時にレーナをなんとかおとなしくさせていようと悪戦苦闘するアリスは、次第に表情も動きもロボットに似てきていた。機能はしているものの、ゆっくりと自我を失いつつあるようだった。

「子守りが必要なんだ」一月のある雪の晩、同僚に私はそう言った。家に帰る時間を先延ばしにするために一緒にビールを飲みに行ったのだが、もちろん私の良心はうずいていた。「ナニーっていうのかな。うちに住んでもらって、いつでもアリスの助けになってくれる人が」

「家にそんな人が住める場所はあるのか？」同僚が訊いた。

「小さい客間があるんだ」私はためらいがちに言った。実のところそれはキッチンのすぐ隣にある部屋で、客間というよりむしろ物置部屋だったが、一応窓はあった。それまで私たちは、どこに置けばいいかわからないものをすべてその部屋に押し込んでいた。「九平米くらいかな」「それはちょっと狭いな」同僚は言った。「それに二十四時間勤務のナニーとなると……高くつくぞ。すごく高くつく」

私はため息をついた。そもそも田舎にある私たちの家のちっぽけな部屋で暮らそうなどというイギリス人の若い女性がいるだろうか。部屋には暖房さえないのだ。キッチンの熱が伝わるから、狭いこともあってある程度は暖かい。それでも決して理想的な環境とはいえないだろう。

「外国人を雇うしかないな」同僚が言った。「東欧出身の。彼らは要求が高くないから」

私は考えた。まずいアイディアではない。支払える金はあまり多くない。たったひとりで家族四人を養わねばならず、プレッシャーで私もやはり弱っており、かつてよくやったように新しい顧客を開拓する気力もなかった。新規顧客の開拓には積極的な人づき合いが不可欠だ。だがいまではそんなエネルギーはどこにもなかった。我が家の経済状態は、心配するほど悪いわけでは——いまのところはまだ——なかったが、金があり余っているとはお世辞にも言えなかった。

「息子さんはロシアから引き取ったんだろ」同僚が言った。「そのときに知り合った人と、いまでも連絡を取ったりしてないのか？」

「通訳の人がいる。養子縁組の手続きのときも、家庭裁判所での認定のときも、ずっと通訳をしてくれた人でね。いまでもクリスマスにはメールをやりとりしてるんだ。まあ、連絡といってもそれだけだけどね」

「その人に訊いてみろよ。君の家で働きたいって人を知ってるかもしれないぞ。まとまれば、どちらにとってもいい話じゃないか。ウィン−ウィンってやつだ」

私はまだ決心がつかなかった。本当に見ず知らずの人間をうちに住まわせるべきだろうか？　だが、その晩遅く家に帰った私は、レーナを抱いたアリスが居間のソファに寝そべっているのを見た。ふたりとも眠っていた。喜ばしいことに、レーナも寝ている。私はアリスを見つめた。彼女はソファに沈み込んでいた。深く規則的な呼吸。彼女の目の下に青みがかった陰があるのが見えた。頬は落ちくぼんで、頬骨が突き出ていた。娘を産んで以来、アリスの体重はかなり落ちていて、不健康に見えた。彼女があまりに急激に痩せていくことにはずっと前から気づいていたが、この日初めて私は、彼女がいかに痩せこけてしまったかを実感したのだった。アリスはもう見る影もなかった。人工授精を何度も試み、養子縁組をし、サーシャのことで苦労し、悩み……アリスはもうずいぶん前から、なけなしの気力を振り絞って生きてきたのだ。彼女がひどいバーンアウトに陥るのを避けたければ、ここで自分が安全ブレーキを引くしかない。

翌朝、出勤するとすぐに、私は遠いキーロフに住む通訳のタチアナにメールを書いた。我が家の事情を打ち明け、誰かを知らないか、または誰かを知っている誰かを知らないか……と書いた。

タチアナはその日の晩に返事をくれた。私の友人ですが、とそのメールにはあった。その友人はもうずいぶん前からロシアを出て西ヨーロッパに行くことを考えているが、これまでその手段が見つからなかったのだという。タチアナはその友人に話してみると言ってくれた。

三日後の朝、再びタチアナからメールが来た。

友人は大喜びだという。いますぐにでもそちらに行きたいくらいだ、と。子供は大好きだし、そのほかのどんな仕事も骨身を惜しまずにやるつもりだということだった。あとは具体的なことを詰めていきましょう。

こうして私たちの人生にクセニア・シドロワが現われたのだった。

第二部

八月一日木曜日

I

私がすべてを見聞きしていることをこの人たちは知っているのだろうか、と、ソフィアはよく自問する。私がすべてを理解していることを。目で見て、耳で聞こえるだけではない。すべてを理解する頭脳もあることを。それとも彼らは皆、私の脳も体のほかの部分と同じように死んでしまったと考えているのだろうか。骨、筋肉、組織から成るなんの感覚もないこの役立たずの残骸と同じように。ソフィアの体はもはや体ではなかった。かつては力強くエネルギーに満ち溢れていたなにかが入った、単なる袋。ソフィアはこれまで常に自分の体に信頼を置いてきた。信頼はあまりに深く、当たり前だったので、体の価値を本当の意味で理解してはいなかった。少なくとも充分には。心の底から感謝したことなどなかった。自分の体が滅多に病気にならないことに、決してどこかが痛んだりしないことに、毎朝、起き上がったとたんになんの問題もなく機能することに。ソフィアがなにをしようとついてきてくれることに。ジョギング、自転車、授業、家の改修、庭仕事、または友人たちと集まって飲みすぎてしまったときも、ソフィアの心臓は常に同じリズムで力強く鼓動し、筋肉もその役割を果たし、すべてがなめらかに働いていた。立ち止まって、どこかに発生したなんらかの問題にかかずらう必要もなかった。

自分の幸運をあれほど当然のものと受け止めていなければ、こんなことにはならなかったのだろうか。

そう、あれは幸運以外のなにものでもなかった。いまのソフィアにはそれがわかる。健康であることは幸運だった。生きていること。動けること。呼吸すること。太陽の光を肌に感じ、風を顔に受けること。それ以上は必要ない。これからの人生にそれ以上のことは望まない――もし体を取り戻せさえするのなら。

いま、ソフィアが動かせる場所はほぼない。足も、腕も、手も、指も。

首をひねることはできる。息をすることもできる。周りも医師も看護師も、それを偉大な成果だ、天の恵みだと称える。

それ以上のことはできないので、ソフィアは人に転がされ、寝返りを打たされ、体を洗われる。髪にブラシをあてられ、爪を切られる。便意をコントロールできないため、おむつをあてられている。膀胱にはカテーテルが挿入されている。

それに、話すことができない。転倒の結果、血栓ができて脳梗塞につながった。だが医師は、発話機能は戻ると言う。ただ少し時間がかかるそうだ。ソフィアは医師の予見が正しいことを祈っていた。

とはいえ、自身の体について、体がかつてできたこと、もはやできないことについて思いを巡らせ、感謝が足りなかったこと、思慮が足りなかったことなど、さまざまなことを考えていたとはいえ、この病室で朝から晩までソフィアにまとわりついて消えないのは、これは単なる悪夢だ、現実であるはずがない、という感覚だった。自身の体と人生とに突如割り込んできた現実の残酷さを実感しながらも、同時に非現実的な感覚から逃れられなかった。こんなことがあるはずがない。すぐに目が覚めるに違いない。ベッドのなかで心地よく伸びをしてから、ぴょんと床に飛び降り、スポーツウェアを身に着け、美しい夏の朝の空気のなかへと出ていくのだ。自転車のサドルにまたがって、なじんだ道を行く。周りには自分とこの朝だけ……。

毎回ここまで想像したところで、ソフィアの脳のなにかが引きつる。なにかが気になる。糸がぶつりと切れるような感覚。自転車で農場の前を通り過ぎる。農場主が挨拶してくる。鶏が地面をつついている。ソフィアはペダルを踏んで丘を上る。きつい坂で、汗が噴き出てくる。ようやく頂上に着き、そこからは一気に坂を下る。針金、転倒。そしてその後には……なにもない。空白だ。暗い。すべてが動きを止める。その後なにがどうなったのか、ソフィアは知らない。

親切な担当医師がソフィアのベッドの脇に腰を下ろした。三日前のことだ。いや、二日前だったろうか？　よくわからない。ここには昼も夜も永遠もなく、時間はあやふやだ。いずれにせよ、医師の名前はドクター・デインだった。そう自己紹介した。

「私はドクター・デインです。私の言うことがわかりますか？」

わかります、とソフィアは頭のなかで叫んだ。わかるってば！

「もし私の言うことがわかるなら、片方の目をつぶってみてくれませんか？　または両方の目でもかまいません。なんでもいいんです。目が動くのがわかれば」

目を開いたり閉じたりすることは、自分の意思でできる。それはわかっていた。だが、それをやれと言われたあの瞬間、突然できなくなってしまった。全力を傾けてはみた。脳は必死で目に命令を送っていた。まばたきしろ、さっさとまばたきしろってば！　けれどできなかった。どうして普段はできるんだろう？　ソフィアは怒り、絶望し、すべてが硬直してしまったかのように感じた。

ドクター・デインがため息をついた。「まあ、理解してくださっていることを期待しましょう。これからなにがあったのかをお話しします。いいですね？」

ええ、お願い！

こうしてドクター・デインは、道に針金が張り渡してあったこと、ソフィアがそこに自転車で突っ込んでいったことを話した。

「大きく宙を舞って、頭から地面に激突したんです。長いあいだ雨が降っていなかったので、地面は石のように硬かった。アスファルトと大差ありませんでした。そして、あなたは残念ながらヘルメットをかぶっていなかった」医師の声には、柔らかな、悲しげな非難の響きがあった。

ヘルメットはかぶることもあった。かぶらないこともあった。実を言えば、ヘルメットは好きではなかった。なんとなく狭苦しいところに閉じ込められるような気がしたからだ。それでもときには理性が勝った。季節とも大いに関係があった。秋と冬にはヘルメットはそれほど気にならなかった。むしろ寒さと風から守ってくれる。だが夏には……。

まあいいや、とソフィアはよく思ったものだった。なにも起こるわけがない、と。

「あなたは第七脊椎を骨折しました。皮肉に聞こえたら申し訳ないのですが、実際、不幸中の幸いだったんですよ。自力で呼吸ができるんですからね」

それで、どうして私は体を動かせないの？　いつ動かせるようになるの？　お願い、こんなことはいまだけだって言って。そうじゃないなんてあり得ない。

「それに、あなたに向けて発砲した人がいるんです。警察はそう言っています。ですが弾は大きくそれました」

発砲？

怖い。

「警察はぜひあなたから話を聞きたいと言っています。担当の刑事がしょっちゅう電話してきますよ。でも、いつ面会が可能になるかは、いまのところまだなんとも言えません」

「警察官がひとり、病室の前にいます。二十四時間ずっと。つまりあなたの身が危険にさらされることはありません」

医師は、ソフィアがいつ再び歩けるようになるのか、いつ体のどこか一部なりとも再び機能するようになるのかを言わなかった。言質《げんち》を取られるのを恐れたのかもしれない。回復が早い人もいれば、遅い人もいるだろうから。だがソフィアの場合、回復は早いはずだ。もともと健康なのだから。

頭のなかの邪悪な声が、やはり邪悪な言葉をささやきかける――四肢麻痺、絶望的。だがソフィアはそんな声を抑え込んだ。医師はそんな言葉は口にしなかった。もしその可能性があるのなら、きっとそう言ったはずだ。そうに決まっている。

昨日、医師は再びソフィアのベッド脇にやって来て、移送が決まったと言った。

「ここではもう最善の治療はできないので。いま必要なのは、あなたのような患者を専門に扱う理学療法士のチームです」

で、その人たちが、私がすぐにもとの生活に戻れるよう手助けしてくれるの？

「ソフィアさん、私からは確実なことはなにも言えません。でも回復の余地はまだかなりあると思っています」

どういう意味？　回復の余地って？

「いずれにせよ、希望を捨てないでくださいね」医師はそう言って、ソフィアの腕にぎこちなくそっと触れた。「あなたは生きているんですからね。大切なのはそのことです」

なんですって？

自分の体になにが起こったのか、いつ回復するのかについて考えていないとき、ソフィアは自分に対する襲撃のことをあれこれ思い悩んだ。恐怖のあまり吐き気がした。道に針金が張り渡されていた——それだけだとしたら、子供か馬鹿な思春期の少年たちならそういう無思慮ないたずらをするかもしれない、と自分に言い聞かせることもできた。けれどその後に誰かが自分に向けて発砲したとなると、もはや無害な説明は思いつかなかった。自分を憎む理由を持つ人間は、この世にひとりしかいない。そしてその人間のことを、ソフィアは危険なサイコパスだと思っている。だからなにをしても不思議ではないと。どんな行為に出ても。私、危険にさらされてるの、と、叫びたかった。どうか気をつけて見張っていて。あいつはまたやる。

警察官がひとり病室の前にいる、とドクター・デインは言っていた。その警察官は、これから自分が移送されることになる新しい施設にもついてきてくれるのだろうか？　それに、その警察官は私のことをちゃんと護れるんだろうか？　敵が誰なのかも知らないのに。そして自分はそれを話すことができない。話すことができない！

叫びだしたかった。拳を握りしめたかった。

だがなにひとつできない。くったりした袋のように横たわっているだけ。筋肉も、関節も、この体のなにひとつ、一ミリたりと動かすことができない。

頬が濡れるのを感じた。涙だ。目から涙が流れている。

ちょうど病室に入ってきた看護師がハンカチを手に取って、顔を拭いてくれた。

「どうして泣いたりするの？　私たちと別れるのがつらいから泣いてるなんて言わないでね？　これから行くところ、素晴らしいリハビリセンターなのよ。親切な人がたくさんいて、うんと助けになってくれるから」

涙は止まろうとしなかった。

看護師はせっせと顔を拭いてくれる。「これから移送の準備をしますからね。きっと全部よくなるから。諦めちゃだめよ」

ソフィアは泣き続けた。

少なくとも、これだけはまだできるようだ。

際限なく泣き続けることは。

2

「で、クセニア・パジェットがどこにいるかわからないだって?」ロバートが訊いた。「信じられないな、まったく!」

ロバートは指先でデスクをトントン叩き続けている。

彼の声に非難の響きを聞き取ったケイトは、棘々《とげとげ》しい気分になった。いったいどうすればよかったっていうわけ? 私がマンチェスターとバーミンガムに出発する前に、クセニアを縛り上げて監禁しておけばよかった? クセニアにはどこでも行きたいところに行く権利があるんだけど。

「クセニアは殺されそうになったんだ」ロバートが続ける。「彼女の居場所を僕たちが知らないなんて、よくないだろ」

この人、これで私自身がこれまで考えたこともない新たな視点を提供しているつもりなの? とケイトは考えた。

へえ、そうなんですか、知りませんでした、と言ってやりたくなったが、自分を抑え、代わりに「夫のところにはどうしても戻りたくないということなので」と言った。

「だからって行方をくらますことはないだろう」

「まあ、あの夫ですから」

「ところで、ジェイコブ・パジェットからは特にめぼしいことは聞き出せなかったんだな」ロバートが言った。

「少なくともクセニアと結婚仲介所で知り合ったわけじゃないことは認めました。無人の新築マンションにいるところを拾ったんだそうです」

「それで、それが僕たちの捜査の助けになるんだろうか？　そもそもジェイコブの話が正しいとして、だけど」

「もし彼の話が正しいとすれば、それはおそらくクセニアが二〇〇六年以前にイギリスに入国していたことを意味します。そしてその後、彼女が一種の路上生活をしなければならないようななにかが起こったことを。空っぽのマンションの部屋に逃げ込んで、ジェイコブ・パジェットのような不愉快な男と結婚するなんて、よっぽど絶望的な状況だったに違いありません」

「それで、巡査部長の見たところ、ジェイコブ・パジェットはそれがなにかを知っているというのか？」

「ええ、その点はまず確かだと思います」

ロバートは指でデスクを叩き続けている。「ジェイコブに召喚状を出して事情聴取しよう」

「やってみることはできますけど、ジェイコブに話す理由なんてあるでしょうか？　こちらは彼に対する証拠をなにひとつ握っていないのに」

「クセニアが見つかれば……彼女が話してくれるんじゃないだろうか」ロバートは考え込みながら言った。

「これまでのところ、成功していませんけど」

「クセニアはいま巡査部長の友達と一緒にいると言ったね？」

「その可能性は高いと思います」

「で、その友達にも連絡がつかない？」友達にも、という部分は、まるで人に連絡をつけるのがケイトの緊急の任務であるかのように、強調されていた。おまえはその任務に失敗し続けているんだぞ、と言われているようだ。

「何度も電話してはいるんですけど。でも必ずもうすぐ向こうから連絡があると思います」

「だといいけどな」ロバートが言った。

「ソフィア・ルイスのほうになにか新しい知らせはありませんか？」ケイトは訊いた。

「バーミンガムまで行ったのはそっちじゃないか」

「残念ながら、あまり成果はありませんでした。ソフィアの父親はあまり助けにはならなくて。なにがあったのかをきちんと理解できていないし、捜査の助けになるようなことはなにも話してくれませんでした。いま私がお訊きしたのは、医学的な面でソフィアになにか新しい知らせはないかって意味だったんですけど」実際、この方面——医者との連絡——はロバートが担っている。

「今日、病院から移送される。それ以外のニュースはないよ。新しいリハビリセンターの担当医にできるだけ早く会いに行ってみるよ。巡査部長がクセニアのほうで前進できないんなら、すべての希望はソフィアにかかってるわけだからね」それとこの僕に、という心の声が聞こえるような気がした。けれど、単にケイト自身が今朝はぴりぴりしているだけかもしれない。

ロバートはこれからジェイデン・ホワイト事件のことで検察局へ行かねばならないというので、ケイトはいったん自宅に戻ることにした。ひょっとしてクセニアとコリンが戻ってきていないか確かめるためだが、この点ではあまり期待はしていなかった。けれど隣人から話を聞いてみたくもあった。彼女はロバートに話したよりも多くを見ている可能性がある。

ところが、署から出て車に乗り込んだとたん、気が変わった。昼の捜査会議までまだ時間はたっぷりある。それにロバートには検察局でやるべきことがたくさんあるだろう。だからケイレブの家に寄ってみようと思った。家にいるかもしれない。これまでケイトの人生の危機に、ケイレブはいつも力を貸してくれた。今度はこちらが心配する番だ。

ケイレブが玄関ドアを開けたのは、ケイトが三回インターフォンを押したあと、諦めてすごすごと引き返そうとしたときだった。一目見て、ケイレブがどれほど参っているかがわかった。無精ひげが生え、目は赤らみ、ぼんやりと濁っている。眠れない夜が続いているのは明らかだ。はいているカーキ色のショートパンツはもうずいぶん長いあいだ洗っていないように見えたし、白いTシャツには元がなんなのかよくわからない染みが飛び散っていた。体を洗ってもいないようで、汗臭い。髪はあちこちにはねている。それでも、少なくとも酒の臭いはしない。強烈な汗の臭いにかき消されているのか、本当に飲んでいないのか。とはいえ、まだ朝も早い時間だから、飲んでいないとしても不思議ではなかった。

ケイレブは手で髪をなでつけたが、それで見た目がましになったとはとても言えなかった。

「ああ、ケイト、君だったのか。元のカミさんじゃないかと思ったよ。心配して、毎日様子を見にやって来るんだ。でもなかに入れたりはしないけどね」ケイレブは顔をしかめてみせた。

「同情されるのは大嫌いでね」

「私は同情なんてしてない」ケイトは急いで言った。「ただちょっと寄ってみただけ。でも都合が悪いんなら……」

「いやいや、まだ寝てたんだ。でもそろそろ起きる時間だよな？　いま何時？」

「九時半」

「隠居じじいにはちょうどいい時間だ」

「隠居なんかじゃないでしょ、ケイレブ」

ケイレブは一歩下がった。「入って。こんな格好で悪いけど」と言って、自分を見下ろす。

「どうも服を着たまま寝ちまったみたいだ」

ケイトはケイレブについて広々したリビングルームに足を踏み入れた。庭に面した壁は一面ガラス張りで、一続きになったキッチンは優雅でありながら押しつけがましい主張をせず、空間になじんでいる。ケイトが以前この家に来たのは一度だけだが、そのときにもこの部屋をどれほど素敵だと思ったか、よく憶えていた。だが、部屋の造りも趣味のいい内装も変わっていないものの、いまこの部屋はかなり荒れていた。いたるところに汚れた皿、コーヒーカップ、グラスが積まれている。ダイニングテーブルの上には何本もの瓶。封を切られていない郵便物が投げ捨てられている。テーブルの上にはふたつの小包があり、いずれも開封されていない。メタル製のキッチンカウンターの上には丸められたセーターが一枚。それに下着にしか見えないなにかが本棚に引っかかっている。ケイレブの日常生活が秩序を失っているのは明らかだった。放り投げられた郵便物のなかに即刻支払わねばならない請求書がいくつあるのか、ケイトは想像したくもなかった。

「朝メシを済ませてきたんならいいんだけど」ケイレブは言った。「君に出せるようなものはうちにはなにもないから。コーヒーしか」

「コーヒーをもらえれば嬉しい」ケイトがそう言うと、ケイレブはコーヒーメーカーのスイッチを入れた。そして冷蔵庫を開けて牛乳パックを取り出したが、蓋を開けてなかの匂いを嗅ぐと、顔をしかめた。「これはもう飲めない。コーヒーはミルク抜きで飲む人だといいんだが」

ケイトはコーヒーにミルクを入れる人だったが、それでもうなずいた。「大丈夫」

ケイレブは食器棚からコーヒーカップをふたつ取り出した。汚れていない最後のふたつのようだ。食器を洗うという家事はすっかり放棄してしまったらしい。ケイトは信じ難い思いでケイレブを見つめた。彼は恐ろしいほど容姿に恵まれた男で、本人もそれをしっかり自覚していた。ケイトはこれまで身なりのよいケイレブの姿しか知らなかった。彼はたいていラフだが趣味のいい格好をしていた。常にアルコール問題を抱えてはいたが、外から見ただけでは、ケイレブの人生に制御不能のことがらがあるとはとてもわからなかった。それどころか、ケイレブは常に毅然として見えた。自信とカリスマに溢れて見えた。

だがそんな雰囲気はいま、かけらも残っていなかった。いまのケイレブは人生の舵を手放したのみならず、自分自身をも失いつつあるように見えた。そんな彼の姿を見て、ケイトの胸は痛んだ。自分で思っていたよりずっと強く。ケイトはかつて、ケイレブに激しい恋をした。自分の思いに応えてほしいと願っていた。だがもちろん応えてなどもらえなかった。ケイレブほどの魅力的な男が、ケイトのような地味で目立たない女とつき合う理由はない。いつしかケイトは、胸の痛みとともにそれを自覚した。ケイトはケイレブに好かれているし、評価されてもいる。それに、どういうわけかケイレブにとって重要な人間にもなったようだ。だがケイレブがケイトを女として求めることはなかった。それはこれからも決して変わらないだろう。人生には受け入れるしかないこともある。

いまもケイレブの容姿がいいことには変わりなかった。だが同時に、彼は病み、荒廃しているように見えた。投げやりになっているように。ケイレブには助けが必要だ。だが彼が人の助けを受け入れるかどうかは疑わしいとケイトは思った。

ブラックコーヒーを入れたカップをふたつテーブルに置くと、ケイレブは椅子の上から郵便物を薙《な》ぎ払い、そこにどすんと腰を下ろした。

「ケイト、君も座ってくれよ。どこかに砂糖があったはずなんだが」テーブルの上にあった容器をつかんで、なかを覗く。「空っぽだ。コーヒーには砂糖も入れない人だといいんだけど」

「砂糖は不健康だし」ケイトは言った。コーヒーには砂糖を入れるのが好きだったが、この家では飲み物を出してもらえるだけでありがたいと思うべきなのだろう。

「ケイレブ、なにか食べることも大切よ。普段はなにを食べてるの？」

「コーヒー。酒」

「よくない」

「ああ。いまのところ、よくないことだらけだよ。眠れないんだ。充分酒を飲んでやっと眠れたと思うと、またすぐに目が覚めて、そのままベッドの上でじっとしてる。何時間も。で、明け方にまた眠り込む」

「そこに私が来て、インターフォンを鳴らして起こしちゃったってわけね」

ケイレブは軽く手を振って、ケイトの言葉を否定した。「それでよかったんだよ。昼までずっとベッドにいるなんてまずいだろ」そう言って、目をこする。そのせいで両目がさらに赤くなった。「来てくれて嬉しいよ、ケイト。本当だ」

できれば手を伸ばして、ケイレブの腕に触れたかった。だがその勇気が出なかった。「あんまりくよくよ思い悩むのはよくない。いつか病気になっちゃう」

ケイレブはケイトを見つめた。その目には絶望があった。「何度も何度も再現するんだ。ジェイデン・ホワイトとの通話を。何度も何度も。一語一句正確に思い出そうとする。ジェイデンの口調。話し方のちょっとした変化。ためらい。息の音……なあ、ケイト、やっぱり私は気づくべきだったんだ。ジェイデンの抱えている問題には触れないでおくべきだって、気づくべきだったんだよ。そんなことをしたら大惨事になるって。あの男が不安定だってことも、あの均衡がいつ崩れてもおかしくないことも、わかっていてしかるべきだった。あの話題を持ち出すのはリスクが大きすぎた。あまりにも大きすぎたんだ」

「ケイレブ……」

「もしあのとき酒が入っていなければ、もっと繊細な感覚を持てたはずだ。感覚を研ぎ澄ますことができたはずなんだ。でも飲んでたから、すべてがぼんやり、ふんわりしていた。輪郭がにじんでた。酒を飲むとそうなるもんだろう。周りのものが全部ぼんやりして、尖ったところがなくなって。それで後からあれこれ後悔する。ああいう状況では、酒は致命的だよ。このあいだの事件では、文字どおり命に関わったんだからね。私はあの通話をしてはならなかったんだ。自分はそんなことができる状態じゃないと自覚しているべきだった。スチュワートに頼んで、替わってもらうべきだったんだ」

「さあ、スチュワート警部補でうまく行ったかどうか……」ケイトはつぶやいた。

ケイレブがはっとしてケイトを見つめた。「なにか問題があるのか？」

ケイトは肩をすくめた。「警部補ひとりのせいじゃないんだけど。私たち、たぶんチームとしてあまりいい組み合わせじゃないんだと思う」

ケイレブはため息をついた。「まあ、もともとはこんなつもりじゃなかったしな。悪かった。いろいろなことをすごく申し訳ないと思うけど、これもそのひとつだよ、ケイト。一緒に働くはずが、ダメになっちまって」

「でも戻れるかもしれないでしょ」

「それには私の抱える問題を決定的に解決しないと。たとえそうできたとしたって、まだチャンスをもらえるかどうかはわからないけどね」

ケイトはケイレブを注意深く見つめた。少なくとも今日のケイレブは、泥酔してソファに寝そべっているわけでも、もっと悪いことにキッチンの床に倒れているわけでもない。いまだに酒を飲んではいる。それもおそらくかなりの量を。絵画のモチーフのように部屋じゅうに散乱するグラスや瓶がその証拠だ。だが、今朝のケイレブは冷静な会話ができるし、呂律も回る状態だ。それはつまり、彼が昨夜、気を失うまでは飲まなかったことを意味する。

「本気で努力しているのはわかる」ケイトは慎重にそう言ってみた。

ケイレブは再びため息をついた。「ああ。必死で闘ってるよ、ケイト。この悪循環から抜け出したいんだ。でないと破滅だからね。でも幻想は持ってない。たったひとつの道は、完全な断酒しかないんだ。いまの私は、確かに強い酒はやめるようにしてる。でも結局、以前と同じように飲みすぎてることには変わりない。君の目にそれがはっきり映らないとしたら、それは私の体がもうすっかり慣れてしまっているからだよ。呂律が回らなくなって、部屋の隅にバタンと倒れるまでには、かなりかかるんだ。飲んでいたって仕事ができたくらいなんだからね。少なくとも、仕事ができるように見せかけることはできた」

「クリニックに行ってみたら？　一度行ったんでしょ」

「成果は半年ももたなかったけどね」

「あのときは上司の指示で行ったのよね。今回は、行くとしたら自分の意思でしょ。私は素人だけど、でも依存症の治療にはその点が大きく関わってくるって、よく聞くけど。つまり、治そうとする意思を自分で持つことが」

「うん……それは確かにそうだろうな……」ケイレブは曖昧に言った。

ふたりはしばらく黙って、熱くて苦いコーヒーを飲んでいた。やがてケイレブが訊いた。

「ところで、スチュワートとあまりうまく行かないことは別にして——いまの事件に進展は？」

ケイトは首を振った。「ほぼなにも」ケイトは状況をかいつまんで説明し、ケイレブは注意深く耳を傾けた。

「ソフィア・ルイスは話せない。クセニア・パジェットは消えた」ケイトはそう締めくくった。

「私は一歩も前進しない。まったく！　なによりソフィアとクセニアのつながりがわからないの。誰に訊いても、クセニアの周りでソフィアの名前を聞いたことがある人はいない。逆もまたしかり。接点がどこにもない」

「たぶん犯人が唯一の接点なんだろうな」ケイレブが言った。「ふたりはその犯人と、人生のどこかでなんらかの関わりを持った。だがそれ以外のつながりはない」

「クセニアはなにか知ってる」ケイトは言った。「それにクセニアの夫のジェイコブも。でもふたりとも話そうとしない。そしてソフィアは話すことができない。袋小路よ」

「役に立つ助言をしてあげたいのはやまやまなんだけどね、ケイト、でも私にもやっぱり君の助けになりそうなことは思いつかないよ。ただ、ソフィアに対する発砲のことを考えると、ちょっと引っかかるな。列車のなかの銃撃犯は命中させる気まんまんだったと、君は言ってたよね」

「そのとおり。クセニアは本当にぎりぎりのところで命拾いしたのよ。もし私がトイレに引っ張っていかなかったら、もしトイレの死角が利用できなかったら、たぶんクセニアはいま頃もう生きてなかった」

「そこなんだ。その同じ犯人が、ほんの数日後に、そこまで派手に外すかな？　しかも動かない的を」

「撃ったのはもっと前なのかも。ソフィアがまだ全速力で坂を下っていたとき。そのときなら、命中させるのはすごく難しかったはず」

「どうしてそんな必要がある？　すぐに針金に引っかかるとわかっているのに。いずれにせよ首の骨を折って死ぬか、最悪でも地面に倒れて動かなくなるから、簡単に命中させられる」

「確かにソフィアは動かなかったわけだから、子供でも射殺するのはわけなかった。なんというか……犯人に迷いがあったような印象よね」

「ところが、クセニアを列車で狙ったときには、殺す気まんまんだった」

「もしかして犯人はソフィアを撃とうとしたのかも。ところがそこで、生き延びるほうがソフィアにとってはずっとつらい罰になるって気づいたんじゃないかしら。もし犯人の動機が復讐なら、ソフィアが車椅子生活になるほうが、死ぬより嬉しいんじゃない？」

「でもその時点では、ソフィアの怪我の具合がどの程度かなんてわからなかっただろう」

「決して軽傷ではなさそうだって、予測はついたんじゃ？」

「いや、それじゃあ筋が通らない。確かに復讐が目的の犯人なら、四肢麻痺の女性を生かしておけば満足だろうさ。でも四肢麻痺の女性だって話せるんだ。または、いつかなんらかの方法で意思疎通が可能になる。自分の身の安全のために、殺しておくべきじゃないのか？　それに、おそらくそのためにピストルを持参したんだろう。計画ではソフィアを転倒させてから射殺するつもりだったんだ。自分の身に危険が及ばないように。そこはかなり確かだと思うね」

「でも、それならどうして……？」

「足元に転がってる抵抗できない人間の頭を撃つのは、簡単じゃないよ」

「列車の男はそういうタイプには見えなかったけど」ケイトは言った。「そんなことでためらうようなタイプじゃなかった」

「じゃあ、こう考えてみたことは？」ケイレブが言った。「犯人はふたりいるんじゃないかって」

ケイトはケイレブを見つめた。「ふたり？　でも凶器がひとつなのは間違いないのよ」

「ああ。でもだからって、その凶器を必ずしも同一人物が使ったことにはならない」

「犯人がふたり……まったく別の動機がふたつってこと？」

「ただの思いつきだよ。でも頭から否定することもできないんじゃないか。もしそうだとしたら、犯人でさえクセニア・パジェットとソフィア・ルイスの接点ではないことになる。単にふたりの犯人がどこかで知り合っただけだ。それぞれに復讐したい相手がいた。だからふたりで手を組んだ」

「でも、どこで……？」

ケイレブはケイトがなにを訊こうとしているのかをすぐに理解した。「そういった種類の人間が出会うのはどこか？　たいていの場合、刑務所だ」

「そして出所した後に……」

「計画を実行しようと決める。その計画を練ることで刑務所生活に耐えていたのかもしれない。彼らがまさにその場所に──最初は法廷、それから刑務所に──行き着くことになった原因となる人間を殺す計画」

「それは本当に単なる推測ね、ケイレブ」

「もちろん。しかもこの推測は、クセニアもソフィアもともに、かつて誰かが禁固刑の判決を受ける理由に関わりがあったことを前提とする」

「でもそれなら、私たちも知っているはずよ。クセニアのこともソフィアのことも、ヘレンが警察のあらゆるデータベースを徹底的に調べたのよ。もしそんなことがあったなら、通報記録があるはず。または裁判で証言したとか、とにかくなんらかの記録が。どこかに名前が出てきたはず。でもなにもなかった。ひとつも」

「でもこの推理だと、いろんなことにつじつまが合うだろう？　ソフィア・ルイスの元カレは、彼女が神経質になっていたこと、いろいろな意味で他人と打ち解けなかったことを話してる。

これといった理由もなさそうなのに、急にマンチェスターを離れた。危険を感じていたんじゃないか？　敵が誰かもわかっていたんじゃないか？　そしてクセニアのほうだが、なにか後ろ暗い秘密があるのはかなり確実だ。なんらかの犯罪に巻き込まれたに違いない。でなきゃ警察に正直に話しているはずだ」

「大胆な仮説ね」そう言いながらもケイトの頭のなかではさまざまな思索が渦巻いていた。ケイレブの言うことは確かにまったくの与太話でもない。

「ただ残念ながら、いまのところその仮説に従ったとしても、たいして前進はできない」ケイトは言った。

「わかってる。だが、もし私のいまの仮説が当たっているなら、君がずっと懸念してる問題はより現実的になってくるよ。つまりソフィア・ルイスもクセニア・パジェットも、非常に危険な状況にいることになる。なぜなら、自分をつけ狙っているのが誰なのか、ふたりとも正確に知ってるわけだからね。犯人にとっては破滅につながりかねない。ソフィアもクセニアも生き延びた。犯人にとってとてつもなく危険な存在だ。口封じが必要になる」

「クソ」ケイトは思わず口走り、立ち上がった。濃いコーヒーといまの会話のせいで少しめまいがした。「クセニアを見つけないと。犯人より先に」

「ソフィア・ルイスには警護がついてるんだな？」

「ええ。でも……」ケイトの眉間にしわが寄った。「ソフィアは今日リハビリセンターに移送される。スチュワート警部補が警護を引き上げさせていないといいんだけど」携帯を取り出すと、スチュワートにかけた。

「つながらない。電源を切ってる。いまちょうど検察と会議中だから」ケイトはヘレン・ベネットの番号にかけた。幸運なことに、こちらはすぐにつながった。ケイレブにも会話の断片が聞こえた。

「わからない？　オーケイ、ヘレン、すぐにドクター・デインに電話してもらえますか？　私は電話番号を知らないので。ソフィアの移送には必ず警察の警護を付けてもらってください……ええ。いいえ、それでもです。もしも護衛がもう引き上げているなら、新しい護衛をそちらで送ってください……ええ、責任は私が取ります……ありがとう。急いでください」

ケイトは通話を終えると、ケイレブを見つめた。

そして「なんだか嫌な予感がする」と言った。

3

ソフィアは持ち上げられて、ストレッチャーに寝かされた。用意は整った。体を洗われ、清潔に整えられ、新しいカテーテルも装着された。看護師のひとりがいつもより念入りに髪をとかしてくれた。ベッドの上のソフィアに誰かが軽い毛布をかけてくれた。介護士だ。

ソフィアはそのあいだじゅう、ぼんやりと、されるがままになりながら、もうすぐ治るよとこれまで誰ひとりはっきり言ってくれなかったのはなぜだろうという疑問を頭のなかで繰り返していた。医師や看護師はそういう言葉を口にするものでは？　そうやって患者に勇気を与えようとするのでは？　それとも、ソフィアが最終的にどの程度まで回復するのか、まだはっきりしないのだろうか？　医師というのは、クリスマスにはもう元の体に戻ってると言ったじゃないですか、といった非難を後から受けないように、明言を避けるものだ。

人間が的確な予測を立て、確約できることがらはたくさんあるが、他人がどれほどの時間で、どこまで回復するかを予測するのは、おそらく難しいのではないだろうか。経験を積んだ医師でさえ、統計に基づく予測以上のことは言えない。だが統計というのが個々の事例には意味を持たないことは誰でも知っている。結局のところドクター・デインも確実な予測は立てられないのだ。だからはっきりしたことはなにも言わないのだ。ソフィアが健康体に戻ることはわかっているけれど、いつまでかかるかはわからないのだろう。それに、ほんの小さな障害が残るかどうかも。以前のように動けるようになるためには、おそらく非常にたくさんの理学療法を受けねばならないだろう。ドクター・デインには、ソフィアにどれほどの熱意と忍耐力があるかがわからないのだ。なにしろ彼はソフィアという人間を知らないのだから。ソフィアがいざとなったらどれほど忍耐強く、意志が強いかを知らないのだ。きっと驚くに違いない。ソフィアはきっと、将来ドクターが同僚やほかの患者たちに語って聞かせる事例のひとつになるだろう。その患者には非常に大きな懸念を抱いていた、けれど彼女は最善を尽くして戦い、諦めず、最後には勝利したのだ、と。

そう、きっとそうなる。

ソフィアは、ちょうど体に毛布をかけてくれている介護士を見た。

もともと完全に麻痺していなかったとしても、ソフィアの体はこの瞬間に硬直したことだろう。

知っている男だった。もう何年も会っていなかったというのに。あいつだ、間違いない。大人になった。けれど目だけは変わっていない。この暗い目。ふたつの真っ黒な穴。生気のかけらもない。完全な虚無以外のなにものも表わさない目。

この目なら、いつでもどこにいてもわかる。

男はソフィアのことを、まるで珍しい獣か特別な植物かなにかのように見下ろしていた。

こいつにいつかまた出会うだろうことはわかっていた。その瞬間をずっと恐れてきた。けれど、最悪の妄想のなかでさえ、自分が仰向けに転がった虫のようにこの男の前に横たわっているだろうとは、考えもしなかった。なす術《すべ》もなく、無防備に。誰からも、どんな災難からも走って逃げられる力強く速い足という最大の武器を奪われて。もはやなにひとつ残っていない。

誰もがソフィアを思いどおりにできる。たとえぺちゃんこに潰されたとしても、悲鳴をあげることさえできないのだ。

男は顔をゆがめて、軽く微笑んだ。おそらくはソフィアの目のなかの戦慄を見て、彼女が男の正体に気づいたことを知ったのだ。そして彼女がなんの合図も出せないままパニックに陥っていることに。ソフィアの目だけは戦慄をたたえている。けれどそれは、見る者が解釈し、理解せねばならない。いま周りで忙しく行き来している人たちの誰ひとり、そんなことはできない。

男は右手の人差し指で非常に優しくソフィアの頬に触れた。

「やあ、ソフィア」小声で言った。本当に小さな声だから、周りの誰にも聞こえなかった。ソフィアひとりを除いて。

この病院でベッドに横たわっていた無限にも思える時間、ソフィアはいまほど必死で体のどこかを動かそうとしたことはなかった。常にやってみようとはしていた。足の指、手の指、掌……我慢強く、諦めずに。だがいまのソフィアは恐怖と戦慄に駆り立てられて、あらゆる場所を同時に動かそうとしていた。足、腕、頭、どこでもいい、とにかくどこか。ほかの皆の注意を引かなくては。こちらに目を向けてもらわなくては。非常に悪いことになるだろうと、恐ろしい事態が進行しつつあるのだと、わかってもらわなくては。助けが必要だ。この介護士と一秒たりとふたりきりになるわけにはいかない。

だが、どこも動かすことはできなかった。なにひとつ。ソフィアはこれまでどおり硬直し、静かに横たわったままだった。

男がにやりと笑った。どういうわけか男は、ソフィアが懸命に闘っていることに、そしてまったく成功のきざしがないことに、気づいたようだった。

ソフィアは眼球をぐるりと回した。そして一種の喘ぎ声を喉から出した。男のにやけた笑いが大きくなった。

看護師がひとり、ソフィアのベッド脇にやって来た。「さあ、ルイスさん、こちらの準備はすべて整いました」と彼女は言った。「ここにいるジャック・グレゴリーは患者移送サービス会社の介護士で、ハルまでルイスさんに付き添います。彼はカルテを持っていますから、あなたに必要な処置はすべて理解しています。安心してくださいね」

ソフィアは喉からガラガラという音を出した。眼球を回し、まばたきしようと試みた。だが、このあいだドクター・デインに合図を送ろうとしたとき同様、神経か、筋肉か、とにかく必要ななにかが硬直してしまい、目を見開いていることしかできなかった。

助けて！　助けて！　助けて！

看護師は少なくともソフィアが眼球を回しているのには気づいたようで、微笑んだ。温かく、理解に満ちた微笑みだった。

「お別れを言ってくれてるんですね？　わかりますよ。それじゃあ、さようなら、ルイスさん。どうぞお元気で。決して諦めちゃだめですよ！」

いい加減にして！　私の身が危険にさらされてるの！　助けて。お願いだから助けて！

看護師はソフィアの腕をなでた。「あなたみたいな人は、運命を受け入れて生きていけます。決して負けたりしない」

陳腐な教訓じみた言葉はもうたくさん。この男は私を殺すのよ。一度もう殺そうとした。だから私はここにいるの。こいつを止めて。お願いだから止めて！

ソフィアは叫んだ。力の限り。だが胸からも喉からも、音はまったく出てこなかった。

意味不明の息の音を除けば、ソフィアは沈黙したままだった。

「ドクター・デインは残念ながらいま手術中で」と看護師が言った。「でもルイスさんからの挨拶、伝えておきますね」

私の人生にはもう一ペニーの価値もないって、伝えておいて！

やがてほかの看護師たちもソフィアのベッドの周りに集まってきて、別れの挨拶をした。ソフィアは絶望の淵でそれを眺めていた。この人たちにもわかるはずなのに。わかってもらわなくては。

ひとりの看護師が血圧計をチェックして言った。「血圧が上がっていますね。脈がものすごく速いですよ」

「ストレスね」と、別の看護師が言った。「移送の前だから」

違う。私を殺す男が目の前にいるからなの！

「鎮静剤を打ちます」

看護師のひとりが注射器を手に近づいてくるのが見えた。感覚はなかったが、どうやらソフィアの腕になにかをしているようだ。

「これで落ち着きますからね、ルイスさん。移送って大変なことですものね。でもなにも心配することはありませんよ」

注射の効果はすぐに表われた。ソフィアは自分の思考が緩慢になり、ぼんやりしてきて、やがてかき消えていくのを感じた。残念ながら眠ることはできなかった。それに心のなかは平穏とはほど遠かった。めまぐるしく駆け巡る思考と感情の上にただ分厚い毛布がかけられたような感覚だ。思考はその下で窒息しそうになりながらもがくばかりで、途切れることはなかった。むしろ、さっきよりもつらいほどだった。全身はもうとうに金縛りになっているというのに、そのうえ脳までもが万力で締めつけられるようだ。耐えられない。耐えられない。

誰かがソフィアの横たわるストレッチャーを動かし始めた。あいつ……なんと名乗っているのだったか……ジャック？　男の姿は見えない。頭のほうにいるのかもしれない。誰が移送に付き添うと言っていた？　注射の効果は絶大で、ソフィアは考えをまとめることができない。運転手がいるはずだ。それに介護士というのはふたり一組で働くものでは？　ジャックの計画どおりにことが運べば、自分がリハビリセンターにたどり着くことはないと、ソフィアにはわかっていた。スカボローとハルのあいだのどこかで、あいつは仕掛けてくるだろう。けれど、どんなふうに？　こっそりと音を立てずに、移送車の奥で殺すつもりだろうか。ハルで車から降ろしたら、ベッドの上には死んだ女がいて、皆が驚くことになるのだろうか？　事故に見せかけるのだろうか、それとも自然死に見せかけることができるような医療技術を持っているのだろうか？

ストレッチャーは廊下を進んでいく。ソフィアは通り過ぎる人たちを見ていた。ソフィアにはなんの関心も向けない人たちを。注射の効果にもかかわらず、ソフィアはいまだに目でほかの人たちとコンタクトを取ろうと試みていた。助けを懇願しようと。だが、誰もこちらに注意を払ってはいない。絶望的な状況だった。ソフィアは病院の廊下を運ばれていく動かぬ人にすぎなかった。

エレベーターの前に来た。ドアが開いた。

ソフィアにとって、地獄の扉が開いた。

4

目を覚ましたクセニアは、自分が眠り込んでいたことに驚いて跳び上がった。絶対に寝てはならないと思っていたのに、昨夜ほとんど眠っていなかったせいで、疲れに勝てなかったのだ。あんなに興奮していたのに。それに、神経を張りつめていようと決意していたのに。

クセニアの過去の話を聞いたコリンは、ショックで打ちのめされていた。それにウィットビーの小さなパブでは、ふたりがあまりに長い時間、食事もせず、そのうち飲み物さえ頼まずに粘っているので、店員たちが嫌な顔をし始めていた。

「とんでもない話だなあ」コリンは最後にそう言って、呆然とクセニアを見つめたのだった。

「本当にとんでもない話だよ！」

それからコリンはついに会計を頼み、ふたりは料金を払って、通りに踏み出した。暖かく、曇った日だった。ふたりは見つめ合い、同時にこう言った。「あの嫌な宿にだけは帰りたくない！」

なんといってもいまは、あの狭苦しい部屋にも、カラシ色の絨毯《じゅうたん》にも、大きな花模様の壁紙にも、不機嫌なフロントの女性にも、とても耐えられそうになかった。

「どこか海から離れたほうにドライブしたらどう？」最終的にクセニアがそう提案し、コリンも喜んで従った。こうしてふたりはハイムーアへと車を走らせた。手つかずに見える自然のなかをうねうねとのびる狭い道を、呼吸する生き物などなにひとついないように見える谷や、自由を感じられる高原を抜けて走った。コリンはほぼひとことも話さなかった。携帯の電波は、場所によって非常に弱いか、まったく届かないかのどちらかで、ケイトからのメッセージももはや受信できなかった。おかげでクセニアの心は落ち着いた。おそらくこれほど寂しい場所では、居場所を追跡されることもないだろう。

とある愛らしい谷で、道端に車を停めた。背の低い石壁が牧草地に巡らされ、どこかで羊が鳴き、水音を立てて流れる小川沿いにオトメギキョウがぎっしり咲いている。

「天国みたい」クセニアはそう言って、あたりを見回した。

「世界がひどいところだなんて、こんな景色を見たら信じられないよね」コリンが言った。

コリンは疲れ切っているようだった。昨夜のせいで。特に昨夜聞いた話のせいで。それに、ケイトとの仲におそらくは長いあいだ決定的な亀裂が入るだろうという確信のせいで。コリンはクセニアに、決して誰にも話さないと誓った。けれどいまになって、自分がとんでもない話に巻き込まれかねないことに気づいたのだろう。あるいは、すでに巻き込まれてしまったことに。

コリンは樫の木の下の苔の絨毯に寝転がると、一分とたたずに眠り込んだ。

クセニアは車の助手席に、ドアを大きく開け放して座ったままでいた。コリンのように眠ってしまいたくはなかったので、横になるつもりはなかった。ところが、結局いつの間にか頭が背もたれに倒れていた。そしてなにを考える間もなく眠り込んだ。肉体的にも精神的にも、コリンに負けず劣らず疲れ切っていた。

目が覚めるとすぐに、自分がどこにいて、なにがあったのかを思い出し、クセニアは愕然としてコリンのほうを見た。もしコリンがもうケイトに連絡していたら？　近づいてくる警察車両のサイレンの音がいまにも聞こえてくるのではないかと身構えたが、あたりは静まり返っていた。小川が流れる音と鳥の声のほかは、なにも聞こえない。それにコリンのかすかないびき。

クセニアはコリンを見つめた。いまだに眠っていて、途中で起きたようにも見えない。もしすでにケイトに電話をしていて、ケイトが場合によっては特別捜査チームを従えていまにもここに来るとわかっていたら、これほど深く眠ってはいないのでは？

クセニアは息をつめて車を降り、考えた。右腕と肩が痛い。右を下にして変な格好で寝ていたからだ。腕を動かしてほぐしたいという衝動を抑えた。コリンを起こしたくなかったからだ。まずはじっくり考えなくては。

コリンがケイトに連絡するのは時間の問題だということはわかっていた。いまのこの状況に、彼はまもなく耐えられなくなるだろうから。ケイトはコリンにとって重要な人だ。彼がケイトのことを話すときの口調でわかる。コリンはケイトを尊敬している。それに、そもそもケイトはコリンの唯一の友人なのかもしれない。コリンは孤独な人だ。そしてケイトも同じだ。クセニアはそれをはっきりと感じていた。コリンとケイトはだからこそお互いを見つけ、お互いにとって大切な存在になったのだ。なにも話さないとクセニアに約束したとはいえ、コリンはケイトとの友情を危険にさらす真似はしないだろう。いつかはきっとケイトにすべてを話す。そしてその「いつか」はそれほど先のことではない。いや、もうすぐそこまで来ている。

危険が迫っている。

すべてを話してしまえて、本当に救われた。かつてジェイコブ・パジェットにすべてを打ち明けたときに、救われたと感じたように。重荷をもう自分ひとりで背負わなくていい。耳を傾け、質問をしてくれる人がいる。自分の苦しみを、罪の意識を、自分ががんじがらめになっているしがらみを、理解してくれる人がいる。だが前回も、すべてを話したいという衝動に身を委ねることで、クセニアは窮地に追い込まれた。ジェイコブはあれ以来クセニアの首根っこを押さえ、クセニアの人生を支配し、自由に呼吸することさえ許さない。そしてコリンはケイトにすべてを話すだろう。

車のなかにちらりと視線を走らせた。エンジンキーが差さっている。

再びコリンのほうを見た。体を丸めて横向きに寝ている。携帯電話は背中のすぐ横だ。

クセニアはできる限り音を立てないよう、忍び足でコリンのほうに近づいた。体重のせいで、静かに歩くのは楽ではなかった。すきあらば甘いものを食べてばかりの生活は、いい加減にやめなければ。クセニアは身をかがめて携帯電話を拾い上げた。そして動きを止め、息をつめた。

なにも起こらない。コリンは動かない。深く規則的な寝息を立てている。

クセニアは忍び足で車に戻った。もちろん、卑怯な真似だ。コリンを車も携帯もなしで、この荒野の真っただ中に置き去りにするなんて。クセニアの計算では、ときどき車が通りかかる可能性のある一番近い道路まで、徒歩では夜までにはたどり着けないだろう。それに、そこまで行っても車が通りかからなければ、さらに歩き続けることになる。最後に人家のそばを通ったのはいつだったかを、思い出そうとしてみた。どこかの窪地にあった農家……ここから歩けば、かなり遠い。

クセニアは唇をかんだ。コリンはクセニアを助けてくれた。ずっとクセニアに対して親切で誠実だった。こんなことをしてはいけない。けれど、自分の身を救わなければ。

少なくとも、いまは夏だ。夜になってもコリンが凍え死ぬことはない。

車の後部座席を覗くと、ミネラルウォーターのボトルが一本あった。まだほとんど減っていない。

ゆっくりと、何度もコリンのほうを振り返りながら、クセニアは車のドアを開けて、ボトルを取り出し、道に置いた。これでコリンには水がある。それにすぐそこに小川もあるし、同じような小川はこのあたりにいくつもあるだろう。コリンが喉の渇きで死ぬことはない。

可能な限り音を立てないように車の反対側に回り、運転席に乗り込んだ。コリンはいまだにぴくりとも動かない。

エンジンの音がしたら起きるだろう。けれど、コリンが起き上がって、なんらかの行動に出る前に、クセニアはもう走り去っているだろう。

クセニアはエンジンをかけた。耳をつんざくような音がしたような気がした。

横を見てみた。コリンがゆっくりと起き上がり、ぼんやりとあたりを見回していた。

アクセルをいっぱいに踏み込んだ。車は前に進み、タイヤがきしんだ。バックミラーに、コリンが跳び上がるのが映った。両手を振り回し、なにか叫んでいるが、もう聞こえない。

クセニアはさらにアクセルを踏み続け、凄まじい速度で走り去った。

逃げなくては。コリンから、コリンがもたらすであろう危険から。

5

カイラ・バイロンは、ドクター・デインの部屋のドアから顔を覗かせた。

「先生?」

ちょうど診断書を口述筆記しているところだったデインは、気もそぞろに「なんだい?」と答えた。

「ハルのトレンブレイ・クリニックから電話があったんです。ソフィア・ルイスを運んでくることになっている移送車がまだ到着していないそうで。予定では二時間以上前に到着しているはずなので、不思議がってます」

「いま何時だ?」デインは決して時計を身に着けないし、ぎっしり詰まった一日の予定のせいで、時間の感覚をすっかりなくしている。

「もうすぐ二時です」

「で、出発したのは何時?」

「十時です。十一時半に向こうに着く予定でした。道が混んでいても十二時頃。まだ着いていないというのは、やっぱりおかしいですよ」

「うん、でもどうすれば?」デインは途方に暮れたように尋ねた。

「移送はいつものように〈ウィンズロウ・アンビュランス〉に依頼しました」

民間の救急サービスだ。ドクター・デインが経営者をよく知っており、そのためもう何年も、デイン経由で患者移送を依頼している。

「マーク・ウィンズロウに電話をしてみたんです。でも到着が遅れていることはまだ知りませんでした。これから運転手に連絡を取ってみるそうです。一応、先生にお知らせしておいたほうがいいかと思ったので……」

秘書室で電話が鳴った。カイラは二歩で机に飛びつき、受話器を取った。

「もしもし」と言って、耳を澄ます。「それは変ですね。介護士には連絡がつきましたか?」

耳を澄ます。

「そんな、おかしいですよ」カイラはそう言って、さらに耳を澄ました。

「わかりました。ええ、またご連絡ください」受話器を置く。

「マーク・ウィンズロウさんからです。運転手にも同乗している介護士にも、携帯で連絡がつかないそうです。通常あり得ないことで、ウィンズロウさんもかなり心配しています」

「確かにおかしいな。途中で携帯の電波が途切れる場所なんてないのに」

「インターネットで道路状況も調べてみたんですけど、渋滞も通行止めもないんですよ。だからもうとっくに着いているはずなんですけど」

「なんてことだ」デインは言った。いつの間にか机を回ってきて、部屋の中央に立っている。

「ソフィア・ルイスは延々と移送車に揺られていていい状態じゃないのに。非常にまずいぞ」

「ちょっと思ったんですけど……」

「なんだ?」

「さっきの女性刑事からの電話です。ソフィア・ルイスのハルへの移送には警察の護衛を付けろっていう。でも、警察官はもう引き上げてしまった後でした」

「そんな話は聞いてないが」デインは混乱したようだった。

「はい、先生は手術中でしたので、私のほうで手配しました。というか、手配しようとしてみたんですが、移送車はもう出発した後だったんです。刑事さんに折り返し電話をかけてそう伝えたら、じゃあ護衛の警官を直接ハルに送ると言っていました」

デインは大きく目を見開いた。「つまり君は、ソフィア・ルイスの身になにかあったんじゃないかと言うのか?　彼女をあんな目に遭わせた人間がなにか……したと?」

カイラは肩をすくめた。「警察が急にやっぱり護衛を付けることにしたのなら、なにか理由があるんじゃないでしょうか」

「なんということだ。とんでもない話だ」

「マーク・ウィンズロウは警察に連絡すると言っています」カイラは言った。「そうすれば、事故があったかどうか、私たちにもわかります。もしかしたら移送車が事故に遭って、レッカー移動された可能性もあります」

「だがそれなら運転手が社長に連絡を入れたはずだ。それに移送先のリハビリセンターにも」

ふたりは顔を見合わせた。

「もう一度さっきの刑事さんに電話してみます。ヘレン・ベネット巡査部長という人でした」カイラは決然と言った。「ソフィア・ルイスがハルに到着していないことと、移送車がどこにいるのかわからないことを知らせます」

「それは〈ウィンズロウ・アンビュランス〉が警察に事故があったかどうか問い合わせれば、その刑事にもわかることだろう」デインが言った。

「たぶん部署が違うんじゃないでしょうか。とにかく電話します」カイラは言った。

ケイレブの家を出たケイトは、このまま直接署に戻ろうかと考えた。だがすでに午後二時で、まだ昼食をとっていなかったので、港に寄ってなにか買ってから家に帰り、最初の計画どおり隣人に話を聞くことにした。それに、あり得そうもないとはいえ、コリンとクセニアが、または少なくともどちらかひとりが、戻ってきていないとも限らない。先ほどケイトは一緒に食事に行こうとケイレブを誘ったのだが、断わられていた。

「腹が減ってないから」

「それじゃあだめよ」ケイトは反論した。「この家には食べ物がなにもないじゃない。なにも食べずにいるわけにはいかないでしょう!」

「後からピザのデリバリーを頼むよ」ケイレブはケイトにそう約束したが、本気でそうするつもりではなく、どちらかと言えばその話を終わらせるための空約束のようだった。

それにシャワーを浴びて、ちゃんとした服に着替えたほうがいい、とも言いそうになったが、ケイトはその言葉を飲み込んだ。たとえ現在は停職中だとはいえ、ケイレブはある意味いまでもケイトの上司だ。少なくともケイトは彼をそう見ていた。

車に乗り込んだとたんに、携帯が鳴った。ヘレンからだ。その声は切羽詰《せっぱつ》まっていて、不安そうだった。

「巡査部長、問題が……」ヘレンはそう切りだした。その瞬間、腕の産毛《うぶげ》が逆立つような感覚があった。ヘレンの声の響きは、なにかよくないことが起こったと告げていた。

「なんですか?」

「病院からたったいま電話があったんです。ソフィア・ルイスを乗せた移送車の到着が遅れていると」

「どういうことですか?　遅れているというのは?」

「まだハルのリハビリセンターに着いていないそうなんです」

「出発したのは何時ですか?」

「十時です」

いまが何時かは知っていたが、それでもケイトはもう一度時計を見た。「そんな馬鹿な。とっくに着いているはずでしょう」

ヘレンの声はすっかり萎縮していた。「そうなんです。それに途中には渋滞も通行止めも、なにもなかったし。それから……」

「はい?」

「救急サービス会社の社長も、運転手に連絡がつかないそうなんです、運転手の携帯に。それに同乗している介護士の携帯にも」

ケイトの心臓がどくりと跳ねた。単なる「問題」ではなさそうだ。大事件の予感がする。

「警護の警官は?」ケイトは訊いた。「そっちにも連絡がつかないんですか?」

電話の向こうで、ヘレンが答える前に大きく息を吸い込む音が聞こえた。「いなかったんです」

その知らせを頭のなかで消化するのに、しばらく必要だった。「どういうこと?」と訊いた。

「ケイトさんから指示をもらって病院に電話したんですけど、そのときにはもう移送車は出発した後だったんです。それで、警官をひとり、直接ハルのリハビリセンターのほうに送りました」

「それはつまり、ハルでいま頃警官がひとり、ぼんやり待ってるってこと？　それで、移送車のほうは護衛なしで出発して、途中で消えてしまった？　どうしてそうなるの！」ケイトは思わず怒鳴った。

ヘレンは押し黙っていた。

「はっきり言ったはずでしょう……」ケイトはそう言いかけて、言葉を切り、こう付け足した。「移送はそこでストップさせるべきでした。病院に戻らせるか、その場で警官を待つか、とにかくなんらかの方法を取るべきだったのに。ベネット巡査部長、私ははっきりそう指示したはずです！」

ケイトとヘレンの階級は同じだが、ヘレンは本来、警察所属の心理カウンセラーであり、ケイトのほうは刑事だ。だから事件捜査においてはケイトの指示にヘレンが従うべきだった。

「移送の途中でなにか起きるはずなんてないと思ったんです」ヘレンは言い訳を始めた。「ハルに着けばそこからは警護がまた付くわけですし。だって……ソフィア・ルイスが今日スカボローからハルに移送されるなんて、どうして犯人にわかったんですか？」

「そんなことわからない。でもとにかく犯人はそれを知っていた可能性があるってことよ。とにかく非常にまずいことになりましたね。でも、それはヘレンさんにもうわかっているんですよね」ケイトの頭はめまぐるしく回転していた。「すぐに全域に指示を出して移送車を手配してください」

「わかりました」ヘレンが言った。

「それから、手配ついでと言ってはなんですけど……ロンドン在住のコリン・ブレアという男性の車のナンバーを調べてください。私は記憶していないので。そしてその車も手配してください」

「わかりました」ヘレンは再びそう答えたが、その声から、わけがわからないと思っているのは明らかだった。

あなたにわかろうとわかるまいと関係ない、とケイトは棘々しく考えた。とにかく今回は私の言ったとおりにして！

いまにも電話を切ろうとしたとき、もうひとつ思いついた。

「移送サービスの会社の名前……憶えていますか？」

キーボードがカタカタ鳴る音がかすかに聞こえた。どうやらヘレンはパソコンで調べているようだ。

「〈ウィンズロウ・アンビュランス〉です。住所か電話番号が必要ですか？」

「ありがとう、自分でググります」そう言って、ケイトは通話を終えた。計画変更だ。家には戻らない。〈ウィンズロウ・アンビュランス〉を訪ねなければ。

6

　シエナ・バートンは怒っていた。あまりに怒っていて、自分でもいまは運転などしないほうがいいとわかってはいた。けれどハルのアパートでじっとしていたら、体が爆発してしまいそうだった。今日はすべてが一度にやって来た日だった。朝、家を出た瞬間に大家にばったり出会って、バルコニーが荒れ放題でこのマンション全体の恥だと文句を言われた。それに掃除当番を二度さぼったことも責められた。職場であるブティックでは、あまりに傲慢で恥知らずな客に耐えられなくなってもめごとを起こしてしまい、店主にもう来なくていいと言われた。解雇されたということだろうか？　こんなに簡単に人をクビにすることができるのだろうか？　私、いま職を失った？　いずれにせよ、店主と言い争いになった後、シエナは店を出て、家に帰った。泣きわめいて恋人に慰めてもらおうと思ったのだ。恋人のライアンは現在失業中で、一日じゅうアパートでテレビの前に座ったきり、求職用の応募書類を書くそぶりもない。だからライアンは理解してくれると思ったのに、シエナが事情を話すと怒りだし、頭がどうかしたのか、これでふたりとも生活保護で暮らすことになってしまった、どういうことかわかっているのか、とシエナを怒鳴りつけた。

「たとえばそっちが働いてみてもいいんじゃないの」シエナもそう怒鳴り、ライアンは、もちろん働くさ、でも俺に養ってもらおうなんて考えるなよ、と怒鳴り返した。もう何か月もこっちに養ってもらっておいて、この言いぐさはあんまりだ、とシエナは思った。こうして激しい言い争いになり、挙句にシエナは泣きじゃくりながらアパートを出て、車に乗り込み、出発したのだった。悲しくて泣いているのではない。怒りの涙だった。ライアンのくそ野郎。店主のくそ女。あの威張りくさったデブの客、電車の前に突き落としてやりたい。それにあのくそ大家、欲と自己欺瞞で窒息してしまえ！

シエナはひとり泣きわめきながら、危険な速度で町を出て、街道を飛ばした。どちらに向かっているかは気にしていなかった。どうでもいい。目的地などない。ただただ離れたい。あらゆるものから。

〈マーケット・ウェイトン〉という町名の表示板を通り過ぎたところで初めて、自分がどこにいるかに気づいた。この小さい町なら知っている。ライアンが育った場所だ。

再び怒りがこみ上げてきて、シエナはアクセルを踏み込むと大通りを驀進《ばくしん》した。何度もカーブを曲がり、そのたびにタイヤがきしんだ。こんなくそみたいな田舎町、一刻も早く出てやる。

サイレンの音が聞こえてきたとき、驚いたシエナはようやくどす黒い物思いから引き戻され、バックミラーを見た。くそ。警察が追ってきている。パトロールカーは一度も見かけなかったけれど、きっとどこかの脇道で張っていたに違いない。そこを自分は稲妻のような速度で駆け抜けたのだ。そして、警察には自分のあとを追ってくるよりほかにましな仕事がないというわけだ。たまには国じゅうにいくらでもいる本物の犯罪者でも追ってみろって……。

シエナは一瞬、ここで模範的なふるまいを見せることに意味はあるだろうかと考えた。つまり、いまからでも制限速度を守って、見逃してもらえることを祈ることに。だがおそらくそんなのは幻想だ。警察はこちらに狙いを定めたのだ。サイレンの音はやんだけれど、すぐ後ろをぴったりとついてくるではないか。

そのとき、慌ただしく家を飛び出したせいで、バッグを忘れてきたことに気づいた。つまり運転免許証も身分証明書も持っていない。これは厄介なことになりそうだ。

シエナはアクセルを限界まで踏み込んだ。

警官たちより大胆で向こう見ずな運転で、対向車にぶつかるんじゃないかとも、歩行者をはねるんじゃないかとも考えずにカーブを切った。町を出て、どこかの田舎道に曲がった。どこへ続くのかもわからない道だ。そこまで来て、バックミラーにもうパトロールカーが映っていないことに気づいた。

シエナの心臓はばくばくしていた。まるで映画だ。一瞬、ライアンやほかのみんなへの怒りも忘れていた。信じられない――パトロールカーをまいたんだ！　高揚感でいっぱいだったが、すぐにナンバーを控えられているに違いないと気づいた。どこで車を止められてもおかしくない。それに、自分がどれほどの速度で町を出たか、どれほどの危険運転をしたかを思い出した。アドレナリンの効果がゆっくりと切れてきたいま、今度は恐怖が襲ってきた。

くそ。本当に厄介なことになりそうだ。

細い未舗装道路の入口を通りかかった。車両の進入禁止という標識が出ているが、シエナはふと思い立ってそこに曲がり、畑に囲まれた、どこへ続くとも知れぬ砂利道をガタガタと進んでいった。とにかくしばらくじっくりと考えたかった。理性的に見て、これからどうするのが最善だろうか？

そもそも自分にはまだ「理性」など残っているのだろうか？

こういう状況ならよく知っていた。シエナはかっとしやすい性格で、とんでもないことを言ったりやったりしては、激しく後悔して、どうしてこんなことになったのかと自問するのだ。とはいえ、ここまでの危機は初めてだった。よく友情や恋愛関係をダメにしてきたものの、警察ともめごとを起こしたことはなかった。今日までは。ところがいま、ついにそれが起こってしまったというわけだ。

道があまりに悪く、車のタイヤが心配になって、シエナはついに停車した。左手には相変わらず畑が広がっている。右手は幹が銀色に輝く白樺と、杜松《ねず》の茂みから成る小さな森の入口だ。あそこならトイレ代わりになるかもしれない。突然、激しい尿意を感じた。おそらく興奮したせいだろう。

シエナは車を降り、木々と茂みをかきわけて進んだ。なんだか嫌な臭いがする。ここをトイレ代わりに使う人が多いのかもしれない。でも――そもそもこんなところに来る人なんかいるだろうか？　あたりの畑で働く農家の人だけでは？

ちょうど葉がある程度繁った茂みの後ろでしゃがもうとしたとき、それが目に入った。足だ。棘だらけの茂みから突き出ている。その足は白いズボンとベージュのスニーカーを履いていた。

シエナはそれをじっと見つめたまま、目の錯覚だろうかと考えた。人の足はそこらじゅうに転がっているものではない。ましてや茂みのなかから突き出ているものではない。誰かが寝ているとか？　けれど、それならこの足はどうしてこんなふうに妙にねじれているのだろう？

最初に感じたのは、すぐに車に乗り込んで、猛スピードで走り去りたいという衝動だった。だがなにかがシエナをその場に押しとどめた。魔法にかかったかのように足を凝視したまま、シエナは一歩そちらに近づいた。すると、あたりの枝が何本も折られており、茂みがあちこち押しつぶされているのに気づいた。一帯はほとんど道のようにならされている。なにかを引きずった跡のようだ。誰かがこの足を——そして、その足の根元にくっついているであろうなにかを——引きずったのだろうか？

恐怖のせいで体が麻痺すると同時に、自動的に前進もした。シエナはそろそろと足に近づいていった。茂みを回ってなかを覗き込み、思わず小さな悲鳴をあげた。

男だ。男が茂みの奥に倒れている。白いTシャツに白いジーンズ。ベージュ色のスニーカー。片足が少しねじれて、地面に投げ出されている。それがシエナの見た足だった。もう一方の足は大きく開かれて、胴体から横向きに飛び出ている。

男の頭全体が巨大な傷口に変貌していた。あたりの草が黒に近い深紅に光っている。血だ。おびただしい量の血。

「ああ、神様！」シエナは叫んだ。「神様！」

きびすを返すと、狭い森から転がるように走り出た。一度、木の根につまずいて転び、膝を打って、顎が地面に激突したが、シエナは痛みにもかまわず必死で立ち上がった。とにかく逃げるんだ、遠くへ。

ズボンが裂けたことにも、血が脚をしたたっていることにも、小石や枝や土が傷口にくっついていることにも気づかなかった。

シエナは車のほうを見た。ふたりの警察官がいて、こちらを見ていた。

「やっと停まってくださってありがとう」背の高いほうの警察官がそう言って、にやりと笑った。

パトロールカーがシエナの車のすぐ後ろに停まっていた。

多少なりとも普通の状態なら、こんな人里離れた砂利道沿いでどうして警察に見つかったのだろうと考えるところだ。だがいまはそんなことはどうでもよかった。シエナは立ち止まり、言った。「茂みに死体が」

「へえ?」にやにや顔の警官がそう言って、再び歯を見せて笑った。

シエナはうなずいた。この男に信じてもらえないからといって、怒る気にさえなれなかった。ただそこに立ったまま、あたりの世界がなにも変わっていないように見えることに戸惑っていた。

「あそこの茂みに死体があるんです」シエナは繰り返した。

ふたり目の警察官が言った。「注意をそらそうという意気込みは買うよ、お嬢さん。住宅地を時速七十マイル近くで飛ばしていた自覚はあるのかな？　免許取り消しだよ？」

この男はなんの話をしているんだろう？　そう、確かに飛ばしすぎた。でもそれがなに？

こんな状況で、スピード違反ごときになんの意味が？

「あそこの茂みに死体があるんです」シエナはもう一度言った。これで三度目だ。なんだかこれ以外の言葉はもう話せないような気がした。

「あんたはものすごく厄介なことになってるんだぞ」にやにや警官のほうが言った。

ものすごく厄介なことになっているのは、茂みに倒れているあのかわいそうな男だ。あの状況を「厄介」と表現することができるのなら、だが。

「身分証明書」もうひとりの警官がそう言って、手を伸ばした。

シエナは馬鹿なネジ巻き人形のように同じ言葉を四回繰り返したくはなかった。そこで別の言い方をしようと頭を絞った。

「私の後ろにある茂みに」そう言って、その方向を手で指した。「男の人が倒れているんです。誰かに頭を撃たれたんだと思います」

にやにや警官がため息をついた。だが同僚のほうは、先ほどよりも少し注意深くシエナを見つめた。「あんたはどこかおかしいか、そうじゃなければ……」そうじゃなければなんなのかを、彼はあえて言わなかった。

代わりに「どこだって？」と訊いた。

シエナはなにがあっても二度とあの場所に戻りたくはなかったので、曖昧に背後を指した。

「あっちです！　奥のほう！」

ふたり目の警官が、ためらいがちに歩き始めた。シエナが指す場所で見つけるものよりも、このスピード狂の女の言うことを信じたせいで笑いものになることのほうを恐れているように見えた。ところが数メートル行ったところで、警官は叫んだ。「変な臭いがするぞ！」

シエナはその場にへなへなと座り込み、膝を抱えてそこに顔を埋めた。

にやにや笑いのほうは、そんなシエナから目を離さずにいた。

やがて森のほうから声が聞こえてきた。「クソ！　本当だ！　ここに人が倒れてるぞ。ああ、ちくしょう！」

にやにや笑いが携帯電話を取り出した。

なんて悪夢、とシエナは思った。

訳者紹介　1973年大阪府生まれ。京都大学大学院博士課程単位認定退学。訳書にJ・W・タシュラー『誕生日パーティー』、J・エルペンベック『行く、行った、行ってしまった』、C・リンク『失踪者』等多数あり。2021年度日本翻訳家協会翻訳特別賞受賞。

罪なくして　上

2024年12月27日　初版

著　者　シャルロッテ・リンク

訳　者　浅《あさ》　井《い》　晶《しよう》　子《こ》

発行所　（株）東京創元社
代表者　渋谷健太郎

162-0814 東京都新宿区新小川町1-5
電　話　03・3268・8231-営業部
03・3268・8201-代　表
URL　https://www.tsogen.co.jp
組　版　キャップス
暁印刷・本間製本

乱丁・落丁本は、ご面倒ですが小社までご送付ください。送料小社負担にてお取替えいたします。

ISBN978-4-488-21114-1　C0197